De belofte

Ander werk van Damon Galgut in Nederlandse vertaling

De goede arts (roman, 2003)
Het bedrog (roman, 2008)
De groeve (roman, 2010)
In een vreemde kamer (roman, 2011)

Damon Galgut

De belofte

Vertaald door Rob van der Veer

Amsterdam · Antwerpen
Em. Querido's Uitgeverij BV
2021

Opgedragen aan Antonio en Petruchio
voor alle vertegenwoordigings-, kook- en reiskunsten

De vertaler ontving voor deze vertaling een projectsubsidie
van het Nederlands Letterenfonds.

De uitgever ontving een productiekostensubsidie
van het Nederlands Letterenfonds.

Nederlands letterenfonds
dutch foundation
for literature

Eerste, tweede (e-book), derde en vierde druk, 2021

Oorspronkelijke titel *The Promise*
Oorspronkelijke uitgever Chatto & Windus

Omslag Roald Triebels
Omslagbeeld Laura Knight (1877-1970), *A Breezy Day* /

Foto auteur Alamy

ISBN 978 90 214 2455 2 / NUR 302
www.querido.nl

Vanochtend ontmoette ik een vrouw met een gouden neus. Ze zat in een Cadillac met een aapje in haar armen. Haar chauffeur stopte en ze vroeg aan me: 'Bent u Fellini?' Met een stem als van metaal ging ze verder: 'Waarom zit er eigenlijk niet één normaal mens in uw films?'

– Federico Fellini

Inhoud

MA

Zodra de metalen doos haar naam uitspreekt, weet Amor dat het gebeurd is. Ze verkeert al de hele dag in een gespannen, hoofdpijnachtige stemming, bijna alsof ze in een droom is gewaarschuwd, maar niet meer weet wat die waarschuwing inhoudt. Een teken of beeld, dicht onder het oppervlak. Problemen benedendeks. Ondergronds vuur.

Maar als de woorden hardop tegen haar gezegd worden, hecht ze er geen geloof aan. Ze doet haar ogen dicht en schudt haar hoofd. Nee, nee. Het kan niet waar zijn wat haar tante haar net verteld heeft. Er is niemand dood. Het is maar een woord, meer niet. Ze kijkt naar het woord dat daar op het bureau ligt als een insect op zijn rug, zonder verklaring.

Dat is in het kantoor van mevrouw Starkey, waar de stem over de intercom haar naartoe heeft gestuurd. Amor wacht en wacht al zo lang op dit moment, heeft zich er zo vaak een voorstelling van gemaakt, dat het al een feit lijkt te zijn. Maar nu het moment echt is aangebroken, voelt het veraf en droomachtig. Het is niet gebeurd, niet in het echt. En vooral niet met ma, die altijd, altijd in leven zal blijven.

Gecondoleerd, zegt mevrouw Starkey weer en verbergt haar grote tanden achter dunne, samengeperste lippen. Volgens sommige andere meisjes is mevrouw Starkey lesbisch, maar het is moeilijk voorstelbaar dat ze met iemand aan seks zou doen. Of misschien heeft ze het één keer gedaan en walgt ze er sindsdien voorgoed van. Het is een verdriet dat we allemaal moeten dragen, gaat ze op ernstige toon verder, terwijl tante Marina trilt en telkens even met een tissue haar ogen dept, hoewel ze altijd op ma heeft neergekeken en het haar geen zier kan schelen dat ze dood is, ook al is ze dat niet.

Haar tante loopt met haar mee naar beneden en wacht buiten terwijl Amor naar het leerlingenpension gaat om haar koffer in te pakken. Ze woont er al zeven maanden, wachtend tot wat niet gebeurd is gaat gebeuren, en elke seconde van die periode heeft ze de lange, koude zalen met hun vloerbedekking van linoleum gehaat, maar nu ze moet vertrekken, wil ze niet weg. Het enige wat ze wil is op haar bed gaan liggen, in slaap vallen en nooit, nooit meer wakker worden. Net als ma? Nee, niet net als ma, want ma ligt niet te slapen.

Langzaam stopt ze haar kleren in de koffer en gaat ermee naar beneden, waar haar tante voor het hoofdgebouw van de school staat te kijken in de vijver. Dat is een dikke, zegt ze en wijst in de diepte, heb je ooit zo'n grote goudvis gezien? En Amor zegt nee, hoewel ze niet kan zien welke vis haar tante aanwijst en trouwens, het is ook allemaal niet echt.

Als ze in de Cressida stapt, is dat ook niet echt, en wanneer ze over de bochtige schoollaan glijden is het uitzicht uit het raampje een droom. De jacaranda's staan allemaal in bloei en de helderpaarse bloesem is protserig en vreemd. Wanneer ze bij de hoofdingang komen en rechts afslaan in plaats van linksaf en ze zichzelf hoort vragen waar ze heen gaan, heeft haar stem iets echo-achtigs, alsof er iemand anders praat.

Naar mijn huis, zegt haar tante. Om oom Ockie op te halen. Ik moest gisterenavond haastje-repje de deur uit toen het, je weet wel, toen het gebeurde.

(Het is niet gebeurd.)

Tante Marina kijkt even opzij met kleine, mascara-omrande ogen, maar het meisje reageert nog steeds niet. De teleurstelling van de oudere vrouw is bijna tastbaar, als een stiekeme scheet. Ze had Lexington kunnen sturen om Amor van school op te pikken, maar ze is juist persoonlijk gekomen, want ze is graag behulpzaam in een crisis, dat weet iedereen. Achter haar ronde gezicht met zijn kabuki-achtige make-up hongert ze naar dramatiek, geroddel en ordinair spektakel. Op tv is bloedvergieten en ontrouw plegen al heel wat, maar nu komt het ware leven met een echte, opwindende situatie aanzetten. Het vreselijke nieuws, in het openbaar verteld, in aanwezigheid van de directrice! Maar haar nichtje, die suffe lompe trien, heeft amper een woord gezegd. Heus, er is iets mis met het kind, dat is Marina al eerder opgevallen. Ze geeft de schuld aan de blikseminslag. *Siestog*, ze is daarna nooit meer dezelfde geweest.

Neem een stukje boerenbeschuit, zegt haar tante nijdig. Ze liggen op de achterbank.

Maar Amor wil geen boerenbeschuit. Ze heeft geen trek. Tante Marina heeft altijd wel iets gebakken wat ze door anderen wil laten opeten. Om maar niet in haar eentje dik te zijn, zegt haar zus Astrid, en het klopt dat hun tante twee kookboeken heeft uitgebracht over lekkers bij de thee, populair bij een bepaald slag oudere witte vrouwen dat je tegenwoordig overal ziet.

Nou ja, bedenkt tante Marina, in elk geval is het kind makkelijk om mee te praten. Ze valt je niet in de rede of spreekt je niet tegen en ze wekt de indruk dat ze goed luistert, meer kun je niet wensen. Het is geen lange rit van de school naar Menlo Park, waar de Laubschers wonen, maar de tijd heeft vandaag iets uitgerekts en tante Marina praat de hele tijd in een emotievol Afrikaans, op zachte en vertrouwelijke toon, met veel verkleinwoordjes, ook al zijn haar drijfveren niet welwillend. Het is het vaste onderwerp, over de manier waarop ma de hele familie heeft verraden door van religie te veranderen. Correctie, door naar haar oude religie terug te gaan. Naar joods zijn! Haar tante windt er al een halfjaar totaal geen doekjes om, al sinds ma ziek werd, maar wat moet Amor eraan doen? Ze is een kind, ze heeft geen macht, en wat is er trouwens zo verkeerd aan teruggaan naar je eigen religie als je dat wilt?

Ze probeert niet te luisteren, door zich op iets anders te concentreren. Haar tante draagt kleine witte golfhandschoenen wanneer ze rijdt, een aanstellerige gewoonte die ze ergens heeft opgeduikeld, of misschien is het alleen maar angst voor bacteriën, en Amor kijkt strak naar de bleke vormen van haar handen, die zich over het stuur bewegen. Als ze zich op die handen kan blijven concentreren, op hun vorm, met hun korte, stompe vingers, hoeft ze niet te luisteren naar wat de mond boven de handen zegt, en dan zal het niet waar zijn. Het enige wat waar is zijn die handen, en ik die naar die handen kijk.

...De waarheid is dat je moeder alleen maar bij de Nederduitse Gereformeerde Kerk is weggegaan en opnieuw met dat joodse gedoe is begonnen zodat ze mijn broertje kon pesten... Om maar niet op de boerderij begraven te worden, naast haar man, en dat is de ware reden... Je hebt de goede weg en de verkeerde weg en sorry dat ik het moet zeggen, maar je moeder heeft de verkeerde weg gekozen... Nou ja, hoe dan ook, verzucht tante Marina als ze bij het huis aankomen, laten we hopen dat God het haar vergeeft en dat ze nu rust heeft.

Ze parkeren op de oprit onder de luifel, met zijn prachtige

groene, paarse en oranje strepen. Erachter een diorama van wit Zuid-Afrika, de bungalow in een buitenwijk, rode baksteen, zinken dak, omringd door een gracht van uitgebleekte tuin. Eenzaam ogend houten klimtoestel op een groot geel gazon. Betonnen vogelbadje, een kinderspeelhuisje en een schommel die is gemaakt van een halve vrachtautoband. Waar ook jij misschien bent opgegroeid. Waar het allemaal begonnen is.

Wanneer haar tante op de keukendeur afstevent, loopt Amor achter haar aan, niet helemaal op de grond, een paar centimeter erboven, met een klein, duizeligmakend gat tussen haar en de dingen. Binnen staat oom Ockie een colabrandy te maken, zijn tweede van deze ochtend. Hij heeft voor de overheid gewerkt, als tekenaar bij Waterzaken, en is onlangs gepensioneerd. Voor hem zijn alle dagen zonder fut. Hij springt overeind als hij door zijn vrouw wordt betrapt en gaat schuldbewust op zijn met nicotine bevlekte snor staan sabbelen. Hij heeft uren de tijd gehad om zich fatsoenlijk aan te kleden, maar loopt nog steeds in trainingsbroek, polohemd en slippers, een vierkantige man met dunnend haar dat met Brylcreem naar opzij over zijn hoofd is gekamd. Hij geeft Amor een klamme knuffel, heel gênant voor allebei.

Ik vind het erg van je moeder, zegt hij.

O, dat geeft niet, zegt Amor en meteen begint ze te huilen. Gaan de mensen nu de hele dag medelijden met haar hebben omdat haar moeder dat woord is geworden? Ze voelt zich lelijk als ze huilt, als een openbarstende tomaat, en vindt dat ze weg moet zien te komen, weg uit dit akelige kleine kamertje met zijn parketvloer en blaffende maltezer en de ogen van haar tante en oom die als spijkers in haar steken.

Ze haast zich langs oom Ockies naargeestige aquarium, het gangetje in, waar de muren zijn bewerkt met spachtelputz, momenteel populair in deze contreien, naar het toilet. Hoe ze de tranen van haar gezicht wast hoeft niet te worden verteld, vermeldenswaard is alleen dat Amor, zelfs als ze nog staat te snotteren, de deur van het medicijnenkastje opentrekt om een kijkje te nemen, iets wat ze doet in elk huis waar ze komt. Soms is het interessant wat je vindt, maar deze planken staan vol deprimerende spullen als Anusol en kleefpasta voor kunstgebitten. Daarna krijgt ze een schuldgevoel omdat ze heeft gekeken. Om zichzelf te kunnen vergeven moet ze op elke plank de voorwerpen tellen en ze wat netter neerzetten. Dan bedenkt ze dat haar tante zoiets zal merken en zet ze alles weer door elkaar.

Op de terugweg door het gangetje blijft Amor staan bij de open slaapkamerdeur van haar neef Wessel, de jongste en meest forse van het kroost van tante Marina, en de enige die nog thuis woont. Hij is al vierentwintig, maar na zijn dienstplicht heeft hij niets anders gedaan dan thuis rondhangen en zijn postzegelverzameling bijhouden. Naar het schijnt heeft hij problemen met het verlaten van het ouderlijk nest. Hij is depressief, volgens zijn vader, en zijn moeder zegt dat hij bezig is zijn eigen weg te vinden. Maar pa heeft de mening uitgesproken dat zijn neef gewoon lui en verwend is en gedwongen moet worden aan de arbeid te gaan.

Amor mag haar neef niet zo, vooral niet op dit moment, met die grote, plompe handen en dat bloempotkapsel, en de verdachte manier waarop hij de letter s zegt. Hij maakt sowieso nooit oogcontact, maar nu ziet hij haar amper staan, want zijn postzegelalbum ligt open op zijn schoot en hij zit door een vergrootglas naar een van de favorieten uit zijn verzameling te turen, het setje van drie ter nagedachtenis aan dr. Verwoerd, een paar maanden na de moord op de grote man uitgebracht.

Wat doe je hier?

Je moeder heeft me van school opgepikt. Daarna wilde ze je vader en nog wat boodschappen ophalen.

O. En nu ga je naar huis?

Ja.

Ik vind het erg van je moeder, zegt hij en eindelijk werpt hij haar een blik toe. Ze kan er niets aan doen, maar ze begint weer te huilen en moet haar tranen afvegen aan haar mouw. Maar hij is alweer met zijn aandacht bij de postzegels.

Ben je erg verdrietig? vraagt hij afwezig, nog steeds zonder haar aan te kijken.

Ze schudt van nee. Op dit moment is dat waar, ze voelt niets, ze is alleen maar leeg.

Hield je van haar?

Natuurlijk, zegt ze. Maar zelfs wanneer ze op deze vraag reageert, komt er niets in haar los. Vandaar dat ze zich afvraagt of ze wel de waarheid vertelt.

Een halfuur later zit ze op de achterbank van Ockies oude Valiant. Haar oom, die zich in zijn zondagse kleren heeft gestoken, bruine broek, geel overhemd en glimmende schoenen, zit met zijn flaporen recht voor haar, achter het stuur, terwijl de rook van zijn sigaret over de voorruit krieuwelt. Naast hem zijn vrouw, die zich heeft opgefrist en wat Je t'aime heeft opgespoten en een tas met bakbenodigdheden uit haar keuken heeft meegenomen. Op dit moment rijden ze langs de begraafplaats aan de westelijke rand van de stad, waar een kleine menigte rond een gat in de grond staat, en vlak daarbij ligt de Joodse begraafplaats, waar heel binnenkort, maar nee, denk daar maar niet aan, en kijk niet naar de graven, hoewel je toch per ongeluk het bord voor de Heldenakker ziet, maar wie zijn de helden, niemand heeft dat ooit uitgelegd, is ma nu een heldin, denk daar ook maar niet aan, en daarna verzink je in die verschrikkelijke zone van beton en autowasserettes en smerig uitziende flats aan de andere kant. Als je de normale route aanhoudt, ligt de stad algauw achter je, maar de normale route nemen kan vandaag niet want hij loopt langs Atteridgeville en er zijn daar trubbels in het township. Trubbels in de townships, dat wordt overal gemompeld, zelfs nu de Noodtoestand als een donkere wolk boven het land hangt en het nieuws gecensureerd wordt en overal een licht opgewonden stemming heerst, licht gealarmeerd, ze laten zich niet tot stilte manen, de stemmen die maar blijven praten, onder alles door, als een ijle statische ruis. Maar van wie zijn ze, die stemmen, waarom kunnen we ze nu niet horen? Ssst, je hoort ze vast wel als je goed oplet, je moet alleen bereid zijn te luisteren.

...We vormen het laatste bastion op dit werelddeel... Als Zuid-Afrika valt, drinkt Rusland champagne... Laten we duidelijk zijn, het meerderheidsbeginsel leidt tot communisme...

Ockie zet de radio uit. Hij is niet in de stemming voor politieke toespraken, kijken naar het uitzicht is een stuk fijner. In zijn verbeelding ziet hij zich langzaam op een ossenwagen het binnenland in rijden, als een van zijn Voortrekkende voorvaderen. Ja, er zijn nou eenmaal mensen die op een voorspelbare manier dromen. Ockie de dappere pionier, langzaam voortbewegend over de vlakten. Buiten glijdt een bruingeel landschap voorbij, droog, behalve waar er een rivier doorheen stroomt, onder een kolossale Hoogveldse hemel. De boerderij, die exact is wat ze haar noemen, al is het op geen enkele betekenisvolle manier een echte boerderij, een paard en wat koeien en een stel kippen en schapen, ligt daar tussen de lage heuvels en valleien, halverwege de Hartbeespoortdam.

Langs de weg, achter een afrastering, ziet hij een groep mannen met een metaaldetector staan, kijkend naar een ploeg inheemse knechten die gaten in de grond graven. Deze hele vallei is ooit van Paul Kruger geweest en er gaan hardnekkige geruchten dat ergens onder deze stenen twee miljoen pond aan Boerengoud begraven ligt. Dus graaf maar hier en graaf maar daar, op jacht naar de rijkdom van het verleden. Het is hebzucht, maar zelfs dat bezorgt hem een warm, nostalgisch gevoel. Het is een kranig zootje, mijn mensen, ze hebben het langer uitgehouden dan de Britten en ze zullen het ook langer uithouden dan de kaffers. Afrikaners zijn een volk apart, dat gelooft hij echt. Hij begrijpt niet waarom Manie zo nodig met Rachel moest trouwen. Olie en water laten zich niet mengen. Je ziet het terug in hun kinderen, misbaksels, stuk voor stuk.

Wat dat aangaat, zijn hij en zijn vrouw tenminste dezelfde opvatting toegedaan. Marina heeft haar schoonzus nooit gemogen. Alles aan die verbintenis was verkeerd. Waarom kon haar broer niet gewoon binnen zijn eigen stam trouwen? Ik heb een fout gemaakt, zei hij, en voor je fouten moet je boeten. Manie is altijd al hardleers geweest. Om tegen de wensen van zijn eigen familie voor zo iemand te kiezen, zo ijdel en trots, die hem op het eind natuurlijk heeft laten vallen. Vanwege de seks. Vanwege het feit dat hij zijn handen niet thuis kon houden. Een activiteit waar Marina nooit veel van heeft moeten hebben, afgezien van die ene keer in Sun City met die monteur, maar ai ai, wees stil, laat dat nou maar onbesproken. Da's altijd het zwak van mijn broer geweest, vanaf het moment dat hij zich begon te scheren heeft hij zich als een versierder gedragen, pleziertjes nagejaagd en problemen veroorzaakt, tot hij zijn fout beging en alles anders werd. Die fout is nu bezig zijn dienstplicht te vervullen, ergens ver weg.

Ze hebben hem vanochtend bericht gestuurd, hij komt pas morgen thuis.

Anton komt pas morgen thuis, zegt ze tegen Amor, en begint dan haar lipstick bij te werken in het zonneklepspiegeltje.

Ze arriveren bij de afslag vanaf de verkeerde kant en Amor moet uitstappen om het hek open te maken en achter de auto weer dicht te doen. Daarna hobbelen ze over een ruwe grindweg waaruit op sommige plekken keien omhoogsteken die met een metaalachtig geluid langs het chassis schrapen. Het geluid klinkt voor Amor versterkt en snijdt door haar heen. Haar hoofdpijn is erger. Zolang ze op de open weg zaten kon ze min of meer doen alsof ze zomaar ergens was, zich doelloos voortbewoog. Maar nu laten al haar zintuigen haar weten dat ze er bijna zijn. Ze wil niet bij het huis aankomen, want als ze dat doet zal het onmiskenbaar waar zijn dat er iets gebeurd is, dat er iets in haar leven veranderd is en nooit meer terugverandert. Ze wil niet dat het weggetje doet wat het doet, onder de hoogspanningslijnen door gaan, in de richting van het *koppie*, de vlakke heuvel achter het huis, ze wil niet dat het de helling op gaat, ze wil het huis niet zien wanneer ze aan de andere kant afdalen. Maar het staat er wel, en ze ziet het.

Echt mooi heeft ze het nooit gevonden. Een raar gebouw, daar begint het al mee, zelfs toen haar grootvader het net gekocht had, wie bouwt er nou hier in de rimboe iets in die stijl? Maar toen opa verdronk in het reservoir en pa het huis erfde, begon hij kamers en schuren toe te voegen die geen enkele stijl hadden, ook al noemde hij ze lokaal geïnspireerd. Er zat geen logica in zijn plannen, maar volgens ma wilde hij het oorspronkelijke art deco wegwerken, want dat vond hij er verwijfd uitzien. O, wat een larie, zei pa, mijn aanpak is praktisch. Het hoort een boerenbedrijf te zijn, geen spielerei. Maar moet je zien wat het uiteindelijk is geworden. Een allegaartje, vierentwintig deuren aan de buitenkant die 's nachts op slot moeten worden gedaan, de ene stijl vastgeplakt aan de andere. Neergezet in het midden van het open veld, als een dronkaard die een samenraapsel van kledingstukken draagt.

Maar toch, denkt tante Marina, het is van ons. Kijk niet naar het huis, denk aan het land. Waardeloze grond, vol stenen, je kunt er niks mee. Maar het is eigendom van onze familie, van niemand anders, en daar schuilt macht in.

En in elk geval, zegt ze hardop tegen Ockie, is die vrouw eindelijk uit beeld.

Dan, o god, herinnert ze zich het kind op de achterbank. Pas op met wat je zegt, Marina. Vooral de paar komende dagen, tot de begrafenis achter de rug is. Spreek maar Engels, dat houdt je in toom.

Begrijp me niet verkeerd, zegt ze tegen Amor. Ik had veel respect voor je moeder.

(Nee, had je niet.) Maar Amor zegt het niet hardop. Ze zit inmiddels heel verstijfd achter in de auto, die eindelijk zachtjes tot stilstand komt. Ockie moet een eindje verder op de oprijlaan parkeren, want er staan te veel andere auto's voor het huis, onbekende auto's voor het merendeel, wat doen die hier? Nu al is er een zuigkracht die mensen en gebeurtenissen naar binnen trekt, naar het ma-vormige gat in het centrum. Wanneer Amor uitstapt en het portier met een beng dichtslaat, ziet ze met name één auto, een lange donkere, en de zwaarheid van de wereld wordt erger. Wie rijdt er in die auto, waarom staat hij voor mijn huis geparkeerd?

Ik heb die Joodse mensen gezegd dat ze haar nog niet meenemen, meldt tante Marina. Zodat je afscheid van je moeder kan nemen.

Eerst begrijpt Amor het niet. Knerp knerp knerp klinkt het grind. Door de voorramen ziet ze een heleboel mensen in de zitkamer, een dichte mist van mensen, en middenin zit haar vader, voorovergebogen in een stoel. Hij zit te huilen, denkt ze, en daarna dringt het tot haar door, nee, hij zit te bidden. Huilen of bidden, bij pa is het verschil tegenwoordig moeilijk te zien.

Dan begrijpt ze het en denkt, ik kan niet naar binnen. De chauffeur van die donkere auto zit binnen te wachten zodat ik afscheid van mijn moeder kan nemen, en ik kan niet de deur in. Als ik de deur in ga, zal het waar zijn en zal mijn leven voortaan heel anders zijn. Dus blijft ze buiten treuzelen, terwijl Marina gewichtig vooruitkleppert met haar tas vol ingrediënten en Ockie achter haar aan naar binnen schuifelt, en dan laat ze haar koffer op het bordes staan, schiet om het huis heen, langs de bliksemafleider en de gasflessen in hun betonnen alkoof in de muur en over het achterterras, waar Tojo, de Duitse herder, in de zon ligt te slapen, met paarse ballen tussen zijn poten, over het gazon, langs het vogelbadje en de kapokboom, langs de stallen en de arbeidershuisjes daarachter, en rent in de richting van het koppie.

Waar is ze nou? Ze liep vlak achter ons.

Marina kan niet geloven wat die stomme meid heeft gedaan.

Ja, bevestigt Ockie, en happig om een bijdrage te leveren, herhaalt hij het. Ja!

Ach, die komt wel terug. Marina is niet in de stemming voor toegeeflijkheid. Laat die mensen die arme vrouw nu maar weghalen. Aan het kind is het allemaal niet besteed.

De chauffeur van de lange auto, Mervyn Glass, heeft de afgelopen twee uur in de keuken gezeten, met zijn keppeltje op zijn hoofd, wachtend op de instructies van dat bazige mens, de zuster van de treurende wederhelft, die nu tegen hem zegt aan het werk te gaan. Dit is een heel lastige familie, het ontgaat hem wat er precies aan de hand is, maar dat vindt hij schijnbaar niet erg. Wachten en eerbiedig zwijgen is een essentieel onderdeel van zijn baan en hij heeft het vermogen ontwikkeld om grote kalmte te veinzen zonder dat daar ook maar enigszins sprake van is. In het diepst van zijn wezen is Mervyn Glass een hectisch persoon.

Nu springt hij overeind. Hij en zijn helper verwijderen het stoffelijk overschot uit de slaapkamer op de bovenverdieping. Daar komen een draagbaar en een lijkenzak aan te pas, plus een laatste vertoon van smart van de echtgenoot, die naar zijn dode vrouw grijpt en haar smeekt niet te gaan, alsof ze vrijwillig vertrekt en op andere gedachten kan worden gebracht. Dat is niets ongewoons, zoals Mervyn je zal vertellen als je hem ernaar vraagt. Hij heeft het allemaal al heel vaak meegemaakt, met inbegrip van de wonderlijke kracht waarmee een lijk mensen naar zich toe trekt. Morgen is dat weer anders, is het lichaam allang weg en wordt de permanente afwezigheid aan het oog onttrokken door plannen, regelingen, herinneringen en de tijd. Ja, dan al. De verdwijning begint onmiddellijk en eindigt in zeker opzicht nooit.

Maar intussen is daar het lichaam, het afschuwelijke vleselijke feit, het ding dat iedereen doet beseffen, zelfs de mensen die niets om de dode vrouw hebben gegeven, en die zijn er altijd wel een paar, dat ze daar op een dag ook zullen liggen, net als de overledene, van alles leeggemaakt, louter vorm, niet in staat om zelfs maar naar zichzelf te kijken. De geest deinst terug voor zijn eigen afwezigheid, kan niet aan zichzelf denken als niet-denkend, de kilste leegte die er is.

Gelukkig is ze niet zwaar, haar ziekte heeft haar uitgemergeld, en het kost weinig moeite om haar de trap af te krijgen, voorbij de problematische hoek onderaan en door de gang naar de keuken. Achterlangs naar buiten, beveelt de bazige zuster, via de zijkant van het huis, niet langs de gasten dragen. Als het bezoek al iets van dit laatste vertrek bemerkt, is dat slechts door het startgeluid van de lange auto buiten, de klank van de motor, die een steeds ijler wordende luchttrilling is.

Dan is Rachel weg, werkelijk weg. Ze is hier twintig jaar geleden als zwangere bruid gekomen en sindsdien niet meer vertrokken, maar ze zal nooit meer door de voordeur terug naar binnen lopen.

In deze kist, ik bedoel in deze kast van een huis, is een zekere onuitgesproken angst weggeëbd, ook al weten de mensen niet waarom en zijn er vrijwel geen woorden aan gewijd. In feite wordt de angst juist meestal afgeweerd met woorden: Kan ik je nog een kopje thee inschenken? Wil je een stukje boerenbeschuit van me proberen?

Dat is natuurlijk Marina die het zegt, ze is er bedreven in om olieachtige frasen uit te storten op turbulente diepten die dreigen te overstromen. En intussen windt ze haar halsketting om een van haar vingers.

Nee, ik heb geen trek.

En dat is Manie, haar veel jongere broer, die er in haar ogen uitziet als een uil, een baby-uil die ze ooit als kind heeft opgeraapt en verzorgd.

Vooruit, neem dan toch een kopje thee. Je bent uitgedroogd van al dat huilen.

O alsjeblieft alsjeblieft alsjeblieft, zegt hij met een heftigheid die als woede klinkt, hoewel hij het misschien niet tegen haar heeft.

Wat is er met die uil gebeurd? Iets ergs, staat haar bij, al heeft ze het niet scherp op haar netvlies.

Ik zal nooit meer theedrinken, zegt hij.

Aggenee, zegt ze geïrriteerd, kraam toch geen onzin uit.

Ze begrijpt niet waarom de dood van zijn vrouw hem zo aangrijpt, de vrouw heeft een halfjaar op sterven gelegen, hij heeft eeuwen de tijd gehad om zich op vandaag voor te bereiden. Maar er is een steekje los aan Manie, net als aan de boord van zijn trui, het viel haar al op dat hij aan de draad zat te trekken.

Hou daarmee op, beveelt ze. Trek maar uit, dan maak ik hem weer in orde.

Dof gehoorzaamt hij haar. Ze loopt ermee weg en gaat op zoek naar naald en draad. Als Rachel dat soort dingen al in huis heeft. Had. De mentale correctie is bevredigend, als een stijf gewricht dat opeens weer werkt. Rachel zal nu altijd in de verleden tijd zijn.

Zonder zijn trui zit Manie te rillen, hoewel het een warme lentedag is. Zal hij ooit weer ontdooien? Zelfs tijdens haar leven had hij Rachel nooit zo ontzettend nodig als nu, en haar afwezigheid is als een stalen kilte, diep in hem. Ze wist hoe ze bij mijn innerlijkste wezen kon komen en stak er haar kleine mesjes in. Het verschil tussen haat en liefde was bij ons onzichtbaar, zo verbonden waren we met elkaar. Twee ineengevlochten bomen, hun wortels vastgeklonken als door het lot. Wie zou er niet willen ontsnappen? Maar alleen God kan over me oordelen, alleen Hij weet het! Vergeef me, God, ik bedoel eigenlijk Rachel, mijn vlees is zwakker dan dat van de meesten.

Zit-ie alweer te huilen. Marina ziet hem vanuit de andere kant van de kamer. Ze heeft in een la alsnog een naai-etui ontdekt en zit nu in een hoekje vanwaar ze het va-et-vient in huis kan observeren terwijl ze zichtbaar behulpzaam is. Naaien en bakken, haar handen staan nergens verkeerd voor.

Niettemin wordt ze zo afgeleid door de aanblik van haar man die voorbijloopt met alweer een vol glas in zijn hand dat ze zich in haar vinger prikt.

En zich op dat moment, zomaar vanuit het niets, herinnert wat er met de uil is gebeurd. Siestog. Die witte veren aangekoekt met bloed.

Ik hou je in de gaten, hè, roept ze naar Ockie.

Maar hij drentelt alweer verder, met een snor die naar brandy smaakt, en denkt, hou je bek, wie ben je wel? Hij is even vergeten waarom hij hier is en vraagt aan een man in de zitkamer: Vermaak je je een beetje?

Wat? vraagt de man.

Maar Ockie herstelt zich alweer en wiegt heen en weer op de bal van zijn voeten. Nou ja, naargelang de omstandigheden, zegt hij.

De man met wie hij staat te praten is predikant in opleiding van de Nederduitse Gereformeerde Kerk. Lang en zenuwachtig, met een vooruitstekende adamsappel, is deze predikant in opleiding het afgelopen jaar vrijwel totaal van zijn geloof gevallen, zonder dat iemand ervan weet. Hij heeft het gevoel dat hij in een doornige woestenij voortstrompelt en glimlacht daarom heel vaak. Op het moment dat Ockie iets tegen hem zegt, glimlacht hij heimelijk terwijl hij dit vraagstuk overdenkt, van nergens meer in geloven, en maakt een schuldbewuste schrikbeweging wanneer hij wordt aangesproken.

Amor kan het tweetal zien, haar oom en de dubbende dominee, door de glazen schuifdeuren van de zitkamer. Van boven op het koppie kan ze de hele gevel van het huis zien, een uitstalling van ramen, en daarom zit ze hier graag, hoewel ze dat eigenlijk niet in haar eentje mag. Het is nog nooit zo druk geweest op de begane grond, een groot aantal menselijke figuren die rondlopen als speelgoedpoppetjes in een speelgoedgebouw. Maar haar aandacht is niet bij hen. Ze kijkt maar naar één raam, boven, het derde van links, en denkt, daar ligt ze. Als ik nou maar gewoon het koppie af en de trap op ga, ligt ze in haar kamer op me te wachten. Zoals altijd.

Ook kan ze zien dat er iemand rondloopt. Een vrouwelijke, redderende figuur. Als ze haar ogen half dichtdoet, kan Amor zich voorstellen dat het echt haar moeder is, met een sterk en weer gezond lichaam, die de medicijnen weghaalt van haar nachtkastje. Niet meer nodig. Ma is weer beter, de tijd is teruggedraaid, de wereld is weer als vanouds. Makkelijk zat.

Maar ze weet dat ze zichzelf voor de gek houdt en dat de persoon in de kamer niet ma is. Het is natuurlijk Salomé, die hier al eeuwig op de boerderij is, zo voelt het tenminste. Mijn grootvader had het altijd op die manier over haar, o, Salomé, die zat bij de koop van het land inbegrepen.

Blijf even meekijken wanneer ze het bed afhaalt, een stevige, degelijke vrouw, die een afdankertje aanheeft, een jaren geleden van ma gekregen jurk. Een hoofddoek die over haar haar is gebonden. Ze is op blote voeten, en haar voetzolen zijn gebarsten en vuil. Ook haar handen dragen sporen, de letsels en littekens van talloze botsingen. Vermoedelijk van dezelfde leeftijd als ma, veertig, al ziet ze er ouder uit. Lastig om een exact getal te bepalen. Aan haar gezicht is weinig af te lezen, ze draagt haar leven als een masker, als een gesneden beeld.

Maar sommige dingen weet je wel, omdat je ze zelf hebt gezien. Op dezelfde onverstoorbare manier waarop Salomé het huis aanveegt en schoonmaakt en de kleren wast van de mensen die erin wonen, heeft ze voor ma gezorgd tijdens haar laatste ziekte, door haar aan te kleden en uit te kleden, haar met een emmer heet water en een waslap te baden, haar op de wc te helpen, ja, zelfs haar kont af te vegen nadat ze de po had gebruikt, door bloed en stront en pus en pis op te dweilen, alle klusjes waar haar eigen familieleden geen trek in hadden, te smerig of te intiem, laat Salomé het maar doen, daar wordt ze toch voor betaald? Ze was bij ma toen ze stierf, stond naast haar bed nota bene, hoewel niemand haar lijkt te zien, ze is blijkbaar onzichtbaar. En wat Salomé zelf voelt is ook onzichtbaar. Er is haar meegedeeld: Ruim het maar op, was de lakens, en ze gehoorzaamt, ze maakt schoon, ze wast de lakens.

Maar Amor ziet haar door het raam, dus onzichtbaar is ze toch niet. Ze zit na te denken over een herinnering, tot nu toe onbegrepen, aan een middag nog maar twee weken geleden, in diezelfde kamer, met ma en pa. Ze waren vergeten dat ik er ook zat, in de hoek. Ze zagen me niet, ik was voor hen net een zwarte vrouw.

(Beloof je 't me, Manie?

Zich aan hem vasthoudend, skeletachtige handen die grijpen, als in een horrorfilm.

Ja, ik zal het doen.

Want ik wil echt dat ze iets krijgt. Na alles wat ze gedaan heeft.

Ik begrijp het, zegt hij.

Beloof me dat je het zult doen. Zeg het in woorden.

Ik beloof het, zegt pa, met een verstikt stemgeluid.)

Ze ziet het nog steeds voor zich, haar ouders met elkaar verstrengeld als Jezus en Zijn moeder, een verschrikkelijk treurige verknoping van huilen en vasthouden. Het geluid klinkt ergens anders, hoger en afzonderlijk, en pas nu komen de woorden bij haar aan. Maar eindelijk begrijpt ze over wie ze het hadden. Natuurlijk. Hèhè.

Ze zit op het plekje waar ze graag komt, tussen de rotsen, aan de voet van de verbrande boom. Waar ik zat toen de bliksem insloeg, waar ik bijna dood ben gegaan. Pats-boem, wit vuur dat uit de hemel neerviel. Alsof God naar je wees, zegt pa, maar hoe moet hij dat weten, hij was er niet bij toen het gebeurde. De toorn des Heren is als een wrekende vlam. Maar ik ben niet verbrand, niet zoals de boom. Alleen mijn voeten.

Twee maanden in het ziekenhuis, om te herstellen. Haar voetzolen zijn nog steeds gevoelig, en er ontbreekt een kleine teen. Ze raakt het plekje aan, gaat met haar vinger over het litteken. Op een dag, zegt ze hardop. Op een dag zal ik. Maar de gedachte breekt halverwege af, en wat ze op een dag gaat doen blijft in het midden, opgeschort.

Wat er nu gebeurt is dat er iemand anders het koppie op klimt vanaf de andere kant. Een menselijke figuur die nadert, zich langzaam invult, zich hult in leeftijd, sekse en ras, alsof het kledingstukken zijn, totdat Amor naar een zwarte jongen kijkt, ook dertien jaar, met een versleten korte broek en een T-shirt aan, kapotte sportschoenen aan zijn voeten.

Zweet laat kleding aan je lijf plakken. Trek het los met je vingers.

Hoi, Lukas, zegt ze.

Hoesit, Amor?

Eerst moet er met een stok op de aarde worden geslagen. Dan strijkt hij neer op een rotsblok. Met elkaar praten kost geen moeite. Is niet voor het eerst dat ze elkaar hier ontmoeten. Nog steeds kind, op het punt van geen kind meer zijn.

Ik vind het erg van je mama, zegt hij.

Ze begint bijna weer te huilen. Het is niet erg wanneer Lukas het zegt, want zijn vader is ook doodgegaan, in een goudmijn vlak bij Johannesburg, toen hij nog maar klein was.

Er is een band. Wat ze zich net heeft herinnerd dringt zich naar buiten, ze wil het hem vertellen.

Het is nu van jullie, het huis, zegt ze.

Hij kijkt haar aan, niet-begrijpend.

Mijn moeder heeft tegen mijn vader gezegd dat hij het aan je moeder moet geven. Een christen komt nooit op zijn woord terug.

Hij kijkt naar beneden, naar de andere kant van het koppie, waar hij woont, in het scheve huisje. Het huis van de Lombards. Zo noemt iedereen het, hoewel de oude mevrouw Lombard al jaren geleden is overleden, voordat Amors grootvader het kocht om te voorkomen dat die Indiase familie erin trok en hij Salomé erin liet wonen. Sommige namen beklijven, andere niet.

Ons huis?

Dat wordt nou van jullie.

Hij knippert met zijn ogen, nog steeds in de war. Het is altijd zijn huis geweest. Hij is er geboren, hij slaapt er, waar heeft dat blanke meisje het over? Zich alweer vervelend spuugt hij en gaat staan. Ze merkt hoe lang en sterk zijn benen zijn geworden, merkt wat een stevige haartjes er op zijn dijen groeien. Ze kan hem ook ruiken, de stank van zweet. Dat alles is nieuw, of misschien is het nieuwe dat ze het merkt, en ze voelt zich al opgelaten, zelfs voordat ze beseft dat hij naar haar kijkt.

Wat? vraagt ze en duikt in elkaar, met haar armen om haar knieën.

Niks.

Hij springt op haar rots af, hurkt naast haar neer. Zijn blote been is dicht bij het hare, ze voelt de warmte en de prikkeling, en met een ruk trekt ze haar been weg.

Bah, zegt ze. Je moet je wassen.

Snel komt hij overeind en springt terug naar de andere rots. Nu heeft ze spijt dat ze hem heeft verjaagd, maar weet niet wat ze moet zeggen. Hij pakt zijn stok en begint er weer mee te slaan.

Oraait, zegt hij.

Oké.

Hij loopt het koppie af langs dezelfde weg als hij is gekomen. Slaat met de stok naar de witte pluimen van het gras, steekt hem in termietenheuvels. Laat de wereld weten dat hij er is.

Ze kijkt hem na tot hij verdwijnt en voelt zich nu wat lichter omdat de grote zwarte auto weg is en een grote zwartheid die op haar was neergestreken ook weg is. Dan daalt ze langzaam af langs de andere kant van het koppie en blijft hier en daar kijken naar een rots of een blad, naar haar eigen huis, of het huis dat ze als haar eigen beschouwt. Wanneer ze de achterdeur in gaat, zijn er honderddrieëndertig minuten en tweeëntwintig seconden verstreken sinds ze is weggerend. Er zijn vier auto's vertrokken, waaronder de lange zwarte, er is één nieuwe aangekomen. De telefoon heeft achttien keer gerinkeld, de deurbel twee keer, één keer omdat iemand bloemen heeft gestuurd die hoe onwaarschijnlijk ook hier helemaal zijn bezorgd. Er zijn tweeëntwintig kopjes thee, zes mokken koffie, drie glazen fris en zes cola-brandy's genuttigd. De drie beneden-wc's, niet gewend aan zo'n druk verkeer, zijn samen zevenentwintig keer doorgetrokken en hebben negen komma acht liter urine, vijf komma twee liter stront, één maagvol uitgebraakt voedsel en vijf milliliter sperma afgevoerd. Getallen lopen eindeloos door, maar wat heb je aan dat gecijfer? In elk mensenleven is er eigenlijk maar één van alles.

Wanneer ze de keuken in sluipt, kan ze verre stemmen horen, hoewel het stil is in dit deel van het huis. Ze gaat de trap naar de bovenverdieping op. Loopt de gang naar haar kamer in. Onderweg moet ze langs de kamer van ma, nu leeg omdat Salomé het beddengoed is gaan wassen, en ook al weet ze dat wat niet is gebeurd hier niet is gebeurd, moet ze, zál ze, naar binnen gaan.

Klein meisje dat naar de spullen van haar moeder kijkt. Ze weet alles met haar ogen dicht, hoeveel stappen van de deur naar het bed, waar het lichtknopje van de lamp zit, het wervelende oranje dessin van het tapijt als een opkomende hoofdpijn, enz., enz. Vanuit een ooghoek ziet ze ma's gezicht in de spiegel verschijnen, denkt ze, maar wanneer ze er recht naar kijkt is het weg. In plaats daarvan kan ze haar moeder ruiken, of een mengeling van geurtjes die ze als haar moeder beschouwt, maar die in feite de sporen van recente gebeurtenissen zijn en verband houden met braaksel, wierook, bloed, medicijnen, parfum en een onderliggende donkere noot, misschien de reuk van de ziekte zelf. Uitgeademd door de muren, zwevend in de lucht.

Ze is er niet.

Het is haar zus Astrid die spreekt. Ze heeft haar op een of andere manier in de smiezen gekregen en is haar gevolgd.

Ze hebben haar weggehaald.

Dat weet ik. Ik heb het gezien.

Het bed is afgehaald en het kale matras is bevlekt met iets ondefinieerbaars. Allebei kijken ze naar die heftige donkere omtreklijn alsof het de kaart van een nieuw werelddeel is, boeiend en beangstigend.

Ik was bij haar toen ze stierf, zegt Astrid ten slotte, met trillende stem omdat ze iets vertelt wat niet waar is. Ze was niet bij haar moeder toen ze stierf. Ze stond achter de stallen te praten met Dean de Wet, de jongen uit Rustenburg die soms op de boerderij komt helpen met het uitmesten van de stallen. Deans vader is een paar jaar geleden overleden en Dean heeft Astrid begeleid in de tijd dat haar moeder op sterven lag. Hij is een alledaagse, oprechte jongen en Astrid is ingenomen met zijn aandacht, als onderdeel van een bredere mannelijke opmerkzaamheid waarvoor ze sinds kort ontvankelijk is. Dus de enige mensen die bij Rachel Swart waren toen haar tijd kwam, waren haar man, anders bekend als pa of Manie, en de zwarte hulp, hoe heet ze ook alweer, Salomé, die uiteraard niet meetelt.

Ik had er moeten zijn. Zo vindt Astrid. Dat ze in plaats daarvan stond te flirten met Dean vergroot haar schuldgevoel alleen maar. Ze gelooft, ten onrechte, dat haar jongere zus de waarheid over haar weet. Niet alleen deze waarheid, ook andere. Bijvoorbeeld dat ze een halfuur geleden haar lunch heeft uitgebraakt, iets wat ze wel vaker doet om slank te blijven. Ze heeft gauw last van dit soort paranoïde angsten en vermoedt soms dat haar gedachten stiekem kunnen worden gelezen door de mensen om haar heen, of dat het leven een complexe voorstelling is waarin iedereen een rol speelt en zij alleen juist niet. Astrid is een angstig iemand. Ze is onder andere bang voor het donker, armoede, onweer, dik worden, aardbevingen, tsunami's, krokodillen, de zwarten, de toekomst, het uiteenvallen van de geordende structuren van de samenleving. Voor onbemind zijn. Voor altijd onbemind te zijn geweest.

Maar nu huilt Amor weer, omdat Astrid dat woord heeft gezegd alsof het een feit is en dat is het niet, dat is het niet, ook al is het huis vol mensen die hier niet zouden moeten zijn, er normaal niet zijn, of niet tegelijk.

We moeten zorgen dat we klaarstaan, zegt Astrid ongeduldig. Je moet dat uniform uittrekken.

Klaarstaan waarvoor?

Astrid heeft geen antwoord, en dat irriteert haar.

Waar was je naartoe? We hebben allemaal naar je gezocht.

Ik ben het koppie op geklommen.

Je weet best dat je daar niet in je eentje mag komen. En wat doe je hier? In haar slaapkamer?

Ik keek alleen maar.

Waarnaar dan?

Ik weet het niet.

Dat is de waarheid, ze weet het niet, ze kijkt alleen maar, meer niet.

Ga je omkleden, zegt Astrid bevelend en probeert haar stem volwassen te laten klinken nu er een positie is vrijgekomen.

Je hoeft me niet te commanderen, zegt Amor, maar ze gaat toch, gewoon om te ontkomen aan Astrid, die alleen in de kamer achterblijft en onmiddellijk haar hand uitsteekt naar een armbandje dat ze op het nachtkastje ontdekt heeft, een fraaie kleine cirkel van blauwe en witte kralen. Ze heeft haar moeder het zien dragen, ze heeft het al eerder even omgedaan. Nu schuift ze het weer over haar pols en voelt hoe het haar hartslag meet. Ze besluit dat het altijd al haar eigendom is geweest.

Ik ben niet mooi. Zo vindt Amor, niet voor het eerst, wanneer ze zichzelf bekijkt in de spiegel aan de binnenkant van haar kastdeur. Ze staat in haar ondergoed, waar een kleine, onlangs aangeschafte beha ook deel van uitmaakt. De gewaarwording van uitbottend vlees is nog nieuw en onthutsend. Haar heupen zijn breder geworden en die verdikking heeft iets zwaars voor haar, iets overdrevens, obsceens. Ze heeft een hekel aan haar buik en haar dijen en de manier waarop haar schouders afhangen. Ze heeft een hekel aan haar hele lichaam, zoals veel van jullie dat hebben, maar met een speciale puberale intensiteit, en haar lichaam lijkt vandaag wel erger aanwezig dan normaal, aanwezig op een compactere, verhitte manier.

Op dergelijke momenten, dat ze inwendig bestek opneemt, wordt de lucht rondom haar geladen met helderziendheid. Het is onlangs al een paar keer gebeurd dat ze van tevoren weet, een milliseconde eerder in de tijd, dat er een schilderij van de muur zal vallen, een raam open zal vliegen, een potlood over het bureau zal rollen. Vandaag kijkt ze langs haar spiegelbeeld en weet ze met zekerheid dat er een zwartgeblakerd, op het nachtkastje liggend schildpadschild omhoog zal rijzen. Ze ziet het omhoogrijzen. Ze neemt waar hoe het rustig naar het midden van de kamer zweeft, alsof het door haar wordt getransporteerd met haar blik. Dan laat ze het vallen, of misschien smijt ze het wel neer, want het klettert met flink wat geweld op de grond en breekt in stukken.

Het schildpadschild is, of liever gezegd was, een van de heel weinige voorwerpen die ze verzameld heeft, allemaal opgeraapt in het open veld. Een vreemd gevormde steen, een minuscule mangoestenschedel, een lange witte veer. Verder is de kamer verstoken van de vaste symbolen en aanwijzingen, hij bevat alleen het eenpersoonsbed met deken, het nachtkastje met lampje, de hangkast en de ladekast, de houten vloer zonder karpet of tapijt. Ook de muren zijn kaal. Wanneer het meisje zelf afwezig is, heeft de kamer iets van een onbeschreven bladzijde, vrijwel zonder sporen of aanwijzingen die iets over haar zeggen, en dat zegt misschien alsnog iets over haar.

Ze heeft een stuk van het schildpadschild in haar hand als ze een poosje later de trap af komt. Er zwerven nog steeds mensen rond, en ze houdt haar blik strak voor zich uit en loopt naar de gestalte van haar vader, nog steeds voorovergezakt op de stoel.

Waar zat je? vraagt pa. We waren erg bezorgd.

Ik was op het koppie.

Amor. Je weet dat je daar niet in je eentje mag komen. Waarom ga je daar steeds weer heen?

Ik wilde haar niet zien. Ik was weggelopen.

Wat heb je daar in je hand?

Ze overhandigt het brokje misvormd schild en kan zich in haar verdoofde toestand niet herinneren wat het is en waar het vandaan komt. Het ziet eruit als een reusachtige oude teennagel, echt walgelijk, *sies*. Iets wat ze buiten ergens heeft opgeraapt. Komt altijd maar aanzetten met viezige flinters en flenters natuur. Hij gooit het bijna weg, maar de aanvechting vervliegt en hij houdt het in zijn hand zoals zij het deed, slap.

Kom eens hier.

Nu is hij vervuld van grote tederheid voor haar, zowel diepgaand als sentimenteel. Zo weerloos, een eenvoudige ziel. Mijn kind, mijn kleine kindje. Haalt haar naar zich toe en opeens vloeien ze allebei terug naar eenzelfde moment, zeven jaar geleden in de witheid vlak na de blikseminslag, de dromerige, halfwakker beleefde nasleep van het ongeluk. Toen hij Amor het koppie af droeg. Red haar. Red haar, o Heer, en ik ben eeuwig de Uwe. Voor Manie was het als Mozes die de berg afdaalde, was het de middag dat de Heilige Geest hem aanraakte en zijn leven veranderde. Amor herinnert het zich anders, als de doordringende geur van verbrand vlees, net als bij een *braai*, de stank van een offer in het centrum van de wereld.

Het koppie. Lukas. Het gesprek. Dat is wat ze beneden

komt zeggen, en ze duwt zich los, platgedrukt tegen zijn overhemd en de geur van zweet, verdriet en Brut-deodorant.

U zult u aan uw belofte houden, zegt ze. Een uitspraak of een vraag, dat is voor geen van beiden duidelijk.

Welke belofte bedoel je?

U weet wel. Wat ma heeft gevraagd dat u moest doen.

Pa ziet er moe uit, korrelig bijna, nog even en alle zand loopt uit hem weg. Ja, zegt hij vaag, als ik het beloofd heb, dan zal ik het doen.

Doet u het?

Ik zei toch van ja. Hij haalt een zakdoek uit zijn zak, snuit zijn neus erin en kijkt dan in de zakdoek om te zien wat hij heeft geproduceerd. Stopt hem weer weg. Waar hebben we het eigenlijk over? vraagt hij.

(Salomés huis.) Maar Amors krachten zijn ook opgebruikt en ze zakt weer tegen zijn borst aan. Wanneer ze praat verstaat hij haar niet.

Wat zei je?

Ik wil niet terug naar het pension. Ik haat het daar.

Hij denkt erover na. Je hoeft niet terug, zegt hij. Het was maar tijdelijk, zolang ma... zolang ma ziek was.

Dus ik hoef niet meer terug?

Nee.

Nooit meer?

Nooit meer, dat beloof ik.

Nu voelt ze zich weggezonken en ver weg, alsof ze zich in een hete, stille ondergrondse grot bevindt. Wispelturig is het hart. De middag loopt af naar zijn lange gele eind. Mijn moeder is vanochtend gestorven. Binnenkort is er alweer een dag voorbij.

Manie is haar kleverige aanhankelijkheid beu en moet zich verzetten tegen de ongepaste drang om haar weg te duwen. Hij heeft er altijd over in gezeten, zonder een tastbare grond, of Amor wel zijn kind is. De laatstgeborene, niet gepland, verwekt in de meest problematische periode van zijn huwelijk, het middenstuk, waarin zijn vrouw en hij ieder een eigen slaapkamer betrokken. Van liefde was weinig sprake, en toch was dat de tijd waarin Amor arriveerde.

Maar waar ze ook vandaan komt, ze maakt ongetwijfeld deel uit van het Hemelse plan. Ze was in elk geval het instrument van zijn bekering, toen de Heer haar bijna van hen wegnam en Manie zich eindelijk voor de Heilige Geest openstelde. Algauw daarna, in een moment van diep gebed, had hij begrepen wat hij moest doen om zichzelf te louteren. Hij, Herman Albertus Swart, moest zijn tekortkomingen aan zijn vrouw opbiechten en haar om vergiffenis vragen, en daarom had hij Rachel alles verteld, met inbegrip van het gokken en de prostituees, hij had zich blootgegeven en verootmoedigd, maar in plaats dat zijn huwelijk ervan opklaarde, was het donker geworden, in plaats van hem te vergeven had ze hem beoordeeld en bevonden dat hij schromelijk tekortschoot, in plaats van hem te volgen naar de vallei des lichts was ze de andere kant op gegaan, terug naar haar eigen mensen. 's Heren wegen zijn eeuwig ondoorgrondelijk voor ons!

Hij gaat verzitten in de stoel en neemt Amors gezicht in zijn handen, keert het naar zich toe en bekijkt haar trekken, zoekend naar een signaal dat alleen uit zijn lichaam, zijn cellen zou kunnen komen. Is niet voor het eerst dat hij dat doet. Ze staart naar hem terug vanuit haar eigen donkere gesternte, angstig.

Hij staat misschien op het punt iets tegen haar te zeggen, maar wordt daarin gehinderd, gelukkig, door de komst van dominee Simmers. De brave predikant is hier al het grootste deel van de dag om een belangrijk lid van zijn gemeente bij te staan met gebed en goede raad. In de jaren van Manies zoek- en speurtocht na zijn vluchtige contact met Gods vuur heeft Alwyn Simmers als zijn gids en herder gediend. De strenge richtlijnen van zijn Kerk zijn de binten en schoren die me overeind houden.

Ik vrees dat ik moet gaan, zegt de predikant. Maar morgen kom ik weer.

Hij neemt Manie waar als een ingewikkeld waas, want de dominee raakt zijn zicht kwijt, zijn ogen gaan schuil achter dikke, donkere glazen en overal waar hij gaat heeft hij iemand nodig om op te steunen. Letterlijk, want onder deze omstandigheden is Jezus niet meer dan een metafoor. Vandaar de aanwezigheid van de dominee in opleiding, degene die zijn geloof niet meer kan vinden en nu probeert de predikant zodanig te manoeuvreren dat het gesprek vanuit de juiste hoek kan verlopen.

Manie heeft eindelijk een reden om zijn dochter opzij te zetten, zorgvuldig, als een breekbaar meubelstuk, en is haar in een oogwenk vergeten. Ik loop wel met u mee naar uw auto, zegt hij. Wanneer hij langzaam met beide mannen naar de voordeur loopt, komt hij langs een ingelijste foto van zichzelf op het buffet, twintig jaar geleden genomen in Scaly City, zijn reptielenpark, kort na de opening. Geld als water, vanaf de eerste dag, en dat zie je aan de brede grijns van de jongeman op de foto. Manie op zijn zevenentwintigste. Destijds beschouwd als goede partij. Lollige vent, altijd de grapjas uithangen, en nog knap om te zien ook, kijk maar naar de foto als je het niet gelooft. Lange lok over zijn voorhoofd, brutale grijns met veel wit van tanden. Beetje 'n ondeugende jongen. Met in elke hand een woeste, dodelijke slang, zwarte mamba in de linker, groene mamba in de rechter, zijn jeugd en gezondheid en zekerheid stralen je uit de lijst tegemoet. Zonnebril, natuurlijk, met een groot, glimmend montuur, weelderige koperkleurige tochtlatten, van dezelfde kleur als het haar dat uit zijn blote borst opspringt. Vruchtbaar, ongebonden, iedereen wilde wel iets van hem, geen wonder dat Rachel alles voor hem liet schieten. En daarna van gedachte veranderde toen ook hij veranderde.

Buiten tast de dominee naar Manie voor een omhelzing, zwaar ademend maar mannelijk. Vind kracht in Christus, zegt hij in zijn oor. Een zinloze uitspraak, als je erover nadenkt, maar Manie zegt dat hij dat zal doen, kracht vinden in Christus. Hij doet het al een hele tijd. Komt u morgen terug? vraagt hij bezorgd, onzeker of Christus alleen wel zal volstaan, en de predikant belooft dat hij dat zal doen.

Dan rijden ze weg van de boerderij, of liever: de leerling-dominee zit achter het stuur, de oudere man naast hem. Tijdens de hobbelige rit naar het hek spreken ze geen woord, hoewel de adamsappel van de chauffeur op en neer danst als een dobber aan een vislijn, net alsof hij iets te zeggen heeft.

Pas nadat ze door het hek zijn en de asfaltweg zijn op gedraaid komt er beweging in Alwyn Simmers.

Fantastische familie, merkt hij op. En die man gaat er niet aan onderdoor.

De chauffeur luistert, met een inwendige, afgunstige glimlach. Gaat er niet aan onderdoor! Kan zo'n zekerheid bestaan? Voor mij niet. Vanavond niet. Zelfs erop vertrouwen dat hij op de weg kan blijven, nu zijn handen zo glibberig zijn, vereist te veel geloof.

De oude predikant is een forse, zachte man, met een slag in zijn krullerige donkerblonde haar. Hij biedt een grotendeels verkreukte aanblik, want zijn zuster Laetitia, die thuis voor hem zorgt, is geen virtuoos met het strijkijzer. En de huid van zijn handen, nek en gezicht, alles wat er van hem zichtbaar is, is los en vol lijnen, en eigenlijk moet je niet willen weten hoe de rest eruitziet, onder zijn kleren.

Hij is van nature zwaar op de hand, maar vanmiddag is hij extra geneigd tot overpeinzingen, want de dood van Rachel, een vrouw wier hand vanaf het eerste begin tegen hem was opgeheven, voorwaar een koppige, trotse vrouw die haar gezicht afgewend hield van de Heer, heeft iets binnen bereik gebracht wat hij heel graag wil. Niet voor zichzelf, nee, natuurlijk niet! Voor de Kerk alleen, en de bevordering van het werk des Hemels. Ik ben louter het instrument. Maar het instrument voelt aan dat de weg eindelijk is vrijgemaakt en dat hij binnenkort een begerenswaardig stuk land zal verwerven.

Haal me morgen maar om vier uur op, besluit hij.

Gaan we weer naar... naar die mensen?

Ja, we gaan terug naar de familie Swart. Mijn werk daar is nog niet gedaan.

Wanneer de zon ondergaat, vooral in deze omgeving een bont spektakel, zijn alle bezoekers weg en blijft er alleen de familie over. Oom Ockie helt nu een eindje naar rechts, misschien onder invloed van zijn scheve glimlach, die maar aan één mondhoek omhoog is getrokken. Pa en hij zitten in de zitkamer te kijken naar het tv-journaal, dat vanuit het hele land slecht nieuws verspreidt. Een kleefmijn in Johannesburg, troepen in de townships. Af en toe stort pa in en begint even te snikken, alsof de toestand in Zuid-Afrika hem emotioneert. Ockie zit alleen maar grijnzend aan zijn drankje te nippen.

In de keuken houdt Marina toezicht op de zwarte dienstmeid, die een stapel borden en kopjes af te wassen heeft. Afgaand op de manier waarop ze zich voortsleept, heel zwaar en traag, zou je denken dat zij een familielid heeft verloren.

Onvergeeflijk, zo lui zijn op een grote dag als deze, ze moet als een soort rotsblok voortgeduwd worden, de hele tijd bevelen geven is een uitputtingsslag. Boos marcheert Marina voor een laatste keer door het huis, op zoek naar restanten. In de eetkamer stuit ze op Amor, die ze nog niet heeft kunnen disciplineren. Waar was jij nou weer heen? wil ze weten, woedender dan ze zelf in de gaten had, en knijpt haar nichtje in haar bovenarm, met een opwelling van echte wreedheid in haar nagels.

Au, zegt Amor, maar geeft verder geen antwoord, en Marina loopt stampend de trap op, humeurig en voldaan. Ze gaat naar de kamer van Rachel en aarzelt heel even voordat ze de ramen en gordijnen dichtdoet. Er hangt een luchtje, vindt ze, een naar geurtje. Buiten is het nacht.

Het is nacht, dezelfde nacht, maar later, de sterren hebben zich verplaatst. Er staat alleen een schijfje maan, dat een ijle, metaalachtige gloed over dit landschap van rotsen en heuvels werpt zodat het er bijna vloeibaar uitziet, een kwikzilveren zee. De snelweg wordt af en toe in slow motion uitgetekend door de koplampen van een auto die een lading van mensenlevens vervoert, op weg van ergens naar ergens.

Het huis is donker, afgezien van de schijnwerpers, langszij neergezet, let op de nautische term, die de oprijlaan en het gazon verlichten, en een enkele lamp die binnen is aangelaten, in de zitkamer. In de diverse kamers beneden is alles grotendeels inert, op hier en daar een wegschietend insect na, of is het een knaagdier, en de minuscule uitzetting en samentrekking van het meubilair. Trippel, trappel, kraak, krak.

Maar boven, in de slaapkamers, flakkert telkens iets op. Het matras van pa is een vlot, dat heen en weer geslingerd wordt op een stroom van onprettige dromen. Hij heeft een kalmeringsmiddel ingenomen, voorgeschreven door dokter Raaff, en daardoor blijft zijn hoofd vlak onder de waterspiegel, zodat hij naar beelden kijkt die van bovenaf teruggekaatst worden. In veel ervan is zijn vrouw aanwezig, maar op een bepaalde manier veranderd, een tikje vertekend. Er zitten sporen van een volkomen andere persoon in haar, iemand die hij niet kent. Hoe kan dat nou, roept hij haar toe, je bent dood. Dat is een onvergeeflijke uitspraak, Manie, zegt ze, ik voel me erg gekwetst. Zijn hart wordt gemangeld als een ouwe lap stof. Het spijt me, het spijt me.

Achter de muur naast hem, op een armlengte afstand, deint Astrid in haar slaap. Ze is onlangs haar maagdelijkheid kwijtgeraakt, aan een jongen die ze op de schaatsbaan heeft ontmoet, en seks waait als een gouden wind door haar heen. Ze is de pijn vergeten, hoewel hij deel is van het schijnsel rond de gezichten van jonge mannen, met hun borstelige baarden, in deze droom met name rond het gezicht van Dean de Wet, wiens mond een roze kleur heeft, anders dan normaal, iets wat haar inwendig opwindt, daar diep beneden waar alles bij elkaar komt.

In de logeerkamer ligt tante Marina telkens weg te doezelen en wakker te schrikken. Ze haalt maar net het begin van een droom, waarin ze ergens bij een oud fort zit te picknicken met P.W. Botha en hij haar met dikke witte vingers aardbeien voert voordat ze ontwaakt omdat ze een trap krijgt. Thuis in Menlo Park slaapt ze niet in hetzelfde bed als Ockie, die naast haar ligt te trekkebenen als het slachtoffer van een aanrijding door een onbekende, nu wachtend op medische hulp. Wat een idee, Marina, foei toch, maar een mens is nou eenmaal geen meester over zijn eigen gedachten, en er gaat weleens iets veel ergers door je hoofd, reken maar. De voet van haar man raakt die van haar, ze trekt haar voet weg. Vreselijk hoor, om terug te deinzen van iets waarvan je ooit hebt gehouden, kortstondig, of dacht te houden of dacht te willen houden. Maar waaraan je hoe dan ook levenslang bent vastgeketend.

Aan het andere eind van de keten beweegt Ockie zich krampachtig, een dansende beer. Hij droomt niet, tenzij de ondiepten waar hij spetterend doorheen waadt een soort droom zijn, maar veel gebeurt er niet in, het is alleen een kwestie van telkens veranderende kleuren. Van de zeebodem stijgt een luchtbel op, een zacht gelaten wind langs de zij van zijn vrouw, die verstijft en protesterend haar neusvleugels optrekt.

En in haar slaapkamer aan het eind van de gang ligt Amor, slapeloos, uren achtereen. Voor haar niets ongewoons, geloof me maar, voordat ze 's nachts in slaap valt moet haar geest uitreizen van de plaats waar haar lichaam verankerd is, ruggelings op bed, om contact te maken met bepaalde voorwerpen op speciale plekjes, in specifieke volgorde. Pas als dat is gedaan, kan ze zich voldoende ontspannen om los te laten. Maar vannacht lukt het niet, de andere beelden van die dag zijn te sterk, ze dringen zich op, de samengeperste lippen van mevrouw Starkey, de stok waarmee Lukas op de grond sloeg, de zere plek op haar arm waar haar tante haar heeft geknepen, met zoveel woede in haar vingers, de plek vanwaar een kleine pijnpuls het heelal in wordt gezonden, zie dat ik besta, ik ben hier, Amor Swart, 1986. Laat het nooit morgen worden.

Wie zal het zeggen, misschien dat al deze dromen versmelten en uitgroeien tot een enkele, grotere droom, een droom van de hele familie, maar er ontbreekt iemand. Op ditzelfde moment stapt hij uit een Buffel in een legerkamp ten zuiden van Johannesburg, met een gevechtspak aan en een geweer over zijn arm. Gisterenochtend heeft hij in Katlehong het geweer gebruikt om een vrouw dood te schieten, een daad die hij zijn hele leven nooit had verwacht te plegen, en sindsdien heeft hij weinig meer gedaan dan steeds weer bij dat ogenblik stil te staan, vol verwondering en wanhoop.

Swart.

Ja, korporaal?

De legerpredikant wil je zien.

De legerpredikant?

Hij heeft nooit eerder met de legerpredikant gesproken. Het kan alleen maar zijn, denkt hij, dat de man weet wat hij gedaan heeft en er met hem over wil praten. Zijn zonde heeft zichzelf op een of andere manier doorgeseind, hij heeft iemand van het leven beroofd, hij moet boeten. Maar het was geen opzet. Maar dat was het wél.

Ze gooide met een steen, ze bukte zich om hem op te rapen, er ging een scheut van woede door hem heen, die samenviel met die van haar. Hij dacht niet na, hij haatte haar, hij maaide haar weg. Alles binnen een paar seconden, een oogwenk, over en afgelopen. Nooit over, nooit afgelopen.

Zodat hij, zelfs nadat de man hem heeft ingelicht, nog steeds gelooft dat hij verantwoordelijk is. Mijn moeder is dood, ik heb haar gedood. Ik heb haar gisterochtend neergeschoten en gedood.

We probeerden je al te pakken te krijgen, zegt de legerpredikant. We hebben een radiobericht gestuurd. We dachten dat je dat ontvangen had.

Hij zit in de spreekkamer van de legerpredikant, op een stoel voor zijn bureau. Er is met kleefgom een christelijke poster aan de muur bevestigd. Ik ben de Weg en het Leven, maar afgezien daarvan is het vertrek kleurloos en alledaags, te alledaags om de gevoelens te bevatten die er in hem zijn losgelaten.

Ik was in Katlehong, zegt hij. Er was daar een opstootje.

Ja, ja, uiteraard. De legerpredikant is een klein, druk baasje, met haar dat uit zijn oren groeit. Hij heeft de rang van kolonel, maar draagt momenteel gewoon een trainingspak. Zijn gezicht is uitgezakt van de slaap. Nu hij zijn pijnlijke plicht heeft gedaan, wil hij graag terug naar bed, het is 03.00 uur op de klok.

Hier is een verlofpas voor zeven dagen, zegt hij tegen de dienstplichtige. Gecondoleerd met je moeder, maar ik weet zeker dat ze rust heeft gevonden.

De jonge man lijkt hem niet te horen. Hij zit uit het raam te staren, het donker in. We moesten de orde herstellen, zegt hij langzaam.

Ja, uiteraard, daarom zijn jullie hier. Daar is het leger voor. De legerpredikant heeft nooit innerlijk geworsteld met vraagstukken van deze aard, voor hem hebben de antwoorden altijd voor de hand gelegen. Hij vraagt zich vaag af of deze jongen van het subversieve type is. Wil je soms langer verlof? vraagt hij. Tien dagen?

O, zegt de jonge man. Nee, dat hoeft niet.

Goed dan.

Mijn moeder is joods geworden, moet u weten, of liever gezegd, is het opnieuw geworden, en hun doden worden heel gauw begraven. Het liefst dezelfde dag, als dat kan. Maar ze zullen wel op me wachten en het morgen doen.

Op die manier.

Zo is het allemaal gepland. Ze lag al maanden op sterven. Iedereen wil alleen maar dat het voorbij is.

Goed dan, zegt de legerpredikant nog een keer, niet op zijn gemak.

De jonge man komt eindelijk overeind. Mijn ouders hadden nooit met elkaar moeten trouwen, zegt hij. Ze waren te verschillend.

Hij slentert terug naar zijn tent over de donkere wegen van het kamp. Onder zeildoek honderden anderen zoals hij, neergelegd in rijen. Mijn moeder is dood. De poort waardoor ik de wereld heb betreden. Geen terugweg mogelijk, niet dat er ooit een is geweest. Ik heb haar gisteren doodgeschoten. Maar het was geen opzet van me. Maar dat heb je niet gedaan, je hebt je moeder niet gedood. Iemand anders z'n moeder heb je gedood. En daarom moest die van mij doodgaan.

Hij is heel moe, heeft al veertig uur niet geslapen. Slapen zit er pas weer in als hij thuis is. Knetter en brand. De lont is aangestoken. Er hangt voortdurend een geur in zijn neus, van brandend rubber, die ergens uit zijn binnenste oprijst. Hij komt bij zijn tent, waar zijn bed op hem wacht, maar loopt door omdat hij het fijn vindt het geluid te horen dat zijn laarzen op de weg maken. Slaap maar zoet, soldaatjes, terwijl de minotaurus voorbijdreunt. Voortsjokkend naar Bethlehem in de Vrijstaat.

Aan de verste rand van het kamp staat een soldaat op wacht. Een *troepie*, net als hij. Wat wil je? vraagt hij. Hij klinkt bang.

Ik wil je goud en je vrouwen, zegt Anton, die om een of andere reden in het Afrikaans spreekt, al hoort hij best dat de ander Engelstalig is. De taal van mijn vaderen, die me voor eeuwig vreemd is. Nee, ik heb me bedacht, ik kom in vrede. Breng me naar je aanvoerder.

Je mag hier niet komen.

Dat weet ik. Dat weet ik al sinds mijn geboortedag. Hij haakt zijn vingers door het gaas en gaat er met zijn hele gewicht aan hangen. Gele schijnwerpers laten vreemde schaduwen over het asfalt vallen. Aan de andere kant van de omheining ligt een parkeerterrein vol militaire voertuigen, waaronder een groot aantal Buffels zoals die ene waar hij in zat toen het gebeurde. Gisteren, pas gisteren. Nog zoveel leven om door te komen.

Ik heb mijn moeder verloren, zegt hij.

Verloren?

Ik heb haar doodgeschoten met mijn geweer, om het land te beschermen.

Heb je je moeder doodgeschoten?

Hoe heet je?

Payne.

O, schitterend, Pijn. Hij stapt over op Engels. We hebben elkaar eerder ontmoet. Ben je een allegorie? Ben je echt? Heb je een voornaam?

Mijn voornaam? Waarom wil je die weten?

Hij houdt zijn handen omhoog. Ik geef me over, soldaat Payne.

Gaat het wel goed met je?

Zie ik er soms uit alsof het goed met me gaat? Nee, het gaat niet goed met me. Mijn moeder is dood. Bedankt voor je gezelschap, Payne. Tot ziens maar weer.

Wankelend loopt hij weg in de richting waar hij vandaan kwam, en het gesprek verdwijnt, zoals dat meestal gaat, in de lucht, of in de aarde, het zinkt weg of het stijgt op en zal nooit meer terugkomen. Vier uur later staat schutter Anton Swart, negentien jaar oud, aan de kant van de weg in de buurt van Alberton op een liftplek voor militairen, hopend dat hij zal worden opgepikt. Hij ziet er afgepeigerd uit, hij is bleek. Een knappe jonge man, bruine ogen en donkerblond haar, met iets in zijn gezicht wat nooit ontspannen zal zijn.

Hij belt de boerderij uit een telefooncel in Pretoria. 's Morgens om halfnegen. Pa neemt op, hij klinkt versuft. Hij herkent Antons stem niet. Met wie spreek ik?

Met mij, uw zoon en erfgenaam. Kunt u Lexington sturen?

Hij blijft rondhangen bij het Staatstheater, in de buurt van de buste van Strijdom, tot de auto arriveert. Opgehaald met de triomfwagen, zegt hij bij het instappen, een oud grapje van hem, verwijzend naar het merk van de auto, de enige waarin Lexington mag rijden, hoewel hij elke week met talloze opdrachten door de familie naar de stad wordt gestuurd. Ga mijn gordijnen ophalen. Ga dit bij mevrouw Marina bezorgen. Lexington, ga Anton ophalen in Pretoria.

Ik vind het heel erg van mevrouw Rachel.

Dank je, Lexington. Hij staart uit het raampje naar de witte menigten op het trottoir. Een stad van snorren en uniformen, standbeelden van Boeren en grote betonnen pleinen. Na een poosje vraagt hij: Leeft je moeder nog?

Ja, ja, ze woont in Soweto.

En je vader?

Hij werkt in een mijn in Cullinan.

Onkenbare levens. Lexington zelf is een hiëroglief, met zijn chauffeurspet en chauffeursjasje. Hij moet ze dragen, zegt pa, zodat de politie kan zien dat hij geen *skelm* is, dat hij mijn chauffeur is. En om dezelfde reden moet Anton op de achterbank zitten, zodat er een duidelijk onderscheid is.

Waarom rijd je langs deze route, Lexington?

Omdat er onlusten in de townships zijn. Uw vader heeft gezegd dat ik een omweg moest nemen.

Ik zeg van niet.

Lexington aarzelt tussen twee autoriteiten.

Kijk, zegt Anton terwijl hij het in het zicht tilt, ik heb mijn geweer bij me. Hij legt het over zijn schoot. Zijn geüniformeerde schoot.

Wat hij niet zegt is: Er zitten geen kogels in mijn geweer.

Zonder kogels is mijn geweer niets, een lege huls. Het dient alleen om er kogels uit te laten komen, net als de kogel die ik gisteren zonder nadenken op haar heb afgevuurd, en daarna werd het moment waarop ze begon te vallen een breuklijn in mijn bestaan.

Wilt u dat ik omkeer?

Ja, Lexington, graag.

Er gaat toch niets gebeuren. En hij is zo moe, die omweg trekt hij niet. Geen omwegen meer voor mij. Zelfs de directe weg maakt hem moe, veel te vertrouwd, geel gras tussen bruine rotsen. Wat heb ik er de pest aan, dit harde lelijke landschap. Ik zou het liefst meteen vertrekken.

Wanneer ze bij de afslag Atteridgeville komen, is hij eindelijk weggezakt, het eerste voorproefje van slaap in twee dagen. De kleine menigte langs de kant van de weg heeft iets van een beeld uit een droom. Staan ze op een bus te wachten? Nee, ze lopen hard, ze schreeuwen, er gebeurt ergens iets en toch is het allemaal gewichtloos.

Niet gewichtloos is de steen die opeens op hem afkomt, weggeslingerd uit de hand van een man die opvalt in het geheel, bloeddoorlopen ogen die alleen op mij gericht zijn. In een oogwenk wordt de wereld echt. Het zijraampje spat uiteen, de inslag laat hem heel even wegvallen en daarna ontwaakt hij op het wapperende lint van de weg als Lexington ervandoor stuift.

Schandalig, meneer Anton, *hayi*.

(Heeft nooit eerder meneer tegen me gezegd.) Rij nou maar, Lexington, rij.

Er loopt iets nats in zijn ogen, dat rood wordt als hij het aanraakt. Pas nu vallen alle stukjes in elkaar, snapt hij wat er net gebeurd is. En pas nu voelt hij het, de rauwe bloesem van pijn vanuit één hoek.

Allejezus.

Wilt u dat we naar de dokter gaan?

De dokter? Hij moet lachen, maar het klinkt algauw krampachtig. Weet niet waar hij om lacht, er is nergens iets grappigs aan, misschien is dat wel het leuke. Hij huilt vaak als hij lacht, zijn hilariteit en gehuil komen vrijwel op hetzelfde neer. Droogt zijn tranen en zegt: Nee, dank je, Lexington, breng me alsjeblieft naar huis.

Zijn vader zit in een soort conclaaf met zijn oom en tante, in de zitkamer. Ze springen overeind als hij binnenkomt, vanwege het bloed, dat hij alweer vergeten is, hoewel het nog steeds langs zijn gezicht loopt en op zijn uniform drupt, net als op het geweer, het nutteloze, lege geweer.

Het is niets, zegt hij, een steen, ik ben niet ernstig gewond.

Ik bel dokter Raaff wel, zegt tante Marina. Het moet gehecht worden.

Maak er alstublieft geen toestand van.

Verdomme, ik heb nog zo gezegd dat hij een omweg moest nemen, zegt pa. Waarom luistert hij niet?

Hij mocht niet van mij.

Waarom? Waarom moet je altijd mijn bevelen negeren?

Ik dacht dat het wel zou kunnen, zegt Anton. Hij lacht weer. Maar zelfs hier vechten de oproerige inboorlingen tegen hun onderdrukkers.

Kerel, sla alsjeblieft geen onzin uit, zegt Ockie, waardoor zijn neef nog harder moet lachen.

Wat hij hier komt doen blijft onvermeld, er heerst alleen verwarring en opschudding, vanwaaruit dokter Raaff uiteindelijk alsnog verschijnt, vermoedelijk via een grote omweg. Marina heeft gelijk: Anton moet gehecht worden en de hechtingen worden aangebracht in de keuken, uit het zicht van teergevoelige zielen. Ook zijn er kleine glassplinters van het gebroken raampje die er met een pincet uit gepulkt moeten worden.

Dokter Raaff hanteert zijn pincet nog vaardiger dan gebruikelijk, het instrument en hij zijn op elkaar afgestemd. Zijn bewegingen zijn exact en afgemeten, zijn kleren angstvallig schoon. Zijn nauwgezetheid wordt prettig gevonden door zijn patiënten, maar als ze wisten wat voor dagdromen dokter Wally Raaff eropna houdt, zouden maar weinigen zich aan zijn onderzoek onderwerpen.

Hij zegt, niet zonder leedvermaak: Twee inch lager en het had je misschien je oog gekost.

Anton zegt: We zijn in 1971 overgestapt op het metrische stelsel.

Dokter Raaff kijkt hem kil aan, met strakke, dunne mond, als een van zijn hechtingen. Hij heeft inmiddels meer dan genoeg van de familie Swart en zou vooral deze jonge man met alle genoegen in een zwavelzuurbad oplossen. Maar in het openbaar moet je de fatsoensnormen in acht nemen, helaas.

Pas nadat de auto van de brave dokter over de oprijlaan verdwijnt, daalt er rust neer. De ochtend is intussen half verstreken en het is een onverwacht warme lentedag, het huis wordt omgeven door insectengezoem.

Ik heb *melktert* gebakken, zegt tante Marina tegen haar neef. Wil je niet een stukje? Ze knijpt in het vel van zijn taille en gaat koket verder: Je bent erg mager.

Straks.

We moeten nu naar die Joodse begraafplaats, om het een en ander te regelen. Wil je soms mee?

Ik moet slapen, zegt Anton. Ik moet gaan slapen.

Hij moet gaan slapen. Omgeven door een soort witte tunnel, waarin stemmen slechts flauwtjes tot hem doordringen, gaat hij de trap op naar zijn kamer. Kleedt zich langzaam uit, gooit elk kledingstuk op een stoel, als een stuk van zichzelf. Hij neemt een douche, en de laatste twee dagen spoelen ten dele van hem af, maar hij kan nauwelijks op de been blijven. Stapt in bed, nog vochtig, en valt vrijwel onmiddellijk in slaap, als een lamp die wordt uitgedaan.

Pas nu, te laat, wanneer alle anderen wakker zijn, draagt hij zijn droom bij aan de melange. Niet meer op tijd, verdwaald, rijzen er uit zijn hoofd droomranken omhoog die rookschetsen maken. Hij ligt in een bed dat veel weg heeft van het zijne, in een lange zaal vol identieke bedden, en uit een deuropening tegenover hem komt zijn moeder tevoorschijn. Ze loopt langzaam op hem af, tussen de bedden door, en wanneer ze bij hem is bukt ze zich om hem een koele kus op zijn voorhoofd te geven. Zo komen in dromen de doden bij je terug.

De geest van Rachel Swart, geboren Cohn, waart nog door het huis in een toestand van verwarring. Op bepaalde ogenblikken wordt ze bijna zichtbaar, bij het juiste licht of de juiste stemming, maar alleen voor degenen die bereid zijn te zien, en dan alleen schuins, aan de rand van de dingen. Niet lang geleden tuurde ze vanuit de spiegel naar Amor, hoewel ze eigenlijk stond te kijken naar het tafereel van haar laatste aftocht, een feit dat ze maar moeilijk kan bevatten. Dat is niet ongewoon, de doden zijn vaak niet in staat om hun toestand te accepteren, in dat opzicht lijken ze op de levenden, maar ze zijn vergeten waar ze heimwee naar hebben, tijdens het overgaan gaat er veel verloren, en wanneer ze je zien kennen ze je niet.

Tojo de Duitse herder observeert haar komen en gaan zonder problemen, omdat hij nog niet geleerd heeft dat zoiets onmogelijk is.

Ze tilt het keukengordijn op om stiekem een blik op Salomé te werpen, een ogenblik maar, als een glinsterend silhouet.

Astrid denkt dat ze haar hoort roepen uit haar kamer verderop in de gang, omdat ze weer hulp nodig heeft, altijd op het ergst mogelijke moment, maar natuurlijk is het gewoon een loszittend raamscharnier in de wind.

Ze rammelt met het wisselgeld in haar beurs, zoals ze dat vroeger ook deed, maar als Manie iets vanuit het bad roept, geeft ze geen antwoord.

Drukt haar koude lippen op het voorhoofd van de slapende Anton.

Uiteindelijk krijgt ze genoeg van het huis en wordt waarneembaar in de straten van Pretoria, op plekjes waar ze graag kwam. Ze peddelt in de vijver van het Magnolia Dell-park, drinkt thee op een terrasje aan het Barclayplein. Kijkt door de omheining van het Austin Roberts-vogelreservaat naar een treurige blauwe kraanvogel die naar iets glanzends op de grond pikt.

Het idee zal je duidelijk zijn. Ze strijkt neer waar haar geest ooit tastbaar is geweest, maar ze is niet vast meer, een vrouw in aquarel. Als onderdeel van een menigte is ze zomaar iemand, springt ze er niet uit. Ze legt hele afstanden af alsof ze van de ene kamer naar de andere loopt, op zoek naar iets wat ze kwijt is. In deze verschijningen draagt ze verschillende kledingstukken uit haar garderobe, een avondjapon, een dun zomerjurkje, zelfs een sjaal die ze bij Truworths op zicht had gekocht en de volgende dag terugbracht. Ze ziet er echt uit, wat wil zeggen: heel gewoon. Hoe zou je weten dat ze een geest is? Veel van de levenden zijn ook vaag en op drift, die tekortkoming is niet louter aan overledenen voorbehouden.

Uiteindelijk belandt ze ergens waar ze beslist nooit eerder is geweest, alleen ligt ze daar al wel, naakt op een metalen tafel met opstaande rand, als sprekend evenbeeld van zichzelf, maar grijs en koud, als iemand die dood is.

Ze is iemand die dood is. Ze kijkt naar zichzelf op de tafel en begint het te begrijpen.

Een oudere vrijwilligster is al een paar uur met haar bezig. Er zijn grenzen aan wat er gedaan kan worden, gezien het verbod op chemicaliën, maar het schoonmaken van het lichaam is van het hoogste belang. Daarna het begieten met water, om het vlees te reinigen, en vervolgens het afdrogen. Het is vereist, zowel het ritueel als het schoon zijn. En er schuilt grote eerbied en tederheid in deze verrichting, die rust brengt aan deze oudere vrouw, wier naam Sara is, volgens het naamplaatje dat ze op haar revers draagt. Op een dag, binnenkort, zal iemand dit voor mij doen.

Gewoon, zuiver en eenvoudig, zo pakt ze het werk aan. De menselijke vorm, herleid tot wat hij is. Ze heeft het lichaam gekleed in de *tachrichiem* en er de *avnet* omheen gewikkeld, maar de knoop die ze heeft gemaakt klopt niet helemaal. Hij behoort de vorm van een *sjien* te hebben, de letter die verwijst naar een van de namen van God, maar de artritis in haar vingers speelt vandaag nogal op.

Laat maar gaan en anders diep zuchten en opnieuw beginnen. Het leven bestaat voor een groot deel uit diep zuchten en opnieuw beginnen, vooral voor Sara. De materiële wereld is weerbarstig. Geduld is een vorm van meditatie. Al sinds haar eigen man is gestorven, tweeëntwintig jaar geleden, is ze vrijwilligster bij de *Chevra Kaddisja* en maakt ze overledenen klaar voor hun begrafenis. Dienen is eer bewijzen. Ook gaat de tijd ermee voorbij. Ook ontmoet je er nieuwe mensen mee.

Ze besluit het te laten gaan. Gods naam zit een beetje scheef, is dat erg? Geen mens die het ziet, alles is verborgen in de *aron*. En symbolisch bovendien. Hoe rampzalig is het nou? Ze heeft belangrijker zorgen, zoals de werkzaamheden aan het gezicht. Ze houdt er niet van om ze te voorzien van make-up, misleidender in de dood dan tijdens het leven, maar deze is er nogal slecht aan toe. Ze is een hele tijd ziek geweest, de stakker, zweren op haar armen, heeft weinig haar over, zwart tandvlees en verhemelte, uitgeteerd. 't Heeft iets oneerbiedigs om haar niet op te knappen, op de instamatic-afdruk waar je om gevraagd hebt kun je zien dat ze vroeger mooi is geweest. Alle menselijk leven is als gras op de aarde.

In haar andere, openbare leven is Sara niet wars van een beetje ijdelheid, ze draagt weleens een sieraad en brengt graag wat kleur op haar wangen. Lang geleden, voordat ze oud was, heeft ook zij aantrekkingskracht uitgeoefend. De mannen zagen me staan, nou en of. Soms heeft ze een nostalgische bui en haalt dan haar eigen make-updoos tevoorschijn, om iets van de schade te herstellen. Daar, schatje van me, ja. Een beetje rouge, een veegje poeder. Meer doen is niet nodig, de waarheid telt ook mee, en in haar geval was de waarheid lijden. Eindelijk voorbij. Een zegen. Vaarwel, beste meid. Rust nu maar zacht.

Tot slot borstelt ze het dunne hoofdhaar van de vrouw. Rustig en ritmisch, een onderdeel van het ritueel waarvan ze gewoonlijk geniet, maar vandaag komen er een paar haren los. Zacht en bijna onstoffelijk, als iets wat er niet is. Ze verzamelt ze in haar hand, om ze later in de kist te leggen. Het telt allemaal mee, elke druppel, iedere haar.

Op het eind is de strenge uitdrukking verzacht, vriendelijker geworden, aanvaardend. Zelfs Rachels geest wordt aangetrokken door haar eigen evenbeeld, ze staat naast het lichaam op de tafel en kijkt verwonderd naar de gelaatstrekken om ze thuis te kunnen brengen. Ze doet haar best niet in de weg te lopen, hoewel ze wordt opgepikt als een zwakke plek in Sara's gezichtsveld, dat wemelt van de vlekjes. Misschien een opkomende migraine. Daar heeft ze last van, wanneer het vlees dat ze kneedt bijzonder onwillig is. Kijk nou wat je gedaan hebt, zegt ze tegen de vrouw op de tafel, maar stilzwijgend, vanbinnen. Je houdt me van mijn werk, door naar de waarheid te zoeken. De waarheid, antwoordt Rachel, is dat wie ze is? Ik dacht dat ik haar ergens van kende.

Ja, beslist een migraine. Sara doet een stapje naar achteren, trekt haar rubberen handschoenen uit, zoekt haar zetpillen. Soms helpen ze, als je er op tijd bij bent. Er hoeft niet te worden stilgestaan bij het beeld van de oude vrouw met haar onderbroek afgestroopt en haar vinger in haar achterkwartier, op dat soort momenten voelt ze zich ver verwijderd van God.

In de aangrenzende kamer, slechts twee bakstenen verderop, wacht de *sjomeer* op een harde stoel, met het boek Psalmen in zijn hand. Hij is een lange, bottige man met een aseksueel uiterlijk en draagt een *jarmoelke* en gebedssjaal over slecht passende kleding van behoudende snit. Zijn plichten beginnen binnenkort, maar voorlopig is hij in een aangename voorbereidingsfase en probeert hij zijn geest leeg te maken, want die is drukker dan de meeste.

En in de kamer aan de andere kant overlegt de familie van de dode vrouw met rabbijn Katz, die morgen de *levaja*-plechtigheid zal verrichten. Hij heeft Rachel geestelijk onderricht geven bij haar terugkeer naar haar eigen mensen, dus het is allemaal zoals het hoort. Maar dit is feitelijk voor het eerst dat hij de gojse man en zuster ontmoet, hoewel Rachel veel over hen heeft gesproken, en hij moet zeggen, excuses voor het gebrek aan verdraagzaamheid, maar hij is er in geen enkel opzicht op voorbereid hoe stompzinnig ze zijn.

Het begint best goed. Manie wordt warm begroet door Ruth, Rachels oudere zus, die vanochtend met het vliegtuig uit Durban is gekomen.

Dag, Manie, zegt ze. Je kent Clint nog wel.

Dat klopt, helaas. Clint is een forse, vlezige vent die vroeger rugby voor Western Province heeft gespeeld en nu een steakhouse in Umhlanga Rocks bezit. Hoesit, Mannie? vraagt hij en drukt hem met nodeloze kracht de hand. Je ziet er puik uit.

Manie, wordt hij door zijn vrouw gecorrigeerd, op de matte toon van iemand die veel moet corrigeren. Fijn om je te zien.

Ja, jou ook.

En dat is niet onwaar. Van Rachels hele familie is Ruth het makkelijkst om mee om te gaan, omdat ze ook buiten het geloof is getrouwd en een tijdje verbannen werd. Hoewel ze tegenwoordig terug schijnt te zijn in de schoot van de kerk.

Maar Rachels middelste zus Marcia en haar man Ben zijn er ook en met hen verloopt alles een stuk stroever. Vijandigheid aan beide kanten, het besef van oud zeer, vergeten bijzonderheden maar een onrecht dat beklijft. Ook helpt het niet dat Ockie gefeliciteerd zei in plaats van gecondoleerd toen hij buiten tegen hen op botste en dat Manie hun sindsdien maar zit te verwijten dat zijn vrouw naar haar oude geloof was teruggekeerd.

Hoor eens, heeft de rabbijn al twee keer in het afgelopen halfuur gezegd, het is echt niet de schuld van de Levi's. Het is wat ze zelf wilde. Het is waartoe Rachel zelf heeft besloten.

Waartoe ze werd gehersenspoeld, bedoelt u, zegt Manie.

Bedaar, zegt de sjikse zuster tegen hem. Denk aan wat dokter Raaff heeft gezegd.

Ik heb niemand gehersenspoeld, zegt rabbijn Katz. Ze is uit vrije wil naar me toe gekomen.

Door toedoen van deze mensen, houdt Manie vol, wijzend naar Marcia en Ben, die gaan verzitten, niet op hun gemak. Voor het eerst in jaren bevinden ze zich allemaal in dezelfde kamer. Deze bijeenkomst is juist door hen geregeld, met de bedoeling om de kou uit de lucht te halen voor de teraardebestelling van morgen, maar kijk eens wat het oplevert.

Da's nou ook weer niet nodig, makker, zegt Ben, zonder Manie aan te kijken.

Warempel, zegt Marcia, wat doen we hier eigenlijk? Ik dacht dat we allemaal ons beste beentje zouden voorzetten, of heb ik me vergist?

De Levi's zijn lid van onze gemeente, brengt rabbijn Katz naar voren. Het is normaal dat ze mij benaderen.

Hand op mijn hart, zegt Marcia, ik kan jullie meedelen dat het allemaal van Rachel uitging. Ze kwam zomaar opeens naar me toe. Ik had haar al tien jaar niet meer gesproken.

Door jouw toedoen, makker. Dus gedraag je.

Weet je, zegt Marcia, we hebben deze week van rouw op ons genomen. Eigenlijk moeten er in haar eigen huis, Rachels huis, de spiegels afgedekt worden en de kaarsen aangestoken –

Er wordt in ons huis volop gerouwd, laat Manie haar weten. Maar we doen het op onze eigen manier, niet als heidenen. Daarna zakt hij in, als een tent zonder tentpaal. Hij weet dat ze gelijk hebben, Rachel is uit zichzelf naar hen toe gegaan, ze zijn haar niet komen opzoeken. En Marina heeft hem de hele heenweg de les gelezen over hoe belangrijk het is om zich niet te druk te maken als hij de Levi's ziet, en dat was hij met haar eens. Dat is hij nog steeds. Er valt hun niets te verwijten.

Het glimmende rabbijntje is ook niet verantwoordelijk, maar toch zou Manie hem graag iets willen aandoen. Inwendig gaat hij tekeer over hoe onrechtvaardig het allemaal is, en vanochtend is hij vooral ziedend over de eenvoudige vurenhouten kist waarin deze mensen zijn vrouw gaan stoppen, zij die veel meer verdient, nadat hij jaren voor een begrafenispolis heeft betaald die ze uiteindelijk niet nodig heeft.

Begrijp het alsjeblieft, zegt Marina zomaar in het algemeen, zo bezwerend als ze maar kan. Mijn broer heeft het er moeilijk mee.

Dat zal best, zeg Marcia. Wij hebben het er ook moeilijk mee gehad, geloof het of niet. Denk je soms dat we hier voor ons plezier zijn?

Marcia, zegt haar man waarschuwend.

Het enige wat ik wil, zegt Manie fluisterend, is dat ze naast me ligt op de familiebegraafplaats. Kunnen we niet iets regelen? Als ik een donatie geef...

De rabbijn gaat overeind zitten. Ik vrees van niet. Als ze een joodse begrafenis wil, dan kan dat niet. Onze tradities zijn niet te koop, meneer Swart.

Ze was niet echt joods, zegt Manie. Niet in haar hart.

Ach, en dat weet u zeker?

Ja, dat weet ik inderdaad zeker. Mijn vrouw wist me op allerlei manieren te kwellen, dat was een gave die ze had.

Misschien had je haar beter moeten behandelen, dan had ze zich niet tegen je gekeerd, zegt Marcia, die zonder enige aanleiding haar beurs uit haar handtas haalt en daarna weer wegstopt.

Marcia, zegt Ben.

Nee, echt waar.

Zo bereiken we niets, zegt de rabbijn, die voelt dat hij bijna in tranen is. Zijn rechtvaardigheidsgevoel is niet meer zo zwaar belast sinds de eerste keer dat hij zich moreel in het vraagstuk Israël verdiepte.

Manie. Laten we opstappen, zegt zijn zuster. Je maakt jezelf van streek om niets.

Ja, kom op, *vámonos*. Inmiddels is het alle aanwezigen duidelijk dat de bijeenkomst verspilde tijd is. Rachel wordt begraven bij haar eigen mensen en Manie te zijner tijd bij die van hem. De familie Swart kan nu beter teruggaan naar de boerderij om zich op de dag van morgen voor te bereiden.

En terwijl ze wegrijden, wordt Rachels lichaam al in zijn laatste omhulsel getild en wordt het deksel vastgeschroefd. Voor eeuwig. De sjomeer is erbij aanwezig en wanneer de andere helpers weg zijn, blijft hij op zijn eenzame stoel tegen de muur zitten om de *tehiliem* te reciteren. Want de doden moeten tot het allerlaatst gezelschap hebben. De psalmen vervangen het hele Joodse volk, woorden krijgen op deze manier iets magisch, maar hij is de enige menselijke vertegenwoordiger en vat zijn taak ernstig op, zoals elke andere goede afgezant.

Soms bespeurt hij de aanwezigheid van de gestorvene, als een geruis en gedrang aan de randen van zijn zintuigen. Dan probeert hij de woorden rechtstreeks tegen hen te zeggen, vanuit zijn hart naar dat van hen. Maar hoewel hij zijn geestelijke grenzen nadrukkelijk verruimt, vangt hij vandaag geen ander signaal op. De kamer heeft iets leegs voor hem. Toch blijft hij spreken, en wie zal zeggen waar de woorden aankomen?

Zie de woorden vliegen, de deur van het vertrek uit, door de gang, het raam uit. Kijk hoe ze boven de stad opstijgen en in een kleine, psalmvormige zwerm naar de boerderij wieken, op zoek naar de vrouw aan wie ze worden toegezongen. Ze cirkelen rond het koppie en duiken neer op het gazon, ze betreden het huis door de achterdeur en verplaatsen zich op stijve poten door de keuken, als een verandering in het licht.

Anton, die aan de keukentafel zit, kijkt op. Wat was dat?

Hmmm? Salomé staat op haar vaste positie, voor het aanrecht, en haar weerspiegeling kijkt vanuit het vensterglas naar hem terug.

Niets. Ik dacht... Hij is nog steeds suf van de slaap en zit een mok sterke koffie te drinken en een stuk van tante Marina's melktert te eten. Nog even en de suiker doet zijn werking, geeft hem energie. Hij raakt de hechtingen op zijn voorhoofd aan, gehinderd door hun vreemdheid, de kloppende pijn die ze uitstralen.

Het onderlinge zwijgen is ongedwongen, onbeladen. Ze heeft hem zien opgroeien, van dribbelende kleuter en stralende belofte tot dit, wat hij nu is, en bij elke stap voor hem gezorgd. Toen hij klein was, noemde hij haar altijd mama en probeerde hij aan haar tepel te zuigen, een algemeen voorkomende Zuid-Afrikaanse vergissing. Geen geheimen tussen die twee.

In een vlaag van woede duwt hij het bord met de restjes mierzoete melktert heftig van zich af.

(Gisteren heb ik een vrouw gedood, iemand zoals jij.) Als mijn dienstplicht erop zit, ga ik dit land uit.

Ja?

Ik licht mijn hielen en zet hier geen voet meer.

Ja? Het gerinkel en gerammel van bestek. Waar ga je dan heen?

O, zegt hij, iets minder zeker over dit deel van zijn plannen. Overal.

Ja?

Ik ga Engelse letterkunde studeren. Niet hier, ergens overzee. Daarna is mijn voornaamste ambitie het schrijven van een roman. Misschien dat ik later iets met rechten doe of gewoon een hoop geld ga verdienen, maar eerst wil ik een wereldreis maken. Zou jij de wereld niet willen zien, Salomé?

Ik? Hoe ga ik dat aanpakken? Ze zucht en begint borden af te drogen met een grote theedoek. Is het waar, vraagt ze, dat ik mijn huis krijg?

Hè?

Lukas heeft gisteren Amor gezien, op het koppie. En zij vertelde hem dat je vader van plan is mij mijn huis te geven.

Daar weet ik niets van.

Oké, zegt ze. Schijnbaar onverstoord, hoewel ze al nergens anders meer aan denkt sinds die woorden zijn gesproken. Haar eigen huis hebben, die papieren in haar hand houden!

Dat kun je beter aan mijn vader vragen.

Oké.

Hij kijkt naar haar ondoorgrondelijke rug, die hem ontelbaar vaak als zuigeling heeft gedragen en nu heen en weer schuift langs het keukenaanrecht om de opgestapelde borden naar de keukenkast te brengen.

Ja, zegt hij afwezig. Vraag maar aan hem.

De vraag over het huis heeft de weg afgelegd van zijn moeder naar zijn zuster, naar Lukas en naar Salomé en is nu in hem geplant, een minuscuul donker zaadje dat net begint uit te lopen. Om een paar uur later weer bij hem op te komen, in een andere kamer aan de andere kant van de stad, op een bijna willekeurig ogenblik, terwijl hij de knoopjes van zijn overhemd dichtmaakt.

Weet je wat mijn kleine zusje tegen Salomé zei?

Wie is Salomé?

De vrouw die... Onze huishulp.

Dit gesprek vindt plaats in een slaapkamer op de bovenverdieping van een groot huis in een lommerrijke buitenwijk. Hij heeft het tegen een fors geboezemd meisje, nog in haar laatste middelbareschooljaar, met wie hij net animalistisch en explosief heeft gepaard. Getuige het scheefgetrokken beddengoed, hun half ontklede toestand, de fijne nagloed in hun kruis.

Wat heeft je kleine zusje dan tegen haar gezegd?

Dat mijn vader heeft beloofd om haar een huis te geven.

Heeft hij dat?

Wat?

Beloofd.

Ik weet het niet, zegt Anton, die voor de kaptafelspiegel staat en de zichtbare sporen wegwerkt, openstaande ritsen en niet ingestopte hemden, allemaal aanwijzingen in de argwanende ogen van Desirées moeder, die elk moment kan terugkomen van de kapper. Hij buigt zich voorover om zijn hechtingen te inspecteren, opnieuw onder de indruk van de wond. Nu zie ik eruit als een soldaat.

Laat hem geen huis aan de hulp geven, zegt Desirée, verontwaardigd. Ze maakt er alleen maar een ruïne van.

Volgens mij is het al een ruïne. Maar daar gaat het niet om.

Buiten op de oprijlaan klinkt het onmiskenbare geronk van de Jaguar, de vrouw des huizes die in licht opspringend grind tot stilstand komt. Anton en Desirée zijn op de bovenverdieping, gelukkig maar, omdat de gordijnen openstaan en zij anders naar binnen kon kijken en kon zien hoe haar dochter zich in haar blouse wurmt terwijl haar vriendje zijn gulp dichtritst. In dat tafereel vergist een mens zich niet snel.

Schiet op, ze is er.

Ga jij maar met haar praten! Zeg maar dat ik in de badkamer ben.

Oké. Hij trekt de sprei recht en kijkt haar nog even na,

maar ze is al een blonde schim die de badkamerdeur dichttrekt. Geen vergelijk met het beeld dat hij de afgelopen maanden op eenzame plekjes voor ogen heeft gehad. Desirées broer Leon is een middelbareschoolvriend van Anton en zij is jarenlang op de achtergrond gebleven als zomaar een irritant jonger zusje voordat bepaalde lijfelijke veranderingen tot een veranderende waarneming leidden. De drang om te neuken als bonobo's is tegenwoordig allesoverheersend, en dat hij vandaag hier is, heeft beslist geen verheven reden. Het enige waar mijn hoofd naar staat sinds ik het van ma heb gehoord, raar toch, zo werkt het nu eenmaal. Eros die met Thanatos vecht, alleen denk je niet aan seks, je lijdt eraan. Een jeukerig, hongerig iets wat opspeelt in de kelderverdieping. Kwelling der verdoemden, het vuur dat nooit uitdooft. Maar toch, ondanks lichamelijke verlangens voelt hij dat hij een emotie najaagt die hij niet helemaal kan benoemen. Kan best liefde zijn, al zou hem dat verbazen. Ze heeft hem vandaag troost geboden, dat zeker. Ja, een hele tijd tussen haar mollige golvingen liggen, dat zou rust geven.

In plaats daarvan stapt hij gealarmeerd en met een halve erectie door de degelijk gestoffeerde gangen van de bovenverdieping en vangt een glimp op van andere slaapkamers en badkamers, aan weerszijden. Daarna een studeerkamer, waarin de rand van een bureau te zien is, een Perzisch tapijt, een staande lamp. Waarom zien meubels er altijd onschuldig uit, ongeacht wat erop gebeurt?

Hij hoort hierboven niet te zijn, veel te persoonlijk, in elk opzicht. Hij is zijn maagdelijkheid kwijtgeraakt aan Desirée, ze zal altijd iets geils voor hem blijven houden, maar zij is niet het enige wat hem opwindt als hij hier in huis is. Desirées vader is een belangrijke minister, een fysiek en ook moreel weerzinwekkend persoon aan wiens handen het bloed van onschuldigen kleeft, en Anton zou graag een ondubbelzinnige haat voor hem koesteren, maar merkt dat hij heimelijk wordt geprikkeld door de uitwendige attributen van de macht. De link ogende wachtposten in een hokje bij de ingang, de bustes en olieverfschilderijen van koloniale criminelen, het achteloze noemen van bekende, angst opwekkende namen, het is allemaal stuitend maar spannend, en zijn meest gedenkwaardige donderslag van een orgasme heeft plaatsgevonden op een stoel waar de billen van de minister van Justitie kortgeleden waren neergestreken.

De vrouw van deze wellevende en afgrijselijke man, Desirées moeder, hindert hem op een totaal andere manier. Als een oudere, arische pop, snoezig maar hard, waarvan alle oppervlakken zijn gewassen, bepoederd, gelakt en bewerkt, zodat je je bijna gedwongen voelt het broze vernisje te doorboren. Hij vliegt de trap af en is net iets eerder in de keuken en staat daar tegen het aanrecht geleund als ze door de achterdeur naar binnen komt en haar hoge hakken vonken uit de tegels slaan.

Wat een verrassing! Ik dacht buiten al, ik ken dat schattige autootje. Ze laat hem haar koeltjes op een wang kussen. Maar wat is er met je hoofd gebeurd?

Oorlogsverwondingen. Gewoon een steen, niets ernstigs.

Dus je bent met ziekteverlof?

Nee. Mijn moeder is gisteren overleden.

O, Anton! Het is ten slotte toch gebeurd... Wat vreselijk. Ze laat een paar barstjes in het vernis komen, genoeg om oprechte emotie te veinzen. Haar kapsel trilt gespannen mee. In elk geval is haar lijden voorbij.

Ja, dat in elk geval.

Ze gaat met haar hand naar zijn wang en zowaar, bijna huilt hij. Waar komt het vandaan, dat straaltje van zwakte?

Gelukkig wordt zijn misstap afgedekt door de terugkeer van Desirée, fris in de kleren, bespoten met parfum, van nieuwe lippenstift voorzien.

Maman!/Mein Schatz! Kiss-kiss! Sinds een reis door Europa, kortgeleden, spreken ze elkaar aan met buitenlandse koosnaampjes. Ze zijn van hetzelfde type, en Anton herinnert zich een avondje uit in Johannesburg, vorig jaar, toen het tweetal elkaar lepels ijs zat te voeren, wiegend en kirrend als duiven op een dakrand.

Wat Maman betreft, ze vindt Anton vanavond heel aardig, of leeft in elk geval met hem mee. Ze zou best zijn schouders willen masseren, maar volstaat ermee om het hem naar de zin te maken. Wil je soms een valium, voor de zenuwen? Ik heb wel wat in mijn kastje liggen. En ik was net van plan een fles wijn open te maken. Ik weet dat het een trieste dag voor je is, dus je zult vast liever niet...

Nou, zegt hij, ik wil graag een glas.

Hij zou eigenlijk op de boerderij moeten zijn. Hij heeft niemand verteld waar hij heen ging en hij heeft ongevraagd de Triumph meegenomen en weet dat zijn vader heel kwaad zal zijn, en dit zijn allemaal goede redenen om voorlopig niet haastig op huis aan te gaan, maar te blijven en een valiumpje te slikken en een glaasje te nemen, of misschien wel twee.

En op de boerderij wordt op dit moment met barbecueën begonnen. Op de terugweg na de ontmoeting met die mensen kreeg pa vanochtend de behoefte om een levend wezen te slachten. Nu is er achter op het gazon een tafel neergezet terwijl de zon bloederig ondergaat boven het veld, een beetje zoals de lappen vlees die in kommen liggen te marineren. Bij het vuur zelf houdt Ockie de houtskool in de gaten. Dit is zijn bijdrage! Koteletten op het rooster, biertje in je hand, dan is een man op zijn gemak. Salades zijn vrouwenwerk en als je luistert, hoor je de stem van Marina, die bevelen uitdeelt in de keuken: Was dit eens, snij dat eens. Wie heeft haar aan het roer van de wereld gezet?

Ook hier heeft iemand een fles rode wijn opengemaakt en doet vrijwel iedereen mee. Een wonderlijk gedoe, deze gedempte festiviteit, nog maar een dag nadat ma is overleden, maar aan de andere kant, mensen moeten eten, het leven gaat door. Na jouw laatste snik gaan ze ook meteen drinken en schuine moppen tappen.

Er is niet alleen maar familie aanwezig. Er zijn een paar klaplopers bij, waaronder predikant Simmers en zijn assistent. De dominee is in een ontspannen en praterige bui, hij staat vaag te stralen en met kleine geestigheden te strooien. Iedereen houdt wel van een informeel tintje. Maar helaas, vrijwel niemand houdt van Alwyn Simmers, afgezien van pa en tante Marina. Geflankeerd door dat tweetal zit hij op zijn stoel wanneer de braai eenmaal op gang is, zijn ogen verborgen achter die kogelvrije brillenglazen, onder de kapokboom in de schemering, met het gesis en de geur van vlees in de lucht.

Tegenover hen zit Amor aan tafel te kijken en te luisteren, zonder zelf veel te zeggen. Ze heeft nog steeds last van haar hoofd, twee dagen later, alsof ze een soort donkere hoed draagt, te strak voor haar schedel. Naast haar zit Astrid haar nagelriemen terug te duwen. De sandaal aan haar voet gaat heftig op en neer.

Vanaf een afstandje zit pa over hen te peinzen, zijn beide dochters. Maar waar is het andere kind? De eerste, de jongen, weet heel even zijn naam niet meer. Ze zouden hier allemaal moeten zijn, zijn nakomelingen, keurig op een rij, vogels op een waslijn. Al hun namen beginnen met een A, hoe kwamen Rachel en hij daar nou bij? We vinden het gewoon leuk klinken, zei zijn vrouw altijd tegen anderen, hoewel hij het nu juist heel gênant vindt klinken. Als de naam van de eerste toch eens anders was geweest...

Waar is Anton, wil hij weten, opeens geërgerd.

Astrid neem de kans waar om te stoken. Hij is er stiekem met de Triumph vandoor gegaan. Ik heb hem gezien.

Waarheen?

Ze haalt suggestief haar schouders op, maar als men van de duivel spreekt, daar heb je de fletse koplampen, hoog in de verte. Al moet dat later op de avond zijn, omdat iedereen eten op zijn bord heeft, duidelijk zichtbaar wanneer de lampen langzaam naar de voorkant van het huis zweven en het gezelschap heel even in hun bundel vastleggen. Ze gaan uit, de motor slaat af, er gaat een portier open en dicht, en Anton loopt met bestudeerde, soepele pas over het gazon op hen af. Zijn knieën rechtten zich niet helemaal, op zijn gezicht ligt een benevelde grijns.

Dezelfde toestand geldt voor sommigen uit het gezelschap. Neem maar een stuk vlees, roept Ockie hem toe, te hard. Kom bij de andere zondaars zitten! En tante Marina klopt op de stoel naast zich. Hier! Ze ziet wel dat haar krankzinnige neef, de fout, onlangs zelf een paar fouten heeft begaan en vanavond misschien wel behoefte heeft aan een sturende hand.

Manies priemende blik is niet geweken sinds Anton in zicht kwam. Hij knikt grimmig, want hij herkent zijn voormalige, gevallen ik. Fraai is dat. Ja. Heel fraai.

Wat is er dan? Hij laat de autosleutels op tafel vallen.

Je moeder is gisteren overleden, maar jij hebt tijd voor wijn en lichtzinnige vrouwen. Fraai, hoor.

Lichtzinnige vrouwen? vraagt Ockie hoopvol en werpt een verbaasde blik om zich heen. Dominee Simmers mompelt iets vrooms en Anton schuift op een stoel, inwendig schuddend van plezier.

Ja, spot maar. Lach me maar uit. Elke zonde staat genoteerd in het grootboek en op de laatste dag –

Uw zonden ook, beste vader. De vrouwen en de wijn.

Die dagen zijn geweest. En ik heb mijn hart geledigd, ik heb om vergeving gevraagd, en ik ben een andere weg ingeslagen. Maar kijk eens naar jou!

Aan de overkant van de tafel slaakt dominee Simmers een onwaarneembare zucht. Hij was met Manie in gesprek, vlak voordat de verdoemde zoon terugkwam, en dat gesprek verliep goed. Nog even en hij zou voorzichtigjes het belangrijke vraagstuk aankaarten, hij voelde dat de juiste stemming heerste, maar nu is er een wanklank gevallen. Er is iets aan die jongen, kan nou nooit zijn naam onthouden, André, Albert, er is iets aan hem wat anders is.

Je vader is vandaag van streek, brengt hij behulpzaam naar voren. Vanwege die joodse begrafenis.

Je had de kist moeten zien, echt een goedkoop geval, zegt tante Marina. Met houten handvatten nog wel!

Nadat hij eerst voor de polis betaald had, zegt Ockie opgewonden. Twintig jaar lang!

Wat ik wil, kermt Manie, het enige wat ik wil is de rest van de eeuwigheid naast mijn vrouw liggen. Is dat te veel gevraagd?

En nou komt ze op een Joodse begraafplaats te liggen, zegt Marina.

Het is heel onredelijk, zegt de dominee.

Waarom is het onredelijk?

Wat je vader zegt… hij zou graag willen dat je geliefde moeder hier op de boerderij wordt begraven. Bij de rest van de familie, naast hem. Waar ze thuishoort.

Waar haar thuis is, vult pa aan.

Door een echte predikant.

Dat wil zeggen, door u, zegt Anton.

Er opent zich een stilte, doorboord door het sissende geluid waarmee er vet op het vuur druipt.

Dat is wat je vader graag zou willen...

Maar het is niet wat zij wilde.

De doden willen niets! zegt pa, of liever gezegd, hij schreeuwt het, want hij verliest heel even zijn gevoel voor decorum. Er valt een stilte, nu er niet meer wordt gepraat, zodat alle kauwgeluiden vervelend hard klinken. Er hangt een licht gevoel van schaamte over het gezelschap en het duurt een poosje voordat de gesprekken worden hervat.

Manie levert geen verdere bijdrage aan de discussie. Hij zit er onderuitgezakt bij, schijnbaar zonder overtuiging, al mag niet vergeten worden dat hij vanmiddag naar de stal is gegaan en daar het lam heeft geslacht dat ze nu zitten op te eten. Ja, hij heeft de keel van het lam doorgesneden, een kleine bloeseming van geweld in zijn eigen hulpeloosheid, o, wat gaf dat een fijn gevoel. Op die manier geven mensen zich over aan zelfmedelijden, vervuld van verdriet over wat ze hebben verloren, zonder besef van andere verliezen in hun omgeving, door henzelf veroorzaakt. Het leed van een moederschaap, wat is dat? Toch laat het sporen na, zoals menselijk leed, het laat zich niet wegspoelen.

Amor legt haar vork neer.

Eet je dat vlees niet op? wil Astrid weten.

Ze schudt haar hoofd, misschien moet ze wel kotsen. Ze voelt zich al twee dagen jeukerig en misselijk, dicht bij een onbestemde opstandigheid. Ze herinnert zich telkens wat ze kortgeleden in het reptielenpark van haar vader heeft gezien. Voedertijd in het krokodillenverblijf, en ze heeft al geprobeerd het beeld te wissen, maar vergeefs, van een vriendelijke oude baas in safaripak die handenvol witte muizen staat te gooien naar de primitieve, in het water drijvende vormen. Happerdehap. Staartjes die als tandzijde uit een grijnzende bek hangen. Wat zijn wij, dat we andere lichamen moeten eten om verder te kunnen? Afkerig ziet ze Astrid naar haar bord reiken en stukjes vlees en vet in haar malende, glinsterende mond stoppen.

Dat is de armband van ma, zegt ze.

Nee hoor. Hij is van mij.

Ma had hem de hele tijd om.

Wou je soms beweren dat ik lieg?

Anton zet zijn bord neer en veegt zijn vingers zorgvuldig af aan een papieren servetje. Tussen twee haakjes, zegt hij, ik heb gehoord dat u van plan bent het huis van de Lombards aan Salomé te geven.

Wat? vraagt pa, al gaat er een ijl belletje rinkelen.

Ha! zegt tante Marina snuivend. Dat zou me iets moois wezen.

Anton draait zich naar Amor, die op haar stoel begin te schuiven.

Pa zei...

Wat zei ik?

U zei dat u haar het huis zou geven. U hebt het beloofd.

Haar vader is verbijsterd over dit nieuws. Wanneer heb ik dat dan gezegd?

Die meid krijgt geen huis, zegt tante Marina. Nee, nee, nee. Sorry hoor. Zet dat maar meteen uit je hoofd. Ze gaat aan het opruimen, hoewel nog niet iedereen klaar is met eten, en het bestekgerammel klinkt als het gekners van tanden.

Pa probeert het uit te leggen. Ik betaal al voor de opleiding van haar zoon... Moet ik dan alles voor haar doen?

Amor aarzelt verward, terwijl haar broer maar zit te glimlachen. Hij buigt zich abrupt Alwyn Simmers' kant op. Kunnen we een ogenblik eerlijk met elkaar praten?

De predikant laat zijn handpalmen zien. Natuurlijk, Alan. Ga je gang, alsjeblieft.

Mijn moeder was doodsbenauwd om te sterven en kon niet accepteren dat het gebeurde. Maar desondanks was ze heel duidelijk in wat ze wilde. Dat was niet veel. Een paar dingen maar. Een ervan was teruggaan naar haar oude godsdienst en begraven worden bij haar eigen familie. Dat heeft ze expliciet zo gezegd.

Eerlijkheid is heel belangrijk, zegt de predikant met schorre stem.

Pa krijgt het opeens heel heet. Wat mankeert jou?

Dat vraag ik me ook voortdurend af.

Ben je niet bang dat je ooit moet branden in de hel?

Dat is de ergste mogelijkheid die hij kan bedenken, maar Anton reageert, zoals wel vaker, door het uit te proesten. Daar ben ik al, zegt hij, terwijl hij zijn lachtranen droogt. Ruikt u de braai dan niet?

Ik ben haar man! Ik weet het beter dan jij. Ik weet wat mijn vrouw geloofde.

Echt waar? Ik weet meestal zelf nauwelijks wat ik geloof. Ik zeg het alleen maar, ben niet uit op ruzie, probeer het alleen maar simpel te houden. U moet doen wat ze wilde. Alles. Met inbegrip van Salomé het huis geven, als u dat inderdaad beloofd hebt.

Dat heb ik nooit gedaan, zegt pa. Ik heb nooit iets beloofd!

Amor kijkt hem knipperend aan, oprecht geschrokken. Maar dat hebt u wel, zegt ze tegen hem. Ik heb u gehoord.

Wat mankeren jullie allemaal? schreeuwt pa, en daarna staat hij op, moeizaam, om een of andere reden, en loopt op stijve benen de tuin in, onsamenhangend brullend.

Tante Marina draait aan haar halsketting tot haar stem verstikt klinkt. Hij huilt, zegt ze. Ben je nou tevreden?

Tevreden? vraagt Anton terwijl hij over dat woord nadenkt. Nee, dat zou ik niet willen zeggen. Maar we zouden allemaal een stuk tevredener zijn als ik nu welterusten zeg.

Wanneer hij gaat, laat hij een abrupt ontregeld gezelschap achter, naar elkaar toe gedraaide mensen, lichte uitbarstingen van protest. Wat hij de laatste tijd wel vaker in zijn kielzog heeft. De trap op naar zijn kamer, een ruimte die bezaaid ligt met boeken en paperassen, wanden die getooid zijn met citaten en notities. Vandaar door het raam een richel op en daarna met een netelige manoeuvre het dak op. Het plekje waar hij graag zit is helemaal boven, waar een warm windje over hem waait en hij uitkijkt over het donkere land, hier en daar bespikkeld met lichtjes.

Onder een losse tegel heeft hij een plastic zak opgeborgen en daar haalt hij nu een stickie en een aansteker uit. Steekt het aan, neemt een paar trekjes en al voordat hij het uitdrukt, geniet hij van de manier waarop zijn geest zich ontspant, verruimt. Ah, ja. Goddank. Ik ben bijna iemand anders.

Anton de eerstgeborene, de enige zoon. Hij is gezalfd, waartoe weet hij niet, maar de toekomst is aan hem. Wat wil je? Reizen, studeren, gedichten schrijven en naties leiden, hij wil overal een greep naar doen, alles is mogelijk, hij wil de wereld opeten. Maar achter in zijn keel heeft altijd iets zurigs gezeten, lijkt het, al is zijn leven rein en mild als melk. Waarvandaan dan die schifting? Er ligt aan alles een leugen ten grondslag en ik heb hem net bij mezelf ontdekt. Gooi hem eruit. Wat mankeer je, kerel? Mij mankeert niets. Mij mankeert alles.

Beneden rond het vuur ziet hij nog steeds gedaanten gebaren en praten. De naweeën van de ophef die hij heeft veroorzaakt, nog niet tot bedaren gekomen. Wat staat een mens te wankelen, te maaien met zijn armen wanneer hij op de been probeert te blijven.

In de nasleep van het gezinsconflict is Alwyn Simmers zijn bril verloren toen hij zich te midden van alle commotie overeind worstelde, en in zijn paniek hoort hij hem nu onder zijn schoen knappen, als een been dat breekt. Zonder die brillenglazen is hij zo blind als een mol, is het weefsel van de wereld een mistige vlek.

Siebritz, roept hij. Siebritz!

Hij roept om zijn assistent, die hij overigens verfoeit, maar Siebritz zal niet reageren. Van streek door de scène die zich bij de braai heeft afgespeeld en die hem aan zijn eigen leven deed denken, want zowel onder kritieke als onder harmonische omstandigheden heeft alles met elkaar te maken, is hij momenteel op weg naar zijn auto. Hij heeft het gehad met die familie, hij heeft het gehad met de kerk en vooral heeft hij het gehad met de dominee. Afgelopen, uit!

Siebritz! Siebritz!

Gij zijt verlaten in het uur van uw nood, Alwyn, wie zal u nu bijstand verlenen? Alleen de rechtvaardige wordt op de proef gesteld, vergeet dat niet! Als je maar wacht, zal er hulp komen.

Dicht bij hem, als hij haar tenminste zou kunnen onderscheiden, zit een gedaante, heel stil. Amor. Ze is niet van haar plaats aan tafel gekomen, hoewel alle anderen zijn opgestaan. Heeft de laatste paar minuten in feite geen arm, been of wenkbrauw verroerd, zo verzonken in gedachten is ze, of in iets anders.

Ze zit nadenkend naar haar broer te kijken, Anton, die haar op zijn beurt vanaf het dak aanschouwt. Maar haar overwegingen zijn intern. Verbazing, in zekere zin. Dat hij op zo'n manier kon spreken. Kon zeggen wat hij heeft gezegd. Het is vast geweldig om een man te zijn! Ze heeft een eigenaardig verlangen om hem bij zijn hand te pakken. Niet om hem ergens heen te leiden, alleen om vast te houden. Of misschien geleid worden.

Ze is het gewend om behandeld te worden als een vlek, een veeg aan de rand van ieders blikveld. Te jong, te onnozel, om serieus te worden genomen. En vreemd ook, een vreemd kind. Ongewoon en misschien tragisch, makkelijk om over het hoofd te zien. Maar vanavond lijkt haar broer, vanaf zijn hoge plekje, me opgemerkt te hebben.

Vlakbij is Alwyn Simmers eindelijk gered door tante Marina, die hem haar vlezige onderarm en een tweede bord zelfgemaakte aardappelsalade aanbiedt. Nee, dank je, waar is mijn chauffeur? Hij is blijkbaar verdwenen. De dominee, gekweld door flatulentie en teleurstelling, wil nu alleen maar naar huis, naar het huisje waar hij met zijn zuster woont. Hij wil het zo vurig dat hij zelfs met één voet op het gras stampt.

Er wordt snel vastgesteld dat Siebritz is vertrokken. Lexington kan u wel brengen, zegt Marina en klapt in haar handen, zodat haar armbanden met veel lawaai tegen elkaar kletteren. Lexington! Lexington!

Lexington komt haastig aanlopen vanachter het huis terwijl hij zijn pet opzet. Ja, mevrouw Marina? Breng meneer terug naar zijn huis. De dominee vertrekt in de triomfwagen en algauw zoeven ze over de snelweg naar de glinsterende gele lichtjes van Pretoria, die alleen de chauffeur kan zien.

Vertel eens, vraagt de predikant, hoelang werk je al voor die mensen?

Twaalf jaar, meneer.

Wat vind je ervan, van die familie?

Lexington aarzelt, en glimlacht breed, van de zenuwen, zonder effect te sorteren. Ze zijn goed voor me, meneer.

Ze zijn goed voor je, ja, ja. Maar hoe denk je over ze?

Nee, ik denk niet over ze, meneer. Ik doe alleen maar, ik denk niet.

Deze uitspraak is onwaar, maar Lexington kan niet naar waarheid antwoorden. Hij voelt dat de predikant iets wil, maar hem geven wat hij wil, zou zijn positie in gevaar kunnen brengen. Het is niet altijd mogelijk om het twee witte mensen tegelijk naar de zin te maken.

Nou, ik denk wel van alles over ze, antwoordt de dominee. Ik zal niet zeggen wat, maar ik denk van alles. Vooral over die zoon, hoe heet hij ook weer. Adam.

Ja, meneer, zegt Lexington, meegaand.

Er is iets mis met hem. Let op mijn woorden. En hij zal een woudezel van een mens zijn: zijn hand zal tegen allen zijn, en de hand van allen tegen hem!

Dominee Simmers is vanavond geïrriteerd, er zit een kink in zijn ziel en dan komt altijd het Bijbelse bij hem naar buiten. De schepping des Heren wordt verruimd wanneer je haar in aangezette taal beschrijft.

Dit land! roept hij uit. Hij weet niet precies waarom het land de schuld heeft, maar hij herhaalt het toch. Dit land!

Ja, meneer, antwoordt Lexington, en heel even zijn ze het oprecht met elkaar eens, maken ze zich allebei zorgen over Zuid-Afrika, al is het om uiteenlopende redenen. Alwyn Simmers voelt zich emotioneel verbonden met zijn zwarte landgenoot, in Gods ogen zijn ze elkaars gelijke, dunkt hem, hoewel ze in de auto altijd op afzonderlijke banken moeten zitten. De Heer heeft het zo verordend, en net zoals Hij heeft verordend dat Rachel overleed op het uur dat ze overleed en dat haar huis zich vulde met degenen die om haar rouwen, zo is het ook Zijn wens dat in andere kamers de zonen en dochters van Cham zullen sloven voor hun meesters en meesteressen, door hout te kloven, water te putten en doorgaans het leven te veraangenamen van hen die het zware leidersjuk dragen. Een last die sommigen misschien zouden willen afleggen: Laat deze beker aan mij voorbijgaan, maar als de beker de jouwe is, moet je eruit drinken, de Heer laat zich niet tegenspreken, hoe bitter de droesem ook is.

Laetitia bewaart thuis een reservebril voor haar broer, voor noodgevallen als deze, en de volgende ochtend, wanneer hij zijn resterende zicht heeft teruggekregen en in zijn eerste kopje koffie roert, heeft Alwyn Simmers een opperbest humeur. Hoe meer hij zich bezint op de gebeurtenissen van de vorige avond, hoe zonniger zijn vooruitzichten lijken. De chaos heeft in zijn voordeel gewerkt, misschien heeft de Heer het zo gewild, omdat Manie nu nog meer vervreemd is van zijn ondankbare kinderen en misschien eerder geneigd zal zijn om elders zijn gulheid te laten zien. Maar het is belangrijk om binnenkort stappen te ondernemen, voordat de situatie verandert. Zo mogelijk vandaag! Alleen moet Manies vrouw vandaag begraven worden. Nu we daar toch bij stilstaan, hoe laat is het, het kan best al aan het gebeuren zijn.

Ja, dat het aan het gebeuren is, valt niet te ontkennen. De kleine zaal is even kaal en eenvoudig als haar kist en gevuld met mensen. Rachel was een sociaal iemand, ze had heel veel vrienden, maar de banken zitten propvol met de Joodse kant van de familie. In dat opzicht zijn het net Afrikaners, bloed is het dikste bindmiddel dat er bestaat. Jarenlang heeft ze de meesten niet gezien of gesproken, dus waren ze onzichtbaar. Maar vandaag zijn ze er, massa's gezichten die je in jaren niet gezien hebt, een paar nog met een naam eraan vast, tantes en ooms en neven en nichten, met hun nakomelingen en aanhang. Rachels moeder, je aartsvijandin, draait zich vinnig de andere kant op als ze je ziet, van vergeving is geen sprake, zelfs nu niet.

Manie schermt zich met zijn schouders af tegen elk van hen. Er is te veel gebeurd om te doen alsof het niets uitmaakt. Hij heeft gisteravond lang en hevig gebeden en hij gelooft dat de Heer wil dat hij hier is, om zijn lankmoedigheid te tonen en een christelijk voorbeeld te geven. Geloven betekent dat je met jezelf moet worstelen, je kunt ze niet zomaar haten en daarmee uit. Maar het kost hem moeite om hier te zitten, veel meer moeite dan hij zich had voorgesteld, tussen deze mensen, die haar van me afgenomen hebben, met hun vreemde gewoonten. Waarom moeten ze hun kleding stukscheuren en me dwingen een zwart lint over mijn hart en een kalotje op mijn hoofd te dragen? Waarom blijven ze me een lang leven toewensen? Hij wil niet dat het leven lang is, niet vandaag, hij wil dat het korter is, hij heeft er genoeg van. Hij zou vooral met alle plezier afstand doen van de volgende paar uur van de tijd die hem is toebedeeld, neem ze maar, houd ze maar, ik hoef ze niet.

Zijn eigen stam vormt een veel kleinere groep. Zijn compagnon is er, Bruce Geldenhuys, en een stel andere kerkvrienden. Plus de familie, uiteraard, hoewel Manie opzettelijk Marina tussen hem en zijn eigen kinderen heeft gezet, om zijn zoon op afstand te houden. Hij kan Anton niet eens aankijken. Wat er gisteravond bij de braai is gebeurd, zit Manie nog hoog, nog steeds heeft hij er last van, als van een gisting in zijn ingewanden.

Er hebben wat Hebreeuwse gebeden geklonken en nu houdt rabbijn Katz zijn toespraak over Rachel. Hij heeft een veelomvattend thema voor zijn *hespeed* uitgekozen, als poging om de verdeeldheid binnen de familie op te heffen. Een halfjaar geleden kwam Rachel naar me toe, vertelt hij, toen ze wist dat ze ging sterven. Ze was al heel lang bij haar eigen mensen weg, bij haar eigen geloof. Al jaren. En ze had niet verwacht ernaar terug te keren. Maar het leven zit eigenaardig in elkaar. En soms kun je pas als je weet dat het leven afloopt er eindelijk zin aan geven. Zo was het ook met Rachel. Ik geloof dat het haar heel blij zou hebben gemaakt om u allen hier vandaag te zien, beide kanten van haar familie, Joods en niet-Joods, Engelssprekend en Afrikaans. Ze zou het gepast hebben gevonden dat iedereen voor haar bijeen was gekomen. De wereld is onvolmaakt, ja, maar op deze momenten kan ze heel zijn... et cetera, et cetera. Je ziet wat hij bedoelt, dat Rachel kortzichtige keuzes heeft gemaakt, die haar een gevoel van onvoldaanheid gaven, maar ten slotte is ze terug naar haar oorsprong gegaan en heeft ze daarmee de cirkel gesloten. De rabbijn wordt gefascineerd door meetkunde, met name door geometrische vormen, en voor hem is de cirkel zo overduidelijk volmaakt dat alle verdeeldheid er vanzelf bij zou moeten verdwijnen.

Terwijl hij spreekt, zwaait hij rond met zijn dikke handjes, op een repeterende manier, maar zijn stem is geruststellend, met een kalme, gelijkmatige toon zoals tandartsen en stewardessen die aanslaan, en noodt tot gemijmer. Veel van degenen die tegenover hem bijeen zitten, zijn met hun gedachten afgedwaald, ver weg van wat hij staat te zeggen. Als tegenwicht voor alle heidendom die ze om zich heen heeft, fluistert tante Marina stilletjes het Onzevader. Ze voelt hoe haar geloof bijna lichamelijk in haar opzwelt, als een tumor. Hè jakkes. Het is een tumor waaraan Rachel is doodgegaan, Ockie heeft er al vaak over nagedacht, hoe zou het er eigenlijk uitzien, als je het omhooghoudt, in het licht? Een klonter van rubber en bloed, zoals iets waar de gootsteenafvoer mee verstopt zit, of is het subtieler? Een vreemd voorwerp dat zich in je lichaam boort, een voorwerp waaraan de herinnering nog zo vers is dat het je cellen in beweging brengt, en Astrid gaat verzitten op de harde bank, want ze voelt zich vochtig en rusteloos. Ze heeft gisteren seks gehad met Dean de Wet in een van de boxen in de stal, en het was verrukkelijk, ondanks de geur van verse mest. In een aangrenzende box stond een paard te stampen en te snuiven, het stro ritselde onder zijn hoeven. Wat een paardenlul, denkt Anton, het is allemaal gelul, alles wat je zegt, er is niet één woord van waar. Ik heb haar gedood. Ik heb haar gisteren doodgeschoten in Katlehong, het was niet God die haar heeft weggenomen, voor haar tijd. Maar jij denkt dat er een ordening is, jij denkt dat jouw daden ertoe doen, dat je gewogen en beoordeeld wordt bij een of andere laatste afrekening. Maar er is geen afrekening. Voor elk van ons is de dood de laatste dag.

En zo was voor Rachel, zegt de rabbijn afsluitend, het weten dat ze dood zou gaan het begin van een nieuw leven.

Aan het eind van de rij, ingeklemd tussen haar broer en zus, is Amor alleen. Zo voelt ze zich tenminste. Nooit eenzamer geweest dan in dit woud van mensen. Met niets om zich heen, niets en niemand behalve die houten kist, en wat erin ligt, maar denk daar niet aan, denk niet aan wat erin ligt. De kist is leeg en heeft vier zijkanten, nee, zes, nee, meer, maar wat doet het ertoe als hij toch in de grond gaat?

De waarheid is dat mijn moeder dood is en dat ze in die kist ligt. Bij die gedachte valt de vaste wereld uit elkaar en begint vloeibaar te worden. Ze voelt hem glijden. Knijpt zichzelf samen, drukt haar dijen tegen elkaar. Laat het ophouden.

Nu staat iedereen op om te zingen. Maar Amor zakt terug op de bank, want ze voelt zich opeens flauw worden. Helt eerst over naar Anton, dan abrupt de andere kant op, naar haar zuster. Trekt aan Astrids arm, om haar naar beneden te laten kijken.

Wat is er?

De eerste keer dat ze het probeert te zeggen klinkt ze als een lekke band.

Wat, sist Astrid terug, met een vertrokken gezicht.

Ik denk dat ik misschien...

Wat?

Je weet wel. Een bloeding. Van onderen.

Astrid knippert langzaam met haar ogen. O, dat meen je toch niet. Heb je niks bij je? Ze kijkt haar zusje nijdig aan, om zich daarna de andere kant op te buigen en ook hun tante bij de gang van zaken te betrekken. Fluistert haar iets toe.

Wat? zegt tante Marina. Ssst.

Astrid aarzelt en probeert het nog eens. Dit keer sist ze iets te hard, met als gevolg dat een vrouw achter hen, een voormalige schoolvriendin van Rachel, in haar nostalgische overpeinzingen wordt gestoord.

Het duurt een paar tellen voordat Marina's brein heeft verwerkt wat er tegen haar wordt gezegd. In haar geval ligt de laatste menstruatie ver in het verleden, kort na de geboorte van haar laatste kind, en tegenwoordig vindt ze het een onaangenaam idee dat zoiets zelfs maar mogelijk is. Maar kennelijk is het inderdaad mogelijk, het gebeurt nu, op het ergst denkbare moment.

Nou ja zeg, fluistert ze razend, dat is wel heel egoïstisch van haar. Heeft ze geen...

Astrid haalt haar schouders op. Is zij soms haar zusters hoeder?

Op dit moment begint iedereen te schuifelen en te hoesten, en de slippendragers komen naar voren om de kist op te tillen. De dienst schijnt voorbij te zijn en er volgt een uittocht, zodat er begraven kan worden. Marina weet dat ze eigenlijk haar nichtje moet helpen, maar nu weggaan zou verschrikkelijk zijn, het zou net zoiets zijn als toen Ockie per ongeluk een aflevering van *Dallas* van de videocassette had gewist voordat ze hem gezien had, de aflevering waarin bekend werd wie J.R. had doodgeschoten. Vandaar dat ze Astrid bij haar elleboog pakt en tegen haar fluistert: Neem haar mee naar buiten en zorg voor haar. Na afloop regelen we wel iets.

Ik? Waarom moet ik het doen?

Omdat ze je zus is.

Astrid is verbaasd. Ze heeft Amor nooit als mogelijke volwassene beschouwd, iemand met borsten en bloed en opvattingen, laat staan met de macht om haar van haar moeders begrafenis te verdrijven en haar daardoor te kijk te zetten. Maar moet je zien, terwijl alle anderen in één richting wegsjokken, gaan zij met hun tweetjes de andere kant op. Buiten valt ze tegen haar zus uit. Hoe haal je het in je hoofd, zegt ze.

Ik kan er niets aan doen, zegt Amor, en voelt op dit moment een kramp door zich heen gaan, een heet wringend gevoel, dicht bij haar kern. Het is net als toen ze hard hollend over het gazon op die spijker was getrapt. Wat had ze gejammerd. Ma, ma, help me alsjeblieft!

Met een samengetrokken gezicht werpt Astrid een blik om zich heen. Niks aan te doen, concludeert ze. Ga daar maar zitten tot het over is.

Ze bedoelt een bank naast de vooringang, maar Amor vindt dichtbij een toiletruimte en gaat naar binnen, een groenige, sterk ruikende ruimte in, zoekt een hokje en trekt zich terug. Gedrup en geprevel van water overal, een kapotte leiding misschien. Een volgende kramp die uit haar diepten opwelt. Rondom haar flikkert de omgeving, als een zwart-witfilm. Ze kan niet geloven dat dit gebeurt, dat ze haar voorhoofd laat afkoelen tegen een betegelde muur in een openbaar toilet in plaats van ma's kist te begeleiden op zijn laatste paar stappen, door het struweel van grafstenen. Een fraaie lentedag, licht dat neersijpelt door uitbottende bomen. De levaja vordert traag, wordt onderbroken voor het opzeggen van Psalm 91, staat een tijdje stil en schuifelt dan weer verder. Er klinkt snurkerig bijengeronk, jacarandabloesem knalt absurd open onder je voeten. Totdat een klein eindje verderop dezelfde onderbreking plaatsvindt, hetzelfde gezang van de psalm, en kennelijk is dit hoe het verdergaat, in stadia naar het graf, maar Amor is er niet één keer bij. Ze zit dubbelgevouwen en denkt: Ik heb een pijnstiller nodig, ik moet een pijnstiller hebben. Maar wat stilt de pijn van niet aanwezig zijn wanneer de kist wordt neergelaten in het graf? Of van niet tussen de mensen staan die nu naar voren komen om de spade te pakken en een schep aarde op de kist te gooien?

Klabam! Het geluid waarmee aarde op hout valt klinkt heel definitief, als een zware deur die met een klap dichtslaat.

Maar waar is Amor? Waar is Astrid?

Onthutst draait Anton zich om, niet wetend aan wie hij de spade zal overhandigen.

Ze moesten ergens heen, sist tante Marina. Geef dat ding aan je oom.

Waar moesten ze dan heen? Die vraag blijft hem bezighouden, terwijl de rij mensen traag voorbijtrekt en elk van hen zijn portie in het gat gooit. Stukje bij beetje verdwijnt de kist, alsof de grond er hapjes uit neemt. Weinig anders dan hoe wij het aanpakken. Klabam, gedag hoor, opgeruimd staat netjes.

Astrid kijkt van een afstandje toe en als de kaddisj ten slotte is afgelopen en de kleine menigte zich begint te verspreiden, bonst ze op de wc-deur en schreeuwt tegen haar zusje dat ze naar buiten moet komen. Amor wankelt tevoorschijn met samengeknepen dijen, blij dat ze zwarte kleren aanheeft. Nu de familie op haar afkomt, komen ook de vragen die ze haar gaan stellen op haar af. Waar ging je heen, wat was er met je, en ze heeft geen antwoorden bij de hand.

Maar tante Marina heeft het eindelijk gezien en begrepen, en zorgt ervoor dat ze er eerder is dan een van de mannen. Maak je niet benauwd, ik regel het wel. Ze beschikt over een ingesleten methode voor het overbrengen van vertrouwelijkheden en instructies, met haar mond vlak bij het onderdanige oor, in dit geval dat van haar echtgenoot/zoon/broer, en daarna gaan Ockie en Wessel er met Manie vandoor en dirigeert zij haar nichtjes naar haar eigen auto terwijl ze haar handen in die kleine witte golfhandschoentjes wurmt. Nou, ik wil je wel vertellen, ik ben heel blij dat dat voorbij is.

Al is het eigenlijk nog niet voorbij, want iedereen wordt verwacht bij de familie Levi voor de nazit, of hoe die mensen het ook noemen. Marcia had Manie te pakken gekregen op een wankel moment vlak na de teraardebestelling, met haar gezicht in de aanslag, maar hij kan nog steeds niet geloven dat hij ja heeft gezegd. Zij evenmin, dat was wel duidelijk. Dacht dat ze op zijn antipathie kon rekenen. Nou, wij wonen nog in hetzelfde huis. Je weet vast nog wel hoe je ons moet vinden. Natuurlijk weet hij dat, al zou hij het graag vergeten. Maar we blijven niet lang, waarschuwt hij Ockie als ze in de auto stappen. Alleen om even onze neus te laten zien, dan hebben we onze plicht gedaan.

Maar waar zijn Astrid en Amor? Anton is nog steeds onthutst, niet in het minst omdat hij aangedrukt zit tegen zijn vervelende neef Wessel, die altijd ongewassen ruikt. Manie verdomt het om vragen van zijn zoon te beantwoorden, dus is het aan oom Ockie om uitleg te geven. Ze rijden met tante

Marina mee, zegt hij, maar verder vertelt hij niets. Een mysterie! Waarom zit iedereen in een andere auto? Wat moet er gebeuren om twee meisjes te laten weglopen bij de begrafenis van hun moeder, net op zo'n belangrijk moment?

De meisjes zijn met tante Marina op weg naar dezelfde bestemming, maar moeten eerst een eindje omrijden. Een paar straten verderop vinden ze een winkelcentrum, rijen auto's die vrolijk staan te fonkelen in de zon. Ik parkeer wel even dubbel, we hebben niet lang nodig. Ze telt geld uit haar portemonnee in Astrids hand uit. Ik wacht hier wel. Geef het wisselgeld aan me terug. Er staat een rij bij de ingang, want ieders tas wordt door de metaaldetector gehaald voor het geval er een bom in zit, en daarna is het een heel stuk lopen naar de drogist, aan de andere kant van het winkelcentrum. Amor moet onderweg twee keer stilstaan, geleund tegen de muur, tot de kramp wegtrekt. Dan staat ze bij de drogist met haar zus in de rij, tussen de schappen die zuchten onder de overdaad aan producten om mensen te helpen met hun lichaamsfuncties, door het ene te stelpen en het andere te verlichten of het volgende te ontsmetten, terwijl ze het zachte pakketje angstig in haar hand omdraait. Astrid stopt haar het geld toe. Hier, betaal zelf maar, het is toch voor jou? Het wachten duurt niet lang, een paar minuten, maar de krampen komen nu heel regelmatig, in golven. En al die tijd dacht ik dat ik ziek was om ma. Ze kijkt omlaag, laat haar voeten de hele wereld worden, tot ze voor de toonbank staat en de vrouw in de witte jas haar meelevend aankijkt.

En eigenlijk zouden ze alles in het winkelcentrum moeten afhandelen, maar een tweede openbaar toilet trekt Amor vandaag niet, dus hou maar vol, hou maar vol. Doe het maar als we daar zijn. Marcia en Ben wonen in Waterkloof, een groot huis van twee verdiepingen met zo'n achtduizend vierkante meter gebladerte eromheen. Ze zijn het gewend om feestjes te geven, hoewel dat vandaag niet helemaal het juiste woord is, en hebben hun vaste cateraars ingehuurd. Bruiloft, begrafenis, maakt niet uit, mensen moeten eten. Op het terras achter het huis zijn twee lange tafels neergezet en worden thee, koffie en lichte versnaperingen aangeboden. Alles heel ingehouden en smaakvol. Marcia is een soort *salonnière*, ze weet hoe het hoort.

En ook hier, zodra ze door de voordeur zijn, maakt tante Marina die samenzweerderige neiging met haar hoofd en fluistert Marcia iets in het oor, waarna Astrid en Amor snel een zijgang in gestuurd worden. Overal in huis branden kaarsen en zelfs in de gastenbadkamer zijn de spiegels afgedekt, met als griezelig gevolg dat je je bekeken waant. Alsof Amor zich nog niet ongemakkelijk genoeg voelt!

Oké, ik wacht wel buiten, zegt Astrid. Ze hebben elkaar in geen jaren meer bloot gezien, alleen al het idee is verschrikkelijk.

Help me nou, fluistert Amor.

Nee, nee. Haar kleine zusje zal nooit mooi worden, nee, niet zoals ik, en Astrid heeft geen zin om haar te zien doen wat ze moet doen. Echt niet, zegt ze. Doe niet zo kinderachtig, stop maar gewoon in je slipje, het is maandverband, zelfs jij moet dat snappen, lees nou maar de gebruiksaanwijzing! Ik wacht buiten op je.

Ze loopt de gang op, doet de deur achter haar dicht en laat Amor alleen in de badkamer. Alleen op de wereld. Waar is ma? Eigenlijk hoort ze hier te zijn, nu, op dit moment, om haar te helpen. Maar ze ging weg toen ik er niet was.

Alle oppervlakken in dit huis bestaan uit dure materialen, staal of marmer of glas, en als er ergens een stukje hout te zien is, dan is het met straffe hand gladgeschuurd en gelakt, en zo wil Astrid het ook, ze wil dat de hele wereld bestaat uit fijne, bewerkte oppervlakken als deze. Je beseft erdoor hoe ruw alles thuis is, vol scherpe randen en hoeken. Authentiek, zou pa zeggen, maar wie wil er nou echtheid? Dit is veel beter. Astrid laat haar vingertoppen over het behang glijden en voelt de reliëfrandjes van het motief.

Er komt een man de gang in. Aarzelend blijft hij staan, vlakbij. Is-ie bezet?

Ja, mijn zusje zit binnen.

Hij blijft staan en zijn blik glijdt over Astrids lichaam, vooral haar borsten en benen. Het is een oude vent, minstens veertig, en niet aantrekkelijk, kaal met een slechte huid, maar onwillekeurig reageert ze op zijn gegluur. Gaat van het ene been op het andere staan, strijkt een haarlok achter haar oor. Gek dat je de aandacht van mannen altijd kunt voelen, vooral verholen aandacht, en volgens haar wil deze oude man iets tegen haar zeggen, er ligt een smerig woord op zijn lippen dat hij hardop wil uitspreken, en er is iets in haar wat dat ook best wil horen.

Na een tijdje klopt ze op de deur. Schiet nou op!

Hij blijft naar haar gluren, zonder zijn woord te zeggen, maar op dat moment komt Amor naar buiten. Ze is klaar met wat ze moest doen en merkt de verandering, een lichte druk in het centrum van haar lichaam. Een vreemdheid vanbinnen, waar de rest van haar omheen is gevormd.

Ben je klaar? vraagt Astrid met te harde stem. Hebben we het nu gehad? Hopelijk hoef ik niet nog eens iets belangrijks te missen door jou. Ze loopt voor Amor uit, wiegend met haar heupen.

De zitkamer is afgeladen met mensen en zoemt als een korf vol bijen. Astrid stort zich meteen naar binnen, terwijl haar jongere zus blijft staan. Het is beter om in de deuropening te blijven steken. De drempel lijkt de juiste plek te zijn, niet hier of daar, niet het een of het ander.

Aan de overkant van de kamer ziet Anton haar staan. Hij staat er al een tijdje en observeert het zich ontplooiende gebarenspel, als gebeurtenissen in een aquarium. Daar heb je mijn verwanten, nabije en verre, die mijn moeder de laatste eer komen bewijzen. Daar heb je mijn vader, die wegkijkt als hij me ziet, en daar heb je mijn zusje in de deuropening, maar er is iets aan haar wat anders is. Hij heeft het direct in de gaten.

Heb je iets met je haar gedaan?

Nee.

Heb je een ander topje aan?

Nee.

Anton bekijkt haar nog eens, geïntrigeerd. Hij weet dat hij gelijk heeft en hij kan zien dat zij weet dat hij het weet. Onbehaaglijk staat ze te draaien en te kronkelen, maar vanbuiten ziet ze er rustig uit. Dat heeft ze geleerd, verborgen houden wat belangrijk is.

Toch is er iets anders aan je, zegt hij.

Dit is later, buiten, terwijl pa op zoek gaat naar Lexington, die ergens om de hoek geparkeerd staat. Astrid is er ook, maar zij praat met tante Marina en laat Anton en Amor met rust. Er is afscheid genomen, de rituelen zijn uitgevoerd, onze moeder ligt onder de grond.

Waar gingen jullie heen?

Wanneer?

Op de begrafenis. Jij en Astrid. Waar gingen jullie naartoe?

Weer dat kronkelen en draaien. Er is iets gebeurd. Hij begrijpt het niet, of maar half, of wil het maar half weten. Je kunt het maar beter niet weten! Of het op een andere manier aan de weet zien te komen.

Hoe het ook zij, daar komt eindelijk de auto, met Lexington achter het stuur en een boos kijkende pa ernaast. Pa helt naar opzij om ongeduldig op de claxon te drukken en zij wringen zich op de achterbank, de twee oudste kinderen links en rechts en Amor in het midden, voorovergebogen over het bed van hete kolen dat ze in haar lichaam heeft, en dan rijden ze zwijgend weg, de resterende leden van het gezin Swart, allemaal moe en verdrietig en op hun eigen manier gecompliceerd, terug naar de boerderij die ze hun thuis noemen.

Het huis is op dit moment leeg. Het is een paar uur lang verlaten geweest en het is schijnbaar inert, maar toch maakt het kleine beweginkjes, er schrijdt zonlicht door de kamers, er rammelt wind aan de deuren, het zet uit en trekt samen, produceert pufjes, kraakjes en boertjes, zoals elk lichaam. Het lijkt te leven, een illusie die aan veel gebouwen kleeft, of misschien aan de manier waarop mensen ze zien, vol stemming en expressie, ramen als ogen. Maar hier is daar niemand getuige van, geen levende ziel, behalve de hond die op de oprit ligt en lui aan zijn testikels likt.

Zelfs Salomé is er niet, anders dan normaal. Je had misschien verwacht haar bij de begrafenis te zien, maar tante Marina heeft haar in niet mis te verstane bewoordingen laten weten dat ze die niet mocht bijwonen. Waarom niet? Ach, doe niet zo dom. En dus is Salomé terug naar haar eigen huis gegaan, pardon, naar het huis van de Lombards, en heeft haar kerkkleren aangetrokken, die ze ook naar de plechtigheid zou hebben gedragen, een donkere jurk, gestopt en opgelapt, en een zwarte sjaal en haar enige paar goede schoenen, en een hoed en handtas, en zo zit ze buiten voor haar huis, sorry, het huis van de Lombards, op een tweedehandsleunstoel met uitpuilende vulling, en zegt een gebed voor Rachel op.

O God. Ik hoop dat U me kunt horen. Ik ben het, Salomé. Heet mijn mevrouw alstublieft welkom waar U bent, en pas goed op haar, want ik zou haar graag op een dag in de Hemel terugzien. Ik ken haar al heel lang, zelfs nog van voor ze een getrouwde mevrouw werd, uit de tijd dat we allebei jonge vrouwen waren, en in die voorbije dagen waren we soms één persoon. Ik weet zeker dat U het begrijpt, omdat U haar dit grote lijden hebt gegeven, zodat ik voor haar kon zorgen. Daarom heeft ze mij dit huis beloofd en daarvoor dank ik U. Amen.

Misschien bidt ze niet in deze woorden of gebruikt ze helemaal geen woorden, veel gebeden worden immers uitgesproken zonder taal en die stijgen even snel op als de rest. Of misschien bidt ze voor andere dingen, want gebeden zijn uiteindelijk geheim, en niet allemaal tot dezelfde god gericht. Maar hoe het ook zij, nadat er enige tijd is verstreken, wat inderdaad het geval is, kijk maar hoe de schaduw van de mierenhoop is verschoven, want de zon staat niet meer op haar hoogste punt, komt ze langzaam en stijf overeind uit haar stoel en loopt terug naar binnen. Als ze weer tevoorschijn komt, na een volgende niet afgemeten tussenpoos, draagt ze weer haar daagse kleren, haar versleten jurk en haar slippers, een omgebonden hoofddoek, en gaat ze het voetpad op dat om het koppie loopt.

Het had ook zomaar op een andere dag kunnen zijn. Ze neemt dit paadje 's ochtends heen en 's avonds terug, en vaak nog een paar keer tussendoor. Licht of donker, weer of geen weer. Al die loopjes lijken op elkaar. Als ze bij de achterdeur is, laat ze haar slippers buiten staan en loopt daarna op blote voeten. Haar uniform hangt in de bijkeuken, blauwe jurk met witte hoofddoek en wit schort, en ze mag twee minuten de badkamer gebruiken om zich te verkleden. Dan hangt ze haar eigen kleren uit het zicht, om de hoek in de bijkeuken.

Pas nu mag ze verdergaan, de diepere sferen van het huis in. Alle gezinsleden zijn weer terug, of misschien zijn ze nooit weg geweest, ze stralen iets uit van geworteld zijn, van ingegraven zijn.

Laten we aannemen dat ze aan de eettafel zitten. Of in uiteenlopend gedraaide houding in de huiskamer staan. Of op de veranda voor het huis, het ene gezinslid op de oprijlaan en het andere iets hoger, met een gezaghebbender positie. Het maakt niet uit. Het hier volgende gesprek vindt plaats tussen Manie en zijn oudste kind, ergens.

Ik heb nagedacht over je woorden van gisteravond, zegt pa, en ik ben heel kwaad.

Op dit soort momenten spiegelt hij zich graag aan de toon van de oudtestamentische god, vandaar ook dat hij verwacht om gehoorzaamd te worden.

Ja?

Niet voor mezelf, maar voor anderen. Dat je onbeschoft hebt gedaan tegen mij is niets nieuws. Ik verwacht niet anders. Maar zoals je tegen de dominee hebt gesproken! Een heilige man, een predikant.

Anton snuift en glimlacht. Een idioot en een charlatan.

Genoeg! Daar hou je vandaag mee op, dat gebrek aan respect. En knoop het volgende in je oren. Als je hem geen excuses aanbiedt, hoor je niet meer bij deze familie. Dan praat ik nooit meer met je.

Want Manie heeft op de gebeurtenissen van de vorige avond zitten broeden als een kip op een groot zwart ei. Je hebt mijn huwelijk en mijn godsdienst beledigd, en daar zul je voor boeten.

U moet toch weten, pa, dat ik dat niet kan.

Jouw probleem. Vecht het maar uit met je geweten.

Tegen die man zeg ik geen sorry. Waarom zou ik? Ik heb gewoon de waarheid gezegd.

De waarheid? Manie ontsteekt opnieuw in woede, zelfs de stoppels op zijn kin staan overeind als kleine stekeltjes. Over mijn vrouw? Over beloften die ik nooit gedaan heb? Welke kant je kiest is helemaal aan jou. Maar als je je niet verootmoedigt, sta je in de woestenij.

Pas als hun vader de aftocht heeft geblazen, luidruchtig en rechtschapen, komt zijn jongste dochter vanachter een grote kuipplant tevoorschijn, als een toneelspeelster in een klucht. Anton, Anton. Ik heb gehoord wat hij zei.

Wat is er, Amor?

Hij klinkt geïrriteerd, want ze verpest voor hem een moment dat anders misschien glorieus en helder was geweest. Uit de familie gestoten worden, bevrijd te worden van dit alles!

Ik heb gehoord wat pa tegen je zei, en dat klopt niet.

Wat klopt niet?

Hij heeft het wel beloofd. Ik heb het zelf gehoord. Hij heeft ma beloofd dat hij Salomé haar huis zou geven.

Haar gezichtje wordt van binnenuit verlicht door het zekere weten.

Amor, zegt hij teder.

Wat?

Het huis kan niet van Salomé zijn. Zelfs als pa dat zou willen, kan hij het niet aan haar geven.

Waarom niet? vraagt ze, niet-begrijpend.

Daarom niet, zegt hij. Het is tegen de wet.

De wet? Waarom?

Dat meen je niet. Maar dan kijkt hij haar aan en ziet hoezeer ze het meent. Lieve help, zegt hij. Heb je echt geen idee in wat voor land je woont?

Nee, ze heeft geen idee. Amor is dertien, de geschiedenis heeft nog niet haar stempel op haar gedrukt. Ze heeft echt geen flauw idee in wat voor land ze woont. Ze heeft zwarte mensen zien wegrennen voor de politie omdat ze geen verblijfsvergunning bij zich hadden en ze heeft volwassenen zacht en indringend horen spreken over rellen in de townships en vorige week nog hadden ze op school geleerd hoe ze zich onder de tafels moesten verbergen als ze zouden worden aangevallen, en toch weet ze nog steeds niet in wat voor land ze woont. Er is een Noodtoestand en er worden mensen gearresteerd en zonder proces vastgehouden en er doen geruchten de ronde maar geen harde feiten want er is een black-out wat het nieuws betreft en er wordt alleen verslag gedaan van vrolijke, onechte gebeurtenissen, maar ze gelooft die gebeurtenissen meestal wel. Ze heeft gisteren gezien dat het hoofd van haar broer bloedde door een steen, maar toch, zelfs nu weet ze nog niet wie die steen heeft gegooid en waarom. Zal wel door de blikseminslag komen. Ze is nooit zo snel van begrip geweest.

Toch is er één ding dat bij haar blijft knagen.

Maar waarom? vraagt ze. Waarom heb je tegen pa gezegd dat hij Salomé haar huis moet geven als je wist dat hij dat niet mocht?

Hij haalt zijn schouders op. Daarom, zegt hij. Daar had ik zin in.

En precies op dat moment, zonder dat ze het zelfs maar beseft, begint ze een heel klein beetje door te krijgen in wat voor land ze woont.

De volgende dag wordt ze weggestuurd, met koffer en al, terug naar het pensionaat. Nog maar een paar maanden, zegt pa als ze tegenstribbelt. Tot alles weer wat rustiger is. Ze spreekt hem verder niet tegen, ze hoort wel aan zijn stem dat het zinloos is. Zelfs al heeft hij het beloofd, en een christen houdt zich altijd aan zijn woord, haar behoeften tellen niet mee, zij doet er niet toe. En dus brengt Lexington haar naar school en zet haar af bij de vijver en dan moet ze langzaam de smalle trap naar de slaapzaal op lopen, met zijn koude linoleum vloeren, met de bedden in hun voorgeschreven rijen, identiek, en dat van haar in de hoek, onveranderd.

Haar broer vertrekt de volgende ochtend, of is het de ochtend daarna, in de lente lijken de vroege uurtjes allemaal op elkaar. Hij heeft zijn ransel en zijn geweer bij zich en hij draagt zijn uniform, voor hem gestreken door Salomé, hoewel hij de laarzen zelf gepoetst heeft. Hij wordt niet uitgezwaaid. Astrid slaapt en pa is al naar zijn werk op het reptielenpark. Lexington rijdt de Triumph tot voor het bordes en Anton legt zijn ransel in de kofferbak. Houdt zijn geweer bij zich, alleen voor het effect, voor het geval dat.

Dag, huis. Dag, pa, ook al zegt u niets terug. Wanneer ze over het pad hobbelen, splijt de dageraad open als een wond. Anton stapt uit om het hek open en dicht te doen en dan gaan ze op weg, bij de stad vandaan, over eenzame wegen.

Buiten Johannesburg is een liftplaats voor militairen vanwaar hij verder kan. Er staan al twee andere soldaten te wachten tot iemand hen meeneemt. Hij haalt zijn ransel uit de kofferbak en buigt zich naar het raampje aan de passagierskant. Tabee, Lex, berijd de triomfwagen. Dag, Anton. Tot de volgende keer.

Rond een uur of twaalf nadert hij het militaire kamp waar hij gelegerd is. Zijn laatste lift heeft hem een halve kilometer verderop afgezet en voordat hij bij de toegangspoort is, moet hij nog een heel stuk lopen door een lange straat in een buitenwijk. Door een hoog, met prikkeldraad afgezet hek ziet hij tenten en geprefabriceerde bungalows staan, in eindeloze rijen, waar jongemannen zoals hij rondlopen, hun kleren wassen, een sigaret roken, staan te praten.

Een van die figuren maakt zich los, komt naar het hek. Hé, roept hij. Jij daar!

Het duurt even voor Anton het weer weet. 's Avonds laat, schaduwen op het asfalt. Payne! Ik zei toch dat we elkaar nog eens zouden tegenkomen.

Waar ben je geweest?

Thuis, voor de begrafenis van mijn moeder.

Maak je daar nog steeds grapjes over?

Want Payne heeft nagedacht over de bizarre ontmoeting van een paar nachten geleden, toen hij wachtdienst had, en zijn conclusie is dat zijn bezoeker het niet echt meende. Bij daglicht, met een hek tussen hen in, is hij een heel gewone jongeman, wellicht onbeduidend. Zeker niet iemand om te vrezen.

Anton houdt zich met één hand vast aan het gaas, tuurt over het hele eind naar het toegangshek en de twee wachtposten die hij daar kan zien staan. Op dat moment is hem duidelijk geworden dat hij niet meer door die poort kan gaan, niet kan terugkeren naar dat wereldje erachter. Kan het niet. En kan ook niet zeggen waarom. Er is iets gebeurd, dat is alles wat hij zou kunnen zeggen, als je ernaar vroeg. Er is iets met me gebeurd.

Je bent getuige van een gewichtig moment, zegt hij tegen Payne.

Hè?

Je ziet hoe mijn leven in geheel andere banen wordt geleid. Je aanschouwt een enorme koersverandering.

Watte?

Het Grote Nee. Het heeft een hele tijd geduurd om zover te komen, maar nu heb ik er genoeg van. Ik ga weigeren, eindelijk.

Wat weiger je dan?

Alles. Tot hier en niet verder, zeg ik. Nee, nee, nee! Hij denkt even na en gaat verder: Je kunt natuurlijk meekomen.

Meekomen waarheen? Ik ken je niet eens.

Dat zou gauw veranderen.

Je bent gek, zegt Payne, lachend. Wat een mafkees is die vent. Eerst vermoordt hij zijn moeder en daarna deserteert hij zodra hij terug is bij het kamp. Ha ha ha! Hij weet zeker dat Swart naar de poort zal doorlopen, net als ieder ander, en dat ze elkaar later weer tegen het lijf zullen lopen, waarschijnlijk in de mess.

Maar dat doet hij niet.

Hé! Waar ga je naartoe?

Terug in de richting waar hij vandaan is gekomen, zo te zien. Payne moet hem op een holletje bijhouden langs het hek.

Je bent een mafkees, zegt hij. Ze hebben je zo te pakken. Je gaat de cel in! Hé! Wat krijgen we nou? Dit is niet leuk meer. Mankeer je soms iets? Wacht nou even. Niet doen. Weet je niet dat het oorlog is? Geef je dan niks om je land?

Anton geeft geen antwoord omdat hij het niet hoort. Hij wordt vanachter geduwd, als met een reuzenhand, door het simpele, blinde verlangen om weg te komen.

Bij deze onderneming is zijn uniform zowel een gevaar als een groot voordeel. Een lift krijgen is makkelijk als je in het leger zit, maar je bent ook een doelwit voor de marechaussee, die je papieren zal willen controleren. Snel omkleden is dus het beste, en een paar uur later koopt hij bij een nachtwinkel langs de snelweg naar het zuiden een pet om zijn hoofd mee te bedekken. Zonnig Zuid-Afrika, staat er op de voorkant. Hij ziet er belachelijk mee uit, maar zijn haar en een paar hechtingen op zijn voorhoofd blijven ermee uit beeld. Een deur verder is een Wimpy, waar hij in de wc zijn burgerkleren aantrekt, spijkerbroek en een T-shirt en trui en vrijetijdsschoenen. Als hij zichzelf in de spiegel bekijkt, vindt hij dat hij ermee door kan, als jonge man die ergens naar op weg is.

Zonnig Zuid-Afrika. Een dergelijk idee heeft hij ook in zijn hoofd. Al vanaf het moment dat hij vanochtend bij het kamp is weggelopen, is het beeld van een maagdelijk wit strand in zijn hoofd blijven hangen, met her en der koeien op het zand, kauwend en loeiend. Op de achtergrond mistige kliffen die oprijzen uit een dik groen bomentapijt. Geen deel van de wereld waar hij ooit is geweest, maar op school heeft hij een stel oudere jongens over de Transkei horen praten, over een ruig leven in de wildernis en vissen en surfen en wiet roken, en nu heeft hij in zijn hoofd gehaald dat hij dat maar eens een tijdje moet gaan doen. Hij heeft bijna geen geld en geen plan en kent er geen mens, maar dat alles trekt hem juist zo aan, en hij gelooft dat het een omgeving is waarin je zou kunnen verdwijnen als je dat op het oog had.

Maar eerst, Anton, moet je er zien te komen! Het is intussen laat, bijna middernacht, er rijden weinig auto's op straat. Weg van de straatlantaarns bolt het donker op, tjokvol leegte en dreiging. Naast de Wimpy heb je een garage met een modderig veld erachter, omzoomd door een greppel die begroeid is met onkruid. Hij gooit zijn geweer in de greppel, gevolgd door de ransel met zijn soldatenkleren. Hij heeft alleen een paar van zijn eigen hemden en broeken gehouden, alles wat hij bij zich had in een plastic zak gepropt. Wat ik net heb gedaan is een misdaad, denkt hij, en toch had het iets heel gewichtloos.

Hij slikt een kortstondige angst weg wanneer hij voelt hoe vreselijk groot de wereld is, en sjokt naar een gunstig plekje bij de oprit naar de snelweg. Maakt zich zichtbaar in de gloed van de natriumlampen, met een hoopvolle duim uitgestoken. Een beetje vertrouwen moet je wel hebben! Het kan even duren, maar als je blijft proberen, stopt er wel iemand.

PA

Hij komt net onder de douche vandaan wanneer de telefoon gaat. Het is niet zijn appartement en het telefoontje is waarschijnlijk niet voor hem en er zijn een paar mensen die hij actief probeert te vermijden, maar toch neemt hij op. Is een gevoel dat hij vanbinnen heeft, als een contour ergens van.

Astrid aan de lijn. Hij hoort dat zij het is, hoewel er alleen stukjes van woorden doorkomen. Belt waarschijnlijk met die nieuwe mobiele telefoon van haar, heel trots is ze erop, onhandige zware baksteen met knoppen. Geen uitvinding die het lang zal uithouden. Ik versta niet wat je zegt, laat hij haar weten. Al sprekend staat hij zich af te drogen in de zitkamer. Kun je me niet over de vaste lijn bellen?

Geruis en gepiep. Geïrriteerd legt hij de hoorn neer. Ze is een van de twee à drie mensen die zijn nummer hebben, maar ze maakt er overmatig veel gebruik van. Astrid heeft de stiltes in het gezin op zich genomen, ze heeft zich uitgeroepen tot de onderlinge koerier en nieuwsbezorger. Het is een rol die ze nodig heeft en verfoeit en waarvoor zij op haar beurt nodig is en verfoeid wordt.

Anton kleedt zich snel aan terwijl hij wacht. Het is midden op de dag en de hemel boven Johannesburg is smetteloos, hoewel er een midwinterse, vinnige kou in de lucht zit. Hij trekt een trui over zijn hoofd wanneer de telefoon opnieuw gaat. Nog steeds komen er geen complete woorden door, maar nu beseft hij dat ze ook niet echt spreekt. Hij hoort dat ze een vreemd geluid maakt. Een soort gejammer, bijna.

Hallo, zegt hij. Wat is er aan de hand?, net wanneer er een wolk voor de zon schuift, en in de schaduw die volgt heeft hij een voorgevoel, een soort tunnel waarin hij een helder, klein beeld van de toekomst kan zien. Een van die momenten, lastig verklaarbaar, waarin de tijd in de verkeerde richting lijkt te lopen.

Als ze eindelijk wél praat, luistert hij ingespannen terwijl ze vertelt wat hem al bekend is, niet alleen de harde feiten, hun vader/vanochtend/vergiftigd/in die glazen kooi, maar ook haar paniek, hij hoort even duidelijk, alsof ze het beschrijft, Astrids immense angst dat wat er met hem is gebeurd ook met haar zal gebeuren. Alsof het noodlot besmettelijk is.

Je denkt er niet vaak genoeg aan, zegt hij, wanneer ze eindelijk zwijgt.

Waaraan?

Daarom ben je er zo bang voor. Om je neer te kunnen leggen bij iets waar je zo voor terugschrikt, moet je het vaak genoeg in je verbeelding oproepen.

Waar ben ik bang voor?

De dood.

Maar hij is niet dood, zegt ze en begint weer dat jammergeluid te maken.

Nog niet. Ook dat is deel van het beeld dat hij heeft gezien, een luikje naar de toekomst. Maar voorlopig is het enige wat ze met zekerheid weten dat pa op de intensive care van het H.F. Verwoerd Ziekenhuis in Pretoria ligt, buiten bewustzijn.

Ik ga er nu meteen met Dean naartoe, zegt Astrid.

Prima.

En dan valt er een stilte, met een vraag eronder.

Ik weet het niet, zegt Anton ten slotte. Hij spreekt misschien voor zichzelf, al hoort zij het anders.

Het wordt tijd, zegt ze tegen hem.

Ik weet het niet. Ik moet nadenken.

Anton, het wordt tijd.

Dat maak ik wel uit, zegt hij, woedend maar bijna niet in staat de woorden eruit te krijgen. Zijn stem klinkt vaal, de stem van een geest. Ik weet niet of ik het wel kan.

Ga gewoon bij hem op bezoek. Hij is bewusteloos, dus je hoeft niet eens met hem te praten.

Het is bijna tien jaar geleden, Astrid.

Precies! Dat is genoeg. Nou ja, laat ook maar, doe wat je zelf wilt, je hebt nooit anders gedaan, trouwens.

Tien jaar, bijna, van verwijdering, waarin hij verschrikkelijke dingen heeft meegemaakt, ver weg in de rafelranden van de samenleving. En is dit dan hoe het afloopt, met een haastige gang naar het bed van zijn door een slang gebeten vader, om daar te peinzen over waar het is misgegaan? En wat heeft dat voor zin? Om de banden des bloeds te versterken? Ik hou niet van hem. Hij houdt niet van mij.

Hij heeft Astrid van streek gemaakt, dat hoort hij best, maar anders neemt ze hem in een houdgreep, als een menigte handen. Bevestigingsdrang en psychische angst kennen geen grenzen, en Anton is gesteld op zijn grenzen. Heb je al met Amor gesproken? vraagt hij, om van onderwerp te veranderen.

Ik heb een bericht voor haar achtergelaten. Als ze dat nummer tenminste nog heeft. Ik heb al tijden niets meer van haar gehoord.

Heb je tegen haar ook gezegd dat het tijd wordt? Heb je haar ook bevolen om naar huis te komen?

Ik heb je geen bevel gegeven, zegt Astrid. En bij jou en pa ligt het natuurlijk anders. Dat weet jij ook wel.

Wanneer ze ophangen, blijft hij nog een lang ogenblik staan, starend naar een barst in de vensterbank waaruit gestaag een rij mieren tevoorschijn komt. Hoeveel zouden het er zijn? Meer dan je kunt tellen. De enige betekenis zit alleen in de veelheid van stipjes. Waarom biedt dat troost?

Astrid heeft gelijk, het wordt tijd. Hij heeft altijd geweten dat dit moment zou komen, op wat voor manier dan ook, maar hij had zich het anders voorgesteld. Had nooit gedacht dat de verlossing zo ambigu en onzeker zou zijn. Misschien kan het ook niet anders. Elke dag na zijn vertrek uit huis staat bij hem ingegrift als een instinctieve, onberedeneerde onderneming, en hij denkt er nooit meer aan terug, er valt maar weinig aan te genieten. Overleving is niet leerzaam, alleen maar verlagend. De dingen die hij wel met enige helderheid onthoudt probeert hij juist weg te duwen. Als deel van wat je doet om door te kunnen gaan.

Je gaat door omdat er na verloop van tijd een eind aan komt. Zuid-Afrika is veranderd. De dienstplicht werd twee jaar geleden afgeschaft. Jezus, wat hij deed door uit het leger te deserteren, hij is een held, geen crimineel, te gek hoe snel dat is veranderd. Geen hond die het nog interesseert, overigens. Het is al geschiedenis geworden. Je bent gewoon de zoveelste haveloze figuur die een paar jaar de benen nam, zich in de wildernis van Transkei en daarna in Johannesburg verschool, lastig om te bepalen welk van die twee de ergste jungle was. Maar wanneer het op overleven aankomt, doe je wat je moet doen. Zelfs ten koste van, je weet wel, je waardigheid. Ha, alsjeblieft, Anton, je waardigheid ging er als eerste aan, een smerig vod dat je onderweg afdankte, en dat was nog maar de eerste statie van ontering, gevolgd door veel ergers. Beelden van obscene handelingen in smerige kamers, pijn die zowel de ziel als het lichaam teisterde, zonder aarzeling uitgevoerd, alles alleen maar om het hoofd boven water te houden terwijl je intussen niets, absoluut niets met de mooiste jaren van je jeugdige leven deed... Nou en, wat kan het verdommen? Anderen hebben veel, veel meer geleden dan jij, al geldt dat op een of andere manier voor elke ervaring. Uiteindelijk is het enige wat je kunt zeggen dat je het tot hiertoe hebt gehaald, zo ver dat er dingen veranderen en makkelijker worden, je verbergen hoeft niet meer. Volhouden, standhouden, een beproefde Zuid-Afrikaanse methode.

Rusteloos ijsbeert hij urenlang door het appartement, kijkt door kale takken naar beneden op de straten van Yeoville, trekt kastdeuren open en doet ze weer dicht. Hij lijkt ergens naar op zoek, maar in feite zoekt hij niet. Zijn besluit staat al vast en nu werkt hij alleen maar een inventarislijst af, maakt hij de eindafrekening op. Niets van dit alles is van hem, afgezien van een paar kledingstukken en wat boeken. De rest is bezit van een vrouw, behoorlijk ouder dan hij, met/van wie hij inmiddels geruime tijd in deze paar kamers leeft. Te geruime tijd, zoals ze allebei al een tijdje beseffen.

Hij schrijft haar een briefje, dat hij achterlaat op de keukentafel. Liefste / Gehoorgevend aan zijn wens om de Heilige Geest tot een rondje Russisch roulette uit te dagen en ook aan zijn onfortuinlijke ambitie om het Guinness-wereldrecord leven met gifslangen te breken, heeft mijn idioot van een vader zich een coma op de hals gehaald. Ik vrees het ergste. Zoals je weet hebben hij en ik elkaar niet meer gesproken sinds mijn moeders begrafenis, maar ik heb besloten dat het tijd is om te gaan, nou ja, naar huis dan. Het kan zijn dat ik een tijdje wegblijf. / Dat betreur ik, evenals een hoop andere dingen. Waaronder een volgend verzoek, het allerlaatste, hoop ik, om geld. Ik weet wat ik gezegd heb, maar gezien de omstandigheden zul je vast wel begrijpen etc. Al ben ik echt ten einde raad en betekent deze ontwikkeling dat ik binnenkort al mijn schulden aan je kan terugbetalen. Mijn rekening is onveranderd. / Ondanks de vele bewijzen van het tegendeel hou ik nog steeds van je, A.

Hij moet eerst een rondje bellen voordat hij iemand vindt die hem wil brengen. Vrijwel iedereen die hij kent, is net iets te veel door hem uitgewoond, ze zijn op hun hoede, ze zijn hem beu, hij hoort het in hun stem. Zelfs de vent die hem wil rijden heeft zo zijn redenen, die hij bijna meteen aankaart als ze op de snelweg Jo'burg uit rijden. Breng het niet graag ter sprake in een tijd als deze, maar ik heb het momenteel behoorlijk zwaar. Dus als je enigszins kunt, zou ik het erg op prijs stellen...

Alle begrip, zegt Anton tegen hem. Ik ben van plan iedereen bij wie ik in het krijt sta terug te betalen, maar ik zweer dat jij als eerste aan bod komt.

In de afgelopen maanden heeft hij hetzelfde aan een paar andere mensen beloofd, en het was hem altijd ernst, met zijn hele hart, maar vooral vandaag is het hem ernst omdat dit echt een keerpunt is, hij voelt het gewoon. Hij heeft een enorme flater begaan toen hij zichzelf in ballingschap deed. Terugkeren is de enige oplossing. Geen mitsen of maren. En nu al, terwijl hij de bron steeds dichter nadert, voelt hij dat zijn toekomst beloftevol opzwelt, als een meloen die rijp wordt onder zijn hand.

Vandaar ook dat er een gloed over de wereld ligt. Het is voor het eerst sinds het overlijden van zijn moeder dat hij over deze weg naar Pretoria rijdt. Negen jaar geleden! En kijk eens hoeveel er is veranderd, hoe het bruine veld is vervuld van overvloed, nieuwe bouwprojecten langs de snelweg, kantoren en fabrieken en woonhuizen, een economie in volle gang, het bloed van het land wordt weer rondgepompt. Een nieuwe, democratische regering in het Uniegebouw! Hij ziet de eerbiedwaardige zandstenen façade afgetekend tegen de heuvelrand wanneer ze de stad in rijden, in de verte beschenen door een mild winters zonnetje. Zou Mandela daar nu achter zijn bureau zitten? Vanuit een cel naar een troon, had niet gedacht dat ik dat nog zou meemaken, van mijn levensdagen niet. Vreemd hoe gauw zoiets gewoon is gaan lijken. Terwijl daarvoor, jezus christus.

Hij wordt afgezet voor de hoofdingang van het ziekenhuis en moet als een microbe de weg zien te vinden door kilometerslange ziekenhuisingewanden. Wat een beeld, maar gezien de omgeving heel toepasselijk. Altijd van die zielige hoopjes mens die op ziekenhuisbanken zitten, en dat is nog maar het bezoek. De patiënten zijn uiteraard veel verder heen. De enige reden om hier te komen is omdat jij of een van je naasten ziek of gewond is. Weinig vertier in deze veste.

De intensive care is het allerergst, in een zone van groenige onderzeese somberheid, met nergens een raam te bekennen. Erbuiten hetzelfde treurige leger van tobbers, al hebben ze hier natuurlijk méér om over te tobben. Hij ziet Astrid op hetzelfde moment dat ze hem in de gaten krijgt. Haar toch al brede gezicht wordt nog breder van verrassing.

Ik ben zo blij dat je er bent, fluistert ze hem toe als ze hem omhelst. Ze drukt hem te stevig tegen zich aan en laat een weeïg fantoom van parfum achter. Hij heeft Astrid door de jaren heen een paar keer gezien, ze heeft hem met geld geholpen en was zijn enige schakel met de familie, maar hij staat telkens versteld van haar gedaanteverandering naar een verdikte versie van haar adolescente ik, ze heeft na de bevalling nooit haar oude figuur teruggekregen en is nu een ronde echo van haar man, de bolle kleine Dean, die naast hen opduikt en een hand met korte vingertjes uitsteekt. Hoesit, Anton, fijn om je te zien.

Asjemenou, roept oom Ockie uit. Heremijntijd. Lieve help.

De toon waarop hij spreekt is speels en verbijsterd, om de mate waarin zijn neef is veranderd. Maar hijzelf is een aan emfyseem lijdende schim van de man die hij vroeger was. En allemaal zijn ze anders, natuurlijk zijn ze dat, de tijd heeft op al onze gezichten zijn liedje gespeeld.

Van iedereen heeft tante Marina de geringste gedaanteverandering ondergaan, ze is iets minder sterk misschien en wat minder overtuigd van zichzelf. Waar het de breuk met hem betreft, weet Anton dat zij de kant van zijn vader heeft gekozen, daar hoeft niemand van op te kijken, maar je merkt meteen dat ze vandaag geen trek heeft in ruzie. Haar jongere broertje, geveld in de bloei van zijn leven, het kwetsbare nakomertje in de familie, dat hen allemaal zou moeten overleven! Ze heeft gehuild en haar oorlogskleuren zijn doorgelopen. Hij geeft haar een zoen op haar wang en ruikt een geurtje van coldcream en zout.

Daarna staan ze daar, zonder dat er veel aan toe te voegen valt, en is het grote gebeuren voorbij. Zijn aankomst was per slot van rekening slechts ophef van een lagere orde, de verloren zoon die terugkeert, een drama dat iedereen weleens eerder heeft meegemaakt. Algauw slaat de verveling toe. Je komt terug na een lange verdwijning en het oppervlak sluit zich alsof je nooit bent weg geweest. Familie als drijfzand.

Anton heeft nog geen aandacht besteed aan de figuur van zijn vader, zo heel dichtbij. Hoe gaat het eigenlijk met hem?

Niet zo best, mompelt Dean. Hij heeft vannacht een poosje niet meer geademd.

Maar hij is nu stabiel!

De slang heeft hem in een slagader geraakt, zegt Dean. Dat is het ongelukkige, zei dokter Raaff tegen ons. Ook heeft hij een soort allergische reactie gehad...

Die slang valt niets te verwijten, vind ik, zegt Marina resoluut. Het is de dominee die mijn broer het leven heeft gekost.

Maar hij is nog niet dood, roept Astrid, trillend. Waarom zegt iedereen dat toch steeds?

Mag ik bij hem?

Er worden telkens maar vier bezoekers toegelaten, voor tien minuten, één keer 's morgens en één keer 's avonds. Maar de afdeling staat onder leiding van een verpleegster met een geschoren hoofd, een zakelijk type dat een soort formeel medelijden met hem krijgt.

Ben jij de zoon? vraagt ze hem, met een boze klank in haar stem. Je mag wel heel even naar binnen

Hij beschouwt dat als een slecht teken, veel tijd is er dus niet meer, maar loopt achter haar aan, met mondkapje en handschoenen, zoals opgedragen, de spelonkachtige, zoemende grot van de binnenkamer in. Een sfeer van stille nijverheid, gericht op de doodzieke, op bed liggende lichamen. Pa ligt in de verste hoek, er lopen allerlei slangetjes bij hem naar binnen, hoewel ze de indruk wekken dat ze andersom lopen, naar buiten, en van binnenuit alle vitaliteit uit hem wegzuigen om een ander, verschillend systeem van energie te voorzien. Hij heeft iets verfrommelds, afgedankts, onder de groene lakens. Geen vel over been, maar daar in de buurt. Gehavender dan ik me herinner.

Dag, pa. Ik ben het. Anton.

Zegt hij het hardop? Hoe dan ook, hij wordt getroffen

door een onverwacht aanstormende emotie. Ergens trek ik het me toch aan, ontdekt hij tot zijn stomme verbazing. Ja, ergens trek ik het me verdomme toch aan.

Ik laat je wel even alleen, zegt de hard ogende verpleegster.

Ze rukt de gordijnen om hem heen dicht, maar niet genoeg om de hele afdeling aan het zicht te onttrekken. In het aangrenzende bed ziet Anton een zwarte man, omzwachteld als een mummie. Verwoerd ligt vast te tollen in zijn graf, niet te geloven dat ze de naam van het ziekenhuis nog niet hebben veranderd. De man kreunt hardop vanuit zijn windsels, het is niet helemaal een woord, tenzij in een vreemde taal, de taal van de pijn. De apartheid is namelijk gevallen, we sterven tegenwoordig naast elkaar, in intieme nabijheid. Alleen naast elkaar leven is nog iets wat we onder de knie moeten zien te krijgen.

Dag pa, zegt hij nog eens.

En zit daarna te wachten. Waarop? Er zal nooit een antwoord komen. Ik ben degene die iets moet doen. Maar wat hij moet doen, wat ik hier kom doen, ik weet niet wat dat is.

Luister, zegt hij tegen zijn vader. Ze hebben ons samen alleen gelaten omdat ik geacht word iets tegen u te zeggen. Ik word geacht te zeggen dat het me spijt. Maar die woorden zult u nooit van me krijgen. Hebt u dat gehoord?

(Ik hoor niets.)

Ik was gek toen ma doodging. Ik heb zowaar een tijdje geloofd dat ik haar gedood had. Het zat allemaal niet goed in mijn hoofd. Maar ik meende alles wat ik zei. U was een alcoholische klootzak tegen mijn moeder voordat u godsdienstig werd en daarna was u een nuchtere klootzak. U stond bij haar in het krijt, maar zelfs na haar dood dacht u dat het andersom was. U zat fout bij haar, en u zat fout bij mij en ik zal nooit tegen u zeggen dat het me spijt. Hoort u me?

Nee, hij hoort het niet. Er zal nooit meer iets tot Manie doordringen. Hoewel hij het middelpunt van alle aandacht is, bestaat er niets voor hem, niet het ziekenhuis, niet het bed, niet het gordijn, niet zijn zoon en zeker niet de woorden die tegen hem gesproken worden, ze zijn niet waar hij is. Al is het moeilijker te beschrijven waar hij dan wel is.

Stel je een tunnel voor, ondergronds, waar nooit licht heeft geschenen. Iets in die geest, een spleet in zijn eigen fundament, is waar pa de wijk heeft genomen. De vergiffenis, nee, het vergif in zijn bloed heeft hem daarheen gedreven. En zal hem nog verder drijven. Meedobberend op de dampen van kwaadaardige, toxische dromen. Vergezeld door de laatste opflikkering, de laatste vonken van een stem. Die wat zegt? Die niets zegt. Ik ben, ik was, dat soort onzin. Af en toe stijgt er een primitieve vorm voorbij, half herkend, verdwenen. Mijn leven. Die tijd. Schimmen van schimmen. Tot aan de korrelige waarheid van alles. En daarin.

Herman Albertus Swart sterft om 03.22 uur op 16 juni 1995 en de bezoekersruimte is leeg. Zijn familieleden zijn allemaal naar huis gegaan en liggen daar ieder in hun eigen bed te snurken, te mompelen, te woelen en scheten te laten, tot het ochtend is. De enige aanwezige bij zijn overlijden is een moslimverpleegster die Waheeda heet en heimelijk een vers uit de Koran over hem uitspreekt, *Inna lillahi wa inna ilayhi raji'oen*, maar of deze interventie enige uitwerking op zijn ziel heeft valt niet te zeggen.

Het nieuws wordt een uur later aan Astrid doorgegeven. Ze ontwaakt uit een diepe sluimering door het gerinkel van haar Nokia, een geluid waaraan ze nog niet gewend is, ze heeft het stomme ding pas een paar weken, heeft geen idee hoe alle knopjes werken, en het kost een lange minuut van gestoethaspel om het licht aan te doen en een manier te vinden om op te nemen. Inmiddels weet ze wat er gaat komen, waarom wordt er anders op dit uur gebeld, en het enige wat ze kan doen, is protesteren, alsof dat iets aan de afloop verandert. Nee, het is niet waar! Maar het is wel waar, het zal nu altijd waar zijn.

Haar man geeft haar een knuffel, hij weet vrijwel zeker dat zoiets in dit stadium het vereiste gebaar is. Astrid ziet er bleek en slap uit, en concluderend dat een kopje thee met suiker misschien wel de correcte volgende stap is, sjokt hij in zijn lange onderbroek naar de keuken om er een te maken, zonder te merken dat er een hevige storm rond zijn vrouw woedt.

Ja, op dit moment wordt Astrid voortgejaagd door een felle, fatale wind, een en al kracht zonder vorm, die haar heeft losgerukt van alles wat vast is. Wat graaien haar handen en roept ze het uit terwijl ze vliegt! Tot ze tegen een deur aan waait, aan het eind van een gang, en zo hard als ze kan aanklopt, hoewel het haar aan energie ontbreekt.

Hallo?

De stem van haar broer, stil en kalm. Alsof hij op haar komst heeft gewacht.

Het lukt haar bijna niet de knop om te draaien, zo weinig kracht heeft ze. Anton zit overeind in bed, met de lamp aan en een notitieboek op zijn schoot. Hij aanschouwt haar vergeefse pogingen om iets te zeggen.

Het is gebeurd, zegt hij.

Ze knikt wild, en werpt zich daarna op het bed, krampachtig handenvol sprei bij elkaar trekkend. Slaagt er uiteindelijk in toch te praten, al rollen de verkeerde woorden uit haar mond. We zijn nu allemaal wees!

Hij bekijkt haar flegmatiek, met zijn gedachten elders. Wanneer?

Wanneer? Ik weet het niet. Het ziekenhuis heeft net gebeld. We hadden bij hem moeten zijn! Waarom hebben ze ons naar huis gestuurd?

Had dat iets uitgemaakt?

Iets uitgemaakt? Hoe kun je dat nou vragen?

Is niet voor het eerst dat haar broer haar versteld doet staan. Alsof ze hem ziet door het verkeerde eind van een telescoop. Hoewel vanuit hem bekeken juist zij opeens heel scherp in beeld is. Ik was nog maar gisteren bij hem, denkt Astrid, hij leefde en haalde adem, hoe is het mogelijk dat hij nu geen van beide dingen meer doet? Maar Anton ziet nogmaals aan zijn zus, kil en klaar als de klepel van een klok, dat ze haar eigen dood voelt. Als het met onze vader kan gebeuren, kan het ook met mij gebeuren. Dit niets, deze toestand van Niet. Ze rouwt vol angst om zichzelf.

Zo worden ze in de logeerkamer aangetroffen door haar man wanneer hij met de thee op een dienblad door de gang schuifelt, zijn radeloze vrouw languit over haar broers voeten liggend. Terwijl Anton, die naar Deans mening een intens vreemd iemand is, dit moment heeft uitgekozen om iets in een aantekenboekje te noteren.

(...)

Hij heeft gisteravond verzocht of hij bij Astrid en Dean mocht komen overnachten in hun armetierige huisje in Arcadia, in plaats van terug naar huis te gaan. Was nog niet aan de thuisreis toe, maar ook vond hij deze regeling te prefereren boven een verblijf op de boerderij met tante Marina en oom Ockie, die daar tijdens pa's afwezigheid zijn. Maar wat hij nu ervaart, op dit moment, is de aantrekkingskracht van een onbepaald middelpunt, terwijl iedereen juist in een toestand van verdoving verkeert.

Het is goed zo, mompelt hij troostend tegen Astrid en aait

haar met een achteloze hand over haar haar. Als hij zijn afscheid had kunnen kiezen, zou het dit zijn geweest.

Wat, gebeten worden door een cobra? En waarvoor? Hij kwam nog niet eens in de búúrt van het record. Hij zat pas op dag zes!

Zijn zus, dat is wel duidelijk, is ontroostbaar, of vastbesloten zich niet te laten troosten. En dat doet hem eraan denken, er is nog een andere zus die op de hoogte moet worden gebracht.

Heb je Amor nog te pakken gekregen?

Ze heeft nooit teruggebeld. En ik heb het niet nog een keer geprobeerd, er was verder geen nieuws om door te geven! Iemand moet haar nu toch op de hoogte brengen.

Ik doe het wel, zegt hij. Geef haar nummer maar. Een manier om zich aan deze huilerige situatie te ontworstelen, al bespeurt hij bij zichzelf een oprechte en daarom interessante behoefte om de tijding aan zijn jongste zus bekend te maken. Maak maar een aantekening in het dagboek, om later over na te denken. En zie intussen dat je hier wegkomt. Inmiddels is het hele huishouden wakker. Neil en Jessica, de tweeling, zeven jaar oud, hebben doorgekregen dat hun moeder helemaal van streek is en staan erbarmelijk te huilen, terwijl Dean hulpeloos rondscharrelt en iedereen maant om tot bedaren te komen. Anton neemt de wijk naar de telefoon in de studeerkamer, waar het rustiger is. Is om te vernikkelen hierbinnen, hartje winter en ook nog het koudste uur, vlak voor zonsopgang. Heel vroeg bovendien. Nog vroeger in Londen, twee volle uren. Maar het is de aard van nieuws, vooral van slecht nieuws, dat het snel doorgegeven wil worden, het verlangt ernaar overgebracht te worden, als een virus.

Na drie keer overgaan wordt er opgenomen, een slaperige mannenstem, heel Engels, afstandelijk en afgemeten. Hij vertelt de stem naar wie hij op zoek is.

Ik vrees dat Amor hier niet meer woont. Ze is een maand geleden vertrokken.

Weet u soms waar ik haar kan vinden? Het is dringend.

Met wie spreek ik, alstublieft? vraagt de stem, die een kille en scherpe klank krijgt nu de spreker wakker wordt. Hebt u enig idee hoe laat het is?

U spreekt met haar broer, Anton. Sorry dat ik u stoor, maar het is belangrijk.

Ze heeft nooit verteld dat ze een broer heeft.

Dat is interessant. Maar het verandert niets aan het feit dat ik haar broer ben.

Nou, Anton, als ze contact met me opneemt, zal ik haar laten weten dat je gebeld hebt. Als je echt haar broer bent, belt ze je vast wel.

Hij haalt diep adem. Geef alsjeblieft aan haar door dat onze vader gedood is door een slang. Er volgt een lange stilte, geruis op de lijn. Hallo? Ben je daar nog?

Is dit soms een grap?

Zoals jij het opvat nee, ik vrees van niet.

Ach, wat erg, zegt de stem, die nu zijn klank verzacht.

Waarom? Je hebt mijn vader nooit ontmoet. Zeg alsjeblieft tegen Amor dat ze naar huis moet bellen.

Ze belt de boerderij een paar uur later, maar er is niemand aanwezig om op te nemen. De telefoon gaat over en blijft overgaan. Een eenzaam geluid, dat nog eenzamer klinkt door de identieke manier waarop het zich herhaalt, zonder oplossing in zicht. Aan het ene eind het gerinkel, aan het andere eind Amor. Ze heeft het veroorzaakt, van ver weg.

Na een minuut geeft ze het op. Blijft een poosje zitten, probeert het dan opnieuw. Ze weet inmiddels dat er niet gereageerd wordt, maar ze is op iets anders uit. Ze hoort het blikkerige gepiep uit de hoorn, en voor haar roept dat bijna lichamelijk de lege kamers en gangen op waarin het doorklinkt. Die hoek. Die sierlijst. Die vensterbank. Luisterend doet ze haar ogen dicht. Inwendig een tumult van verlangen en afkeer. Hoe is het zo gecompliceerd geworden? Thuis betekende vroeger altijd maar één Ding, niet een orkaan van dingen die met elkaar oorlog voeren.

Het is voor het eerst in geruime tijd dat Amor weer aan de boerderij denkt. Ze heeft geleerd, of heeft misschien altijd geweten, dat je het best niet kunt omkijken als je vooruit wilt. Het enige wat ze na haar vertrek uit Zuid-Afrika heeft gedaan, is vooruit blijven kijken of op zijn minst in beweging blijven, niet altijd zeker van de richting, wisselend van kamers en steden en landen en mensen die allemaal vlekkerig voorbijsnellen als een landschap op hoge snelheid, er is iets in me wat niet kan stoppen.

Hoewel ze zo te zien wél is gestopt. Daar zit ze dan, tot stilstand gekomen, als je het gesnik niet meetelt, in een leunstoel. Voor een raam dat uitkijkt op een straat in een ander land, op het verkeerde halfrond. Alles voelt opeens heel roerloos en statisch aan, en op een of andere manier ondersteboven. Wat doe ik hier, denkt ze, al is het misschien niet in woorden. Geen meisje meer, een vrouw, haar lichaam heeft een gedaanteverandering ondergaan. Slechts een paar trekken zijn nog herkenbaar hetzelfde, met inbegrip van de verbrandingssporen aan haar voeten, verbleekt maar nog wel zichtbaar en om een of andere reden pijnlijk nu, een oud signaal uit het verleden.

Diezelfde avond zit ze in een vliegtuig naar Zuid-Afrika. Terugkeren voelt eerder als een toestand dan als een handeling, een waarop ze totaal niet voorbereid is. Het onverwachte ervan is, tot in ieder facet, als een grote witte botsing, een soort inslag. Onvermijdelijk, maar ook onverdraaglijk. Tijdens de vlucht kan ze niet slapen en loopt om 03.00 uur te ijsberen langs een pantry, op tien kilometer hoogte boven Tsjaad. Wat is het gewoon en wat is het vreemd, het menselijke leven. En in wat een wankel evenwicht. Je eigen einde ligt misschien vlak voor je, onder je voeten. Dit vliegtuig dat in duizenden vlammende stukjes uiteenbreekt, één ogenblik na nu.

Gebeurt niet. Een paar uur later zit ze achter in een taxi en wordt ze naar de boerderij gereden. Ze heeft een speciale ritprijs uitonderhandeld met de chauffeur, Alphonse, een man van middelbare leeftijd die hier onlangs uit de Congo is gearriveerd, op zoek naar een beter leven. Hij had deze route niet moeten nemen, hij kent de stad niet goed en raakt verstrikt in de straten van de binnenstad, waarvoor hij zich in het Frans blijft verontschuldigen, maar ze vindt het niet erg, het uitstel is een opluchting, ze vindt het wel fijn om tussen twee plaatsen te zijn, recent afgereisd en nog niet aangekomen.

Het uitzicht uit het taxiraampje heeft iets verrassends. Ze is er zich niet bewust van op de hoogte, maar er heerst een licht feestelijke stemming omdat het gisteren een nationale feestdag was, Dag van de Jeugd, het is negentien jaar sinds de opstand in Soweto, en vandaag is het de halve finale van het wereldkampioenschap rugby, Zuid-Afrika speelt straks tegen Frankrijk, en op de stoep is het een zinderend gedrang van lichamen. Nooit heeft het stadscentrum er zo uitgezien, zoveel zwarte mensen die rustig voortkuieren, alsof ze hier thuishoren. Het lijkt haast wel een Afrikaanse stad!

Maar dan kom je bij de weg die naar de boerderij gaat, en wanneer de gebouwen ophouden laat de oude aarde zich onder haar rokken kijken, uitgebleekt en kaal. Over de dag zelf ligt een benige glans, licht dat neerstroomt uit een harde, heldere hemel. Dat ken je allemaal van vroeger, maar wanneer je voorbij het township bent, en de plek waar de boerderij begint, gaat je blik meteen naar de torenspits van het grote, lelijke kerkgebouw. Het heeft nog steeds iets schokkends en opdringerigs, hoewel het al was gebouwd voordat ze vertrok. De Eerste Gemeente van de Openbaring op het Hoogveld, al is het voor anderen nooit duidelijk geworden wat er precies aan Alwyn Simmers werd geopenbaard. Niettemin staat er een aanzienlijke menigte voor de kerk en is het geluid van lofgezang als op de lucht geschilderd.

Ze is nu bedacht op veranderingen, maar verder lijkt alles bij hetzelfde te zijn gebleven. Het hek, de grindweg of de top van het koppie, aangegeven door de zwarte, kromgegroeide boom, die onmiddellijk je aandacht trekt. Naar die plek ben je wel degelijk teruggekeerd tijdens je afwezigheid, in gedachte en droom.

Er is nog iets bekends, in het kluitje auto's rond het huis, een onthutsende terugblik op een moment dat ze aanvankelijk niet kan thuisbrengen. Dan kan ze dat wel. Ma, overleden, die dag negen jaar geleden. Wat is er sindsdien veel veranderd. Mijn lichaam, mijn land, mijn innerlijk. Ik ben van jullie allemaal weggevlucht zo hard en zo ver als ik kon, maar het verleden heeft kleine klauwen, het heeft me teruggesleurd.

Hier stoppen, zegt ze. Aan het begin van de oprijlaan. Ze betaalt Alphonse en gebruikt de beschutting van de bomen om langs het huis te glippen en door de achterdeur naar binnen te gaan, om maar met niemand te hoeven praten. Maar in de keuken stuit ze op haar broer. Ze blijven allebei stokstijf staan.

Kiek toch 's wie we doar hebbe, zegt hij ten slotte met een gemaakt boers accent. Doar hejje freule Amor.

Anton.

Er gebeurt een heleboel in de stilte die volgt.

Eerlijk, ik herkende je bijna niet.

Nou, jij ziet er hetzelfde uit.

Niet helemaal waar. Hij is altijd slank geweest, maar hij lijkt nog verder afgekerfd te zijn, naar een essentiële kern. Ook is zijn haargrens wat verder geweken, waardoor het oude litteken op zijn voorhoofd wat opvallender wordt. Maar in andere opzichten is de buitenkant zoals hij was, hoewel de inhoud misschien veranderd is.

Dit is het moment waarop ze elkaar zouden moeten omarmen, maar geen van beiden maakt aanstalten, en dan is die kans voorbij.

Welkom thuis, zegt hij. De omstandigheden hadden natuurlijk wat beter gekund.

Ja, zegt ze. Dat geloof ik ook.

Het is een onverbiddelijk feit, naar Antons mening, dat de omstandigheden altijd beter kunnen, maar momenteel is hij één bonk onnatuurlijke woede. Hij is pas kortgeleden gearriveerd, een uur geleden, en heeft nog niet verwerkt dat er een hoekje van de boerderij is afgestaan aan het spirituele/kapitalistische project van Alwyn Simmers, iets wat Astrid wel heeft verteld, maar wat hij niet serieus heeft willen nemen. De aanblik van de verschrikkelijke kerk die daar plompverloren staat als een, als een, nou ja, iedere vergelijking schiet tekort, maar Anton is flink overstuur. En daarna moest hij thuis ontdekken dat zijn vader zijn kamer in gebruik had genomen als opslagruimte en dat elk beschikbaar oppervlak vol stapels troep lag. Op dit moment heeft hij een kartonnen doos in zijn handen, volgepropt met parafernalia van het reptielenpark, boeken en afbeeldingen en folders en een oude opgezette hagedis met glazen ogen. Hij maakt er met zijn kin een gebaar naar.

Probeer mijn slaapkamer leeg te ruimen, zegt hij.

Moeilijk om niet van opzet uit te gaan, er is per slot van rekening een heleboel andere ruimte, maar pa heeft me willen begraven. Stukje bij beetje heeft Anton zichzelf weer blootgelegd, elke doos/elk voorwerp naar de garage gebracht en daar neergekwakt. Het vertrouwde meubilair kwam geleidelijk tevoorschijn, bed en bureau en stoel, de topografie van zijn jeugd. Er valt nog heel wat te doen.

En mijn kamer? vraagt Amor. Staat die ook vol?

Die van jou? Nee, nee. Zoals je hem hebt achtergelaten.

Dat weet hij omdat hij uiteraard is wezen kijken.

Oké, zegt ze. Ik ga me even installeren.

Maar doet dat niet, nog niet. Allebei blijven ze aarzelend staan.

Ben je voorgoed terug?

Ik weet het niet, zegt ze. Ik ben net aangekomen.

Nou, in Londen heb je een gebroken hart achtergelaten. Wilde maar niet geloven dat je een broer had.

O, zegt ze en voelt haar wangen warm worden. Sorry.

Wie is het?

Niemand. (James.) Gewoon iemand die ik ken.

Ach, eerste liefde. Altijd heel ontroerend. Blijf dan maar zwijgen, mysterieuze vrouw van de wereld. Heb je hulp nodig om die rugzak naar boven te krijgen?

Ik heb er de hele wereld mee afgereisd. Ik denk dat het me wel lukt.

Hij kijkt haar na terwijl ze de trap op gaat. Er speelt een verkrampt glimlachje om zijn lippen. Zo, zo. Kijk je een paar jaar de andere kant op en de sfinx wordt een sirene. Verbijsterende gedaanteverandering. Mijn gedrochtje van een zus is kennelijk altijd iemand anders geweest.

Wat haar betreft, en hoewel ze haar gezicht uitdrukkingsloos houdt, voelt Amor hoe het inwendig kolkt, een paar vlietende momenten. Grote broer speelt het altijd weer klaar. Ze loopt door de gang, langs de ene deur na de andere, naar haar kamer. Waar alles onveranderd is gebleven, voor zover ze kan zien, ofschoon er op ieder oppervlak een dunne vacht van stof is komen liggen. Er is hier al een tijdje niet schoongemaakt. Ze legt haar rugzak op de grond en blijft om zich heen staan kijken. Heeft geen haast met uitpakken, nog niet. Het moment van de landing hoeft niet te worden bespoedigd. Laat maar even bestaan, de illusie dat je nog steeds in beweging bent, nog steeds zonder thuis.

Al moet je natuurlijk binnenkort naar beneden. Een moment dat ze vreest, maar een douche en frisse kleren bieden uitkomst. Wanneer ze een blik van zichzelf in de badkamerspiegel opvangt, verwondert ze zich erover dat die gelaatstrekken aan haar kunnen toebehoren. Ze heeft onlangs een paar keer te horen gekregen dat ze mooi is, maar gelooft het niet. Ze herinnert zich maar al te goed een mollig meisje met een vette huid, dat op haar naam reageerde. Maar dat meisje heeft een ander iemand opgeleverd, die niet aanvoelt als mijzelf, maar het toch is. In elk geval leef ik in haar.

Ze verkijkt zich voortdurend op haar uiterlijk en kiest altijd verkeerd – kleding, kapsel, ketting of parfum. Haar oplossing is alles eenvoudig te houden. Het heeft voor haar iets heel natuurlijks om make-up, juwelen of de verwachte vrouwelijke opsmuk achterwege te laten en zich gewoon te presenteren zoals ze is. Er zijn tijden dat naaktheid aanvoelt als de meest waarachtige oplossing, al kun je in die staat niet naar buiten treden, jammer genoeg. Er is altijd een vorm van bedekking vereist. Wanneer ze zich heeft gedoucht en afgedroogd, trekt ze een blauwe katoenen jurk aan. Ze zou graag sandalen dragen, maar wil niet met haar geschonden voeten te koop lopen, vooral niet de ontbrekende teen, en kiest daarom een stel dichte schoenen uit haar kast. Haar haar is lang en het liefst draagt ze het in een staart, uit de weg. Het algehele effect is er een, in haar ogen, van eenvoud en kaalheid, niet onaangenaam.

Desondanks merkt ze bij het naar binnen lopen dat haar verschijning een bijna fysieke uitwerking heeft op de kleine groep aanwezigen in de zitkamer, als een rimpeling in een vijver. Ooo, nee maar. Wat is ze veranderd! Het is toch niet te geloven? Er ontstaat een samentrekkende, inzuigende beweging in haar nabijheid, waarin niemand opgewondener reageert, of verontrustender, dan de vrouwen met wie ze verwant is.

Gossiemijne, kijk toch eens hoeveel je bent afgevallen! Tante Marina maakt zich heel even uit haar vertwijfeling los om Amor tegen zich aan te drukken en stiekem uit te proberen hoeveel gewicht ze is kwijtgeraakt. We zullen je moeten vetmesten! Neem een kippenpasteitje.

Ik eet geen vlees, helpt Amor haar te herinneren.

Nog steeds niet? O, ik dacht dat je dat ontgroeid was...

Marina is weer helemaal nijdig dat haar nichtje al die jaren geleden zomaar vegetarisch is geworden, tot consternatie van alle volwassenen. Sinds die vreselijke braai van toen! Voor haar heeft het op een vage manier iets weg van een communistisch sentiment, deel van de algehele wrevel in de familie rond de tijd dat Rachel overleed, dat nu het hele land lijkt te hebben aangestoken.

Dieren voelen geen pijn, legt ze uit. Niet zoals wij dat doen.

Ze zou nog kunnen doorgaan, maar op dat moment valt

haar andere nicht, die als een satelliet rondjes heeft gedraaid, opeens op de aarde.

Amor, zegt Astrid, bijna onhoorbaar. Mijn god!

Het is voor Astrid het moeilijkst, en op haar gezicht, zelfs onder de laag make-up, staat een innerlijke tweestrijd te lezen. Hoe kan het hierop zijn uitgedraaid? Ze kan mijn zus niet zijn, dit is een bedriegster, alleen...

Ik kan het niet geloven, zegt ze. En moet je eens zien. Je haar. Je huid.

Ze omhelzen elkaar, houden elkaar met hun vingertoppen vast, wijzen met hun mond in plaats van ermee te kussen. Maar toch kan Astrid het niet laten om haar aan te raken en ze zou waarachtig zijn gaan janken als ze niet werd gered door de vechtende tweeling, die de brulpartij van haar overneemt, zodat ze het tweetal bij de arm kan pakken en lijfelijk naar een minder druk bevolkt deel van het huis kan sleuren, waar ze dan toch in huilen uitbarst. Dean is haar gevolgd en ze stoot hem beide kinderen in zijn armen, als een dubbele aanklacht. Hier, roept ze, je bent vast wel ergens goed voor, en ze stuift weg om zich in de badkamer op te sluiten.

Astrid op haar knieën voor de wc. Ze hoeft vandaag amper haar vinger te gebruiken om het op gang te brengen. Afgrijselijk, onnatuurlijk, raak er nooit aan gewend ongeacht hoe vaak, en bovendien werkt het niet meer, word voortdurend zwaarder, kan het niet tegenhouden, en haar tanden zijn een puinhoop door alle maagsappen, moet ermee ophouden, moet, moet, maar op dit moment zelf is het een passende straf voor het eten van al die melktert, waarom heb je jezelf niet ingehouden, en voor het pleefiguur dat je naast Amor slaat, mijn god, hoe is het haar gelukt om zo te worden, ze was vroeger een dikkerdje, niet bepaald sexy, maar er is iets gebeurd terwijl ze van huis was.

Amor glipt de zitkamer uit, weg van de mensen. Ze heeft iedereen begroet, maar de koetjes en kalfjes zijn haar te veel. Niet haar sterkste punt. Neem maar liever de wijk naar de keuken, op zoek naar iemand die je echt gemist hebt.

Salomé./Amor.

Ze omhelzen elkaar ongedwongen, zonder moeite. Warme handen, stevige greep. Zacht gewieg. Ontspanning.

Hoe gaat het met je?

Ik weet het niet. Het eerste eerlijke antwoord op deze vraag vandaag.

Siestog, zegt Salomé.

Ze is merkbaar ouder, de lijnen in haar huid zijn dieper, vooral rond haar mond en ogen. Er heeft zich een teleurgestelde blik op Salomés gezicht uitgehard, als het eelt dat haar voetzolen dikker maakt. Ze heeft nog steeds geen schoenen aan. In dit huis zal ze nooit schoenen dragen.

Erg voor je, zegt ze, en er hoeft niet uitgelegd te worden wat ze bedoelt. Hoewel ze beslist niet om Manie rouwt. Hij heeft haar niet altijd met respect behandeld en niet één keer na het overlijden van mevrouw Rachel heeft hij de zaak van haar huis ter sprake gebracht, hoewel dat nu misschien anders wordt.

(Ga je me helpen?)

Het wordt niet hardop gezegd, maar in Amors oren klinkt het zo. De kwestie van het huis van de Lombards, haar moeders laatste wens en haar vaders belofte, eigenlijk meerdere kwesties hoewel het aanvoelt alsof het er maar één is, heeft haar overal ter wereld gevolgd en op speciale momenten gehinderd, als een vreemde die haar op straat aanklampt, aan haar mouw trekt en uitroept: Zorg voor me! En ze weet dat ze dat moet doen, op een dag zal ze moeten reageren, maar waarom zou op een dag vandaag moeten zijn?

We praten straks verder, zegt ze tegen Salomé.

Ze is er niet helemaal bij met haar hoofd, er klinkt herrie in de zitkamer, stemmen die zich verheffen, ze haast zich erheen. Ondanks de droeve omstandigheden is de televisie in de hoek aangezet, met het geluid zacht, en er is een merkbare verplaatsing in die richting gaande. Het is allemaal erg spannend, want het heeft er even naar uitgezien dat de wedstrijd afgelast moest worden, zo erg regent het in Durban, en als we vandaag niet spelen, kunnen we de wereldbeker wel schudden. Nog steeds noodweer, de bliksem knettert boven het Kings Park-stadion, maar de wedstrijd gaat eindelijk van start, twee ploegen die als gladiatoren op elkaar inglijden en inbeuken in de plakkerige, apocalyptische modder.

Er heerst een koortsachtige en patriottische stemming, het hele land staat achter de Springbokken, ook al zijn de meeste spelers wit. Er zit een enorme menigte te kijken, ondanks de gietende regen, met een hoop zwarte gezichten ertussen. Het kost moeite om niet meegesleept te worden door het massale, schreeuwende saamhorigheidsgevoel, wij allemaal verenigd, een jaar na de democratie! Zelfs Ockie straalt een warme gloed uit, slechts ten dele te danken aan de Klipdrift, en God weet dat het nieuwe Zuid-Afrika een harde dobber voor hem is geweest. Maar hij moet toegeven: het is fijn om weer internationale sport te bedrijven. Geeft ons de kans om mensen uit verre landen klop te geven, en man, wat hebben we die Samoaanse slappelingen een paar weken geleden in de pan gehakt.

Maar tante Marina kan het niet waarderen. Wie heeft dat aangezet? Moet dat nou echt?

Ockie zucht. Het universum staat op een of andere manier altijd haaks op zijn wensen, maar dit is niet het moment om tegenstand te bieden. Hij zet de televisie uit.

Het klopt dat Manie op een heel ongeschikt moment is overleden. Als we deze ronde overleven, zitten we in de finale, vandaag over een week. Opeens beseft Astrid, die schijnbaar als enige de regeling van de begrafenis op zich heeft genomen, dat de datum van doorslaggevend belang is. Hij mag niet met de wedstrijd samenvallen! Dan komen er aanzienlijk minder mensen opdagen.

Je brengt me op een idee, zegt Anton. Zo kunnen we op hapjes en drankjes besparen.

Nu haar verdrietkramp is afgewerkt, beschikt Astrid weer over haar volle energie en zelfbeheersing, maar ze heeft niet de kracht om zich door haar broer te laten choqueren. Geef hem een taboe en hij voelt zich geroepen om het te doorbreken. Is altijd zo geweest, zolang er maar een publiek is. Heel geïrriteerd door hem vandaag. Hij heeft het afgelopen kwartier in een hoek voor een klein gezelschap zitten oreren, over een thema dat hij nu weer oppikt, namelijk de aansprakelijkheid van Alwyn Simmers voor de dood van zijn vader. Zo aansprakelijk dat je bijna van moord kunt spreken.

Nou nou, zegt Dean niet op zijn gemak. Moord is een groot woord. Dean is accountant en hij houdt de boeken van het reptielenpark bij en naar zijn mening zijn de juiste feiten van belang. Manie is gebeten door een slang. Het was een ongeluk.

Dat verhaal telt meer dan één slang, mompelt tante Marina.

Hij heeft erin toegestemd. Hij heeft de overeenkomst ondertekend, en alle mogelijke voorzorgsmaatregelen zijn getroffen...

Dat kan ik bevestigen, zegt Bruce Geldenhuys, Manies zakelijke compagnon. Hij is een oudere man met een krulsnor en een droefgeestige uitdrukking, heel serieus, zoetgevooisd. Hij is vandaag speciaal naar de boerderij gekomen om dit gesprek te voeren, om te maken dat ze allemaal op dezelfde golflengte zitten. Het laatste waar Scaly City behoefte aan heeft, is dat de familie een proces aanspant. We hadden het juiste tegengif, alles gebeurde strikt volgens de voorschriften. Hij reageerde slecht, er viel niets aan te doen.

Slecht reageren op een cobrabeet, zegt Anton. Zo onvoorspelbaar is dat ook weer niet, hè? Wat moest mijn vader eigenlijk in die glazen kooi? Zijn geloof op de proef stellen in het openbaar, vergeefs uiteraard, maar waarom? Om fondsen voor de kerk te werven! Proberen een wereldrecord te breken, bivakkeren tussen serpenten! Steun onze ware gelovige terwijl hij in een nest vol slangen met Satan worstelt! Net zoals Daniël in de leeuwenkuil! Een knettergek idee, een stomme inhalige stunt om een nepdominee aan geld te helpen. Mijn vader zou zoiets nooit zelf bedacht hebben.

Dat kan best kloppen, zegt Bruce, die wel doorheeft uit welke hoek de wind waait. Prima om de dominee de schuld te geven als ze dat willen. Nu hij erover nadenkt, ze hebben best wel een punt, die arme ouwe Manie werd gemanipuleerd...

Tja, zegt Dean niet op zijn gemak, het blijft toch zijn eigen keus?

Je kunt het maar beter van je afzetten, zegt Astrid. Ze heeft het tegen Anton, omdat ze beseft dat er iets is wat hij niet weet. Het is juridisch geregeld dat Alwyn Simmers de begrafenis doet.

Hoe bedoel je?

Hij gaat pa begraven.

Anton schrikt niet gauw, maar deze plotselinge leegte heeft iets van een diepe schok. O, nee.

Nou, toch wel.

Niks ervan. Over mijn lijk, excuus dat ik het zo formuleer, zal die Voortrekkersjamaan mijn vader begraven.

Maar nu zitten alle aanwezigen hem aan te kijken en niet te zeggen wat ze denken.

Wat is er? vraagt hij. Wat is er?

Eh, zegt Dean ongelukkig. Er is meer. Je moet maar met die vrouwelijke notaris gaan praten.

Welke vrouwelijke notaris?

De familienotaris is er onlangs mee opgehouden en zijn dochter, Cherise Coutts, heeft de firma overgenomen. Ze is achter in de dertig, met iets van een afgetakelde kikvorsachtige schoonheid, moeilijk over het hoofd te zien. Ze is hier deels om haar deelneming te betuigen, haar vader en Manie zijn een hele tijd dikke maatjes geweest, maar ook omdat Marina Laubscher haar heeft verzocht vandaag aanwezig te zijn om een belangrijke mededeling door te geven.

Wat voor mededeling is dat?

Nou, zegt ze. Je bent vast de laatste die uitleg behoeft over het langdurige familiegeschil...

Geen geschil. Een meningsverschil, zou je kunnen zeggen. Rond de tijd van mijn moeders begrafenis.

Geschil, meningsverschil, zegt ze. Noem het zoals je wilt.

Zij en het lastige oudste kind hebben zich teruggetrokken in Manies studeerkamer, opzij van de zitkamer. Het is een klein kamertje waar een groot deel van de ruimte wordt ingenomen door een houten bureau, zodat ze krap op elkaar in een hoek zitten. Elke beweging die ze maakt wordt geaccentueerd door een zacht gerinkel en getinkel van armbanden en parelsnoeren en in dit klingelende geluidsdecor haalt ze uit een efficiënt ogende zwarte aktetas een stel paperassen die ze met de punten van haar zorgvuldig gelakte groene nagels recht schuift op haar schoot. Een bepaalde bladzijde, met onderaan de losse handtekening van pa, is kennelijk het document dat nu telt.

Antons knie glijdt tegen die van haar en met een ruk trekt hij zijn been weg. Sorry. Er steekt een verschaalde, onwillekeurige begeerte bij hem de kop op, merkt hij. Haar indolente hooghartigheid en de kiezelkoude ogen achter haar met stras bezette leesbril hebben iets intrigerends. Ook lijkt ze leedvermaak te hebben over het nieuws dat ze bekend gaat maken, een barstje van wreedheid in haar beroepsmatige pantser, en hij wordt er op een perverse manier door geprikkeld. Doe me pijn, schatje, ik kan het hebben.

Ze leest het document hardop en eentonig voor, zet daarna haar bril af en legt de bladzijde neer. Kijkt hem afwachtend aan.

Am. Me. Nooit. Niet.

Dat is jouw keus, uiteraard, zegt ze. Zolang je maar begrijpt dat je bij een weigering niets van je vader zult erven. De aanwijzingen zijn daar heel duidelijk over.

Wat een lage streek. Is dat wel wettig?

Ik heb het document zelf opgesteld. Ik kan je verzekeren dat het volmaakt wettig is. Het is je vaders erflating, hij mag alle voorwaarden stellen die hij wil.

Hij springt overeind, alsof hij wil opstappen, maar begint daarentegen te ijsberen door de resterende beperkte vrije ruimte, een kort parcours rond het bureau naar de deur, heen en weer, aangevuurd door naamloze angsten die door hem heen stromen, op zoek naar een uitweg.

Ze zit naar hem te kijken, geïntrigeerd door zijn gekweldheid. Ik begrijp het niet, zegt ze ten slotte. Zeg dat het je spijt en het is voorbij. Het zijn maar woorden. Waarom maak je het zo belangrijk?

Jij bent jurist. Je zou moeten weten dat woorden alles zijn.

In een rechtszaal, misschien, maar dat gaat hier niet op. Er is verder niemand die je zal horen.

Hij houdt op met heen en weer lopen en staart haar aan. Als zijn stem opklinkt, ligt daar iets ijls in, iets gesmoords dat zich door lagen van verzet heen dringt. Heb jij wel enig idee... Maar hij kan het niet afmaken, de zin slinkt en sterft. Hoe geef je uiting aan de gestaag knagende honger naar... naar wat? Je weet niet eens wat je wilt, Anton.

In plaats daarvan telt hij de beschuldigingen af op zijn vingers. Ten eerste: het land voor zijn kerk. Ten tweede: hij gaat mijn vader begraven. Vervolgens laat je me weten dat hij een begunstigde in de nalatenschap is. En nu moet ik me klein voor hem maken. Zijn de gulzig graaiende handen van die man dan overal naar uitgestoken?

Dat alles is hoe je vader het wilde.

Waartoe hij gemanipuleerd werd om het te willen! Ik durf te wedden dat zelfs mijn straf door die dief is bekonkeld. Abrupt gaat hij weer zitten op zijn stoel, die vanuit zijn naden een stoot stof uitblaast. Gaat me niet lukken. Sorry.

Wat voor problemen er ook tussen jullie waren, zegt ze, je vader heeft je nooit helemaal laten vallen. Mag ik hier roken? Ze loopt naar het raam, stopt een mentholsigaret in een lang porseleinen pijpje, steekt hem aan en blijft daar trekjes staan nemen, hem van opzij aankijkend. Hij had je compleet kunnen onterven, maar hij wilde dat je nog een kans kreeg.

Om mezelf te vernederen.

Als je het op die manier bekijkt.

Hoe ik het bekijk, is hoe het is. Mijn vader haalde zijn ideeën over zonde en straffen uit de Bijbel, neem dat maar van me aan, ik was erbij toen het gebeurde. Hij wist wat hij deed. Ik moet mezelf verootmoedigen voordat ik vergeving krijg. Me dwingen door de knieën te gaan voor die schurk!

Nee, nee, dat is een grens waar ik niet overheen kan.

De schurk waar hij het over heeft is Alwyn Simmers, die tegenwoordig een eerbiedwaardig figuur is, al vanaf het moment dat hij voor zichzelf is begonnen. De Heer is de afgelopen tijd goed voor hem geweest en hij heeft een omvangrijke kudde waarvan de leden hem regelmatig hun tienden betalen. Zijn molligheid zit hem nu als gegoten en vult zijn nieuwe donkergrijze pak, puilt uit zijn manchetten en kraag. Zijn haar heeft ook een fraaie zilveren kleur gekregen, tenminste, dat krijgt hij te horen van Laetitia, die het elke ochtend teder borstelt. Natuurlijk kan hij het niet zelf zien. Zijn zicht is nu compleet verdwenen, of zo ver verdwenen dat hij bijna blind is, er bewegen nog net een paar schimmen in het duister. Hij heeft geïnvesteerd in een nieuwe bril met vrijwel zwarte glazen en een groot vierkant montuur dat prettig aanvoelt onder zijn vingertoppen. En laten we vooral zijn hoogst gewaardeerde aanschaf vermelden, een sprekend polshorloge.

Piep piep, zegt het horloge. De tijd is elf uur dertig.

Sorry daarvoor, zegt hij tegen zijn bezoek. Ik had hem moeten uitzetten.

Anton is gefascineerd en ontzet, alles aan deze man is grotesk in zijn ogen, en niets is zo grotesk als dat grote, lelijke, vocale horloge. Hij wil het graag nog een keer horen spreken, maar zal een kwartier moeten wachten.

Ze zitten in de woonkamer van het nieuwe huis van de predikant in de wijk Muckleneuk, een zonnig, op het noorden gelegen vertrek dat uitkijkt op een rotstuin. Alwyn en vrouwlief, sorry zusterlief, het is niet oneerbiedig bedoeld, zijn sinds lang vertrokken uit de vochtige kleine behuizing achter de Nederduitse Gereformeerde Kerk, nadat de Heer grote voorspoed over hem had afgeroepen. Er is veel veranderd. Hij noemt zich geen dominee meer, hij is tegenwoordig pastor, en smeert zijn klanten, ahum, dat wil zeggen zijn kudde, een vriendelijker verlossingsproduct aan, zodat iedereen erop vooruitgaat. De predikant heeft nooit veel waarde gehecht aan wereldse have en goed, wat dat ook moge inhouden, maar grote grutten, het leven wordt er wel een stuk plezieriger door.

Ook beleeft hij plezier aan de scène die zich nu gaat afspelen. Hij weet waarom Anton zich hier bevindt, hij is tevoren geïnformeerd, en deze wraak heeft een zoete smaak waarvan hij vastberaden is te genieten.

Niet meer dan drie lepeltjes suiker vandaag, zegt hij tegen Laetitia, die thee inschenkt.

Wanneer ze is uitgeroerd, trekt ze zich terug zodat ze met elkaar kunnen praten. Maar niet verder dan de stoel naast de deur, voor het geval iemand haar nodig heeft. Drukt haar harde knieën tegen elkaar, neemt snelle en heimelijke slokjes, als een vogel die iets oppikt.

Ik kom zeggen dat ik er spijt van heb, zegt Anton tegen hem.

Waarvan, mijn jongen?

(Je weet heel goed waarvan.) Van de manier waarop ik negen jaar geleden tegen u heb gesproken. Ik was er niet best aan toe. Ik meende niet wat ik zei.

Anton heeft moeten repeteren, heeft zelfs op een neutrale gezichtsuitdrukking staan oefenen voor de spiegel, hoewel dat gezien de omstandigheden overbodig lijkt. Zijn tanden, ontbloot in een lichte glimlach, verbijten zijn ware gevoelens.

Ach nee, concludeert de dominee/pastor ten slotte, dat was lang geleden.

Niettemin.

God vergeeft alles, verklaart hij, zichzelf heel even met zijn schepper verwarrend. Denk er maar niet meer aan.

Goed dan. Anton voldoet daar maar al te graag aan, hoewel hij vermoedt dat hij er in de toekomst nog vaak aan zal denken. Met zijn rug naar de zuster gedraaid trekt hij met zijn gezicht, half bang dat de donkere bril een valstrik is, maar de pastor geeft geen krimp.

De vader heeft de verloren zoon lief, zegt hij, meer dan de plichtsgetrouwe zoon.

Heb ik altijd oneerlijk gevonden. Maar zo is de wereld nou eenmaal.

De Heer is nooit oneerlijk! Kom, Andrew, bid met mij.

Andrew/Anton/ook wel de verloren zoon geheten kan zich er niet helemaal toe brengen om te knielen, anders dan de predikant, maar gaat wel zover dat hij zich vooroverbuigt op zijn stoel en probeert er als een smekeling uit te zien. Van begin tot eind houdt hij zijn ogen open, starend naar het oranje tapijt, terwijl er dank wordt gezegd aan de Almachtige daarboven omdat Hij het verdoolde lam aan de kudde teruggeeft, omdat Hij verharde harten zacht maakt en woede in nederigheid verandert enz., enz., en inwendig lijdt Anton, hij lijdt. Vuur en ijs tegelijkertijd. Je spreekt met gespleten tong en dat doe ik ook. Ik ben niet verdoold of zacht of nederig. Mijn hart is nog steeds verhard tegenover jullie allebei, niet-vaders één en twee. Harder dan ooit. Ik ben de wolf, niet het lam. Weet je nog wel.

Piep, piep. De tijd is elf uur vijfenveertig.

Ach, sorry, man, zegt de predikant halverwege het gebed. Ik had hem uit moeten zetten.

En kort daarna zit Anton in zijn vaders Mercedes en rijdt met hoge snelheid weg van deze kleine daad van overgave. Zo, dat hebben we gehad, en die juridische dame had gelijk, capituleren valt best mee. Ik heb een galsmaak in mijn mond. Nee, eerlijk gezegd heb ik helemaal geen smaak in mijn mond, want zwakte is smaakloos.

Geld is waar het allemaal om draait. Een abstractie die de vorm van je noodlot bepaalt. Biljetten met getallen erop, elk een cryptisch schuldpapier, plaatsvervangend, maar de getallen verwijzen naar je macht en macht kun je nooit genoeg hebben. Macht had je kunnen redden, Anton, had je het land uit gekregen en je aspiraties binnen bereik gebracht. Het is niet te laat om jezelf te rehabiliteren, al zal het een tijdje kosten voordat de getallen weer zijn gestegen. Intussen moet je je ingraven, poolshoogte nemen, volhouden.

Hij stopt bij een geldautomaat, zonder veel hoop, maar tegen alle verwachtingen in heeft ze toch wat geld op zijn rekening gestort. Tweeduizend rand. Niet zo veel, ook niet zo weinig. Waarom is ze altijd zo aardig? Er springen hete tranen in zijn ogen, totdat het bij hem opkomt dat ze hem misschien betaalt om weg te blijven. Maakt desondanks geestelijk een knicks voor haar wanneer hij de groezelige biljetten in zijn portefeuille laat glijden. Je hebt mijn dankbaarheid, zij het niet mijn lichaam. Moet je later maar eens bellen, wanneer ik de moed kan opbrengen. Maar eigenlijk is het Desirée aan wie hij denkt.

Nog maar één stop die hij moet maken, of juist niet. En inderdaad houdt hij halt op een parkeerterrein vlak naast Winkler Bros Burial Services, waar op hetzelfde moment pa gereed wordt gemaakt voor zijn begrafenis. Hij heeft te horen gekregen dat het vandaag een goede dag zou zijn om zijn vader te zien, als hij dat zou willen. Hij kent het antwoord op die vraag niet. Wil ik voor het laatst met mijn vader communiceren? Wat zou een van ons uit zo'n contact meenemen? Zelfs nu, zittend buiten het lage bakstenen gebouw dat meer weg heeft van een gemeentekantoor dan van een begrafenisonderneming, weet hij het niet.

Dan weet hij het wel, en start de motor. Zelfs wanneer dat geluid afneemt, is het nog hoorbaar in het nabijgelegen vertrek waar Fred Winkler, oudste van de drie broers, al een paar uur met Manie aan de slag is. Alle eerste basishandelingen zijn verricht, de lichaamsopeningen schoongemaakt en afgesloten, om uitlekken te voorkomen. Er wordt heel wat losgelaten op het grote ogenblik; net zoals je de wereld in komt, blaas je weer de aftocht, krijsend en incontinent, maar vertel dat niet verder. Hoort bij het bewijs dat weggewassen moet worden, om de misdaad te verbergen. Welke misdaad is dat? De misdaad van overlijden. Onzin, Fred, er is geen misdaad, je verleent een dienst, dat is alles. Wijlen zijn vader, ook Fred Winkler, die hem en zijn broers dit vak heeft bijgebracht, omdat begrafenisondernemer zijn een soort familiebezigheid is, wie zou het namelijk anders doen, zijn vader heeft lang geleden tegen hem gezegd: Je moet maken dat ze er vredig uitzien. Dat is wat de familie wil zien, dat hun dierbare rust heeft gevonden. Geouwehoer. Wat ze eigenlijk willen zien is dat hun dierbare leeft. Ze willen geloven dat Manie alleen maar slaapt. Het is de familie die rust wil vinden.

Je doet je best. Er bestaan heel wat trucs, ingezonken wangen opvullen met watten, losse eindjes vastlijmen. Allemaal handigheidjes. Hij is de gevoelige broer, had schilder kunnen worden, of misschien homoseksueel, maar in plaats daarvan gebruikt hij zijn make-upkwasten voor kadavers, het is opmerkelijk wat je met poeder en kleur kunt weg krijgen. En dan heeft hij het nog niet eens over zijn geurtjes, flesjes met gangbare parfums die hij in een spiegelkastje aan de muur heeft staan. Mensen stinken, zelfs wanneer ze leven, maar daarna is het een stuk erger, en in Manies geval is er vooral iets mis met het been. Het been is waar de slang hem te pakken kreeg en het is er echt heel erg aan toe. Gelukkig maar dat het niet zijn gezicht was. Er valt niet veel mee te beginnen, behalve de broek aan die kant afknippen en de boel verbergen. Zolang hij maar in de kist past.

Manies laatste omhulsel is nog niet gekozen, hoewel dat delicate proces momenteel gaande is in het kantoor, twee bakstenen verderop, waar de twee dochters van de dode overleg plegen met de jongste broer, Vernon Winkler. Zwetend en dikkig, in een te strakke broek gewurmd, met dun wordend blond haar, laat hij hun de catalogus met het hele assortiment zien, in feite een ringband met plastic mappen die elk een matrixprintuitdraai en een goedkope polaroid bevatten.

Ik vind de accessoires niet mooi, zegt Astrid. Wat vind jij, Amor?

Ze zucht. Is dat echt zo belangrijk?

De accessoires? vraagt Vernon. U bedoelt het bloemwerk? Dat krijgt u er niet bij. U moet uw eigen bloemstuk kiezen uit een andere catalogus.

Niet de bloemen. De handgrepen. Ik vind die goedkope plastic handgrepen niet mooi.

Astrid is woedend, maar te verdrietig om het te laten zien. Ook al had pa een begrafenispolis, ze is diep verontwaardigd over de prijzen die door deze plechtstatig ogende criminelen worden gerekend, voor iets wat welbeschouwd gewoon een houten doos is. Ze wil hier niet zijn, in dit prozaïsche kantoor met zijn grijze vaste vloerbedekking, ook een soort doos, met een bureau en een telefoon in de hoek. De telefoon gaat regelmatig, er komen altijd nieuwe doden die begraven moeten worden en inderdaad, op twee van de andere rechte stoelen die in willekeurige groepjes langs de muur staan, zit een jong stel elkaars hand vast te houden en onbedaarlijk te snikken.

We kunnen er andere handgrepen op zetten, zegt Vernon Winkler. Hij heeft het nu wel gehad met deze opvliegende oudste zus, maar kikkert behoorlijk op van het knappe jongste zusje, hij houdt ervan als ze stil zijn, hij kan zich al bijna voorstellen, alleen nee, niet doen, niet hier en niet in deze broek. Heeft zichzelf al een keer in het openbaar voor schut gezet.

Uiteindelijk, na alle gedoe, gaat Astrid voor de hoogste kwaliteitsklasse, de Ubuntu-kist, heel populair momenteel, een merk dat met zijn tijd meegaat. Volgens de catalogus heeft hij de warme gloed van hoogglanzend merantihout en de royale afmetingen die bij het gulle en open karakter van Afrika passen. Hij is voorzien van een traditioneel Zoeloes kralendessin in het midden van de dekselstoffering, met een zwaar doorgestikte voering in het subtiele kleurenpalet van de savanne. De zilverkleurige, vrij zwaaiende staafhandgrepen, van lokale makelij, zijn ook heel prettig.

Minder prettig is de houding van haar jongere zus, die tijdens de hele excursie amper een woord heeft gezegd. Eigenlijk heeft Astrid haar alleen maar meegenomen om advies te krijgen. Wat heeft het voor zin?

Sorry, zegt Amor. Ik heb geen uitgesproken mening over dingen als handgrepen.

Ze bedoelt het niet sarcastisch, ze heeft eigenlijk geen benul van hoe kleinigheden geregeld worden, maar Astrid zegt: Nou, jammer dat je mijn wereldje zo onbenullig vindt, maar er moet toch iemand zijn die over handgrepen beslist.

Amor laat haar gedachten over deze uitspraak gaan. Ik vind je wereldje niet onbenullig, zegt ze ten slotte.

Dit is in de auto, Astrids kleine Honda, op de terugweg naar de boerderij. Vlak buiten de bebouwde kom, in traag rijdend verkeer. De onderlinge stemming is milder geworden,

Radio 702 speelt een snaarderig, baarderig iets op de achtergrond. Het is een te zware dag voor Astrid geweest, met kinderen die heibel maken vanaf 's morgens vroeg, Dean die haar ook op haar g-string werkt en nu dat hele verhaal met de kist. Maar het is niet alleen vandaag, of zelfs de afgelopen paar dagen, de waarheid is dat ze al een hele tijd niet lekker in haar vel zit. Al jaren niet.

Eerlijk gezegd, vertelt ze met een andere klank in haar stem, ik vind juist wel dat mijn wereldje onbenullig is.

Amor luistert.

Ik weet niet goed hoe ik hier ben terechtgekomen, zegt Astrid.

Waarom biecht ze dit op aan haar jongere zuster, die ze niet mag? Er is iets aan Amor wat je laat voelen dat het kan. Wat vroeger bij haar iets wezenloos en stompzinnigs had, bijna een hersenbeschadiging, lijkt nu het tegenovergestelde, zwijgende aandacht, een soort intelligentie. Ze is iemand aan wie je dingen kunt vertellen.

We hebben geen voorbehoedsmiddel gebruikt en ik raakte zwanger en in plaats dat ik mijn verstand gebruikte, rende ik regelrecht met Dean naar de burgerlijke stand en patsboem, daar gaat de rest van mijn leven. Net als bij ma! Ik heb niet nagedacht over wat ik deed, ik deed het gewoon. Mijn lichaam deed het, zou je kunnen zeggen. Mijn hoofd was ergens anders. Nu heb ik twee kinderen, en ik ben uitgeput en ik voel me niet jong en mooi meer.

Ze fronst haar wenkbrauwen. Waarom staan ze nou stil? Ze drukt op de claxon. Ik hou van Dean, zegt ze. Ik bedoel, hij is me dierbaar. Dat is wel degelijk zo. Maar we zijn heel verschillend.

Amor knikt bedachtzaam. (Je wilt bij hem weg.

O nee, nee! Dat zou ik nooit kunnen.) Astrid aanschouwt

haar toekomst door de voorruit terwijl het licht op groen springt. Maar ik heb wel een verhouding met iemand gehad, zegt ze, bijna fluisterend.

Amor knikt nog eens. Met wie?

De man die onze beveiliging kwam installeren.

Onmogelijk om niet te giechelen als je je daar een voorstelling van maakt. Echt waar?

Ja, echt waar. Astrid giechelt mee, opgemonterd door het onverwachte bevrijdende gevoel van praten over haar zonde. Ze denkt er inderdaad zo over, als een zonde, en zou graag vergeving krijgen. Jake Moody, de beveiligingsinstallateur met wie ze de verhouding heeft gehad, is katholiek en ze werd gefascineerd door zijn beschrijving van de manier waarop de biecht hem van zijn misstappen en tekortkomingen zuiverde. Zelfs deze? wilde ze van hem weten. Ja, had hij tegen haar gezegd, zelfs deze, maar nu nog niet.

Het punt is, hoort ze zichzelf zeggen, het punt is, hij is gewoon zo anders dan Dean. In elk opzicht! Zelfs zijn naam... het is een mannelijke naam, weet je wat ik bedoel? En zo toepasselijk. Hij is echt humeurig, moody, hij was waanzinnig jaloers om me, ik mis zijn jaloezie.

Het punt is, zegt ze tegen Amor, ik ben er nog niet overheen. Ik heb erover gedacht hem te bellen.

Maar nu heeft ze te veel gezegd en opeens voelt Astrid zich onpasselijk en slaat een hand voor haar mond. Hoe heeft dat kunnen gebeuren? Haar zus is geen priester!

Je mag daar niets van doorvertellen, sist ze tussen haar vingers. Niets van wat ik verteld heb, aan niemand!

Natuurlijk niet, zegt Amor. Waarom zou ik?

Je kunt zien dat ze het meent en Astrid laat zich heel even kalmeren, maar algauw nadat ze zijn thuisgekomen, voelt ze zich gedwongen zich van haar innerlijk tumult te ontdoen in de badkamer. Ze wil zichzelf vandaag echt binnenstebuiten keren. Arme, miskleunende Astrid! De gedachte die je het meest kwelt kun je juist niet uitkotsen, de gedachte dat jij en je zus op een of andere manier aan stuivertje-wisselen hebben gedaan en Amor nu een route aflegt waarop jij recht dacht te hebben.

Niet waar. In elk geval niet hoe Amor het ziet. Want ook zij heeft haar eigen kleine kwellingen en ze wordt erdoor gesloopt, al praat ze er niet over of wordt er niet naar gevraagd, en wanneer ze opduiken is dat meestal als ze alleen is. Boven op het koppie, bijvoorbeeld, algauw daarna, zittend op een rots. Haar favoriete plekje, de omgeving van haar krachtverlies. Waarom blijft ze terugkomen?

Kijk door haar ogen. De hele omgeving lijkt een stuk kleiner dan ze het zich herinnert, het koppie veel lager, de verbrande boom slechts een waaier van dode takken. Het dak van het huis van de Lombards is een geometrische vorm beneden, amper zichtbaar.

En toch wordt ze door die kleuren gespietst, alsof ze scherp zijn, en is de hemel enorm en onmiskenbaar. Beneden spreidt de boerderij zich uit over oneindige heuvels, plooien en velden die opgaan in een bruine verte daarachter, en ze ervaart de wereld inderdaad als groot, heel groot. Ze heeft er zelf een stuk van gezien. Het platteland ziet er nog hetzelfde uit, maar de wetten waarmee het bezaaid ligt, de onzichtbare, machtige wetten die door mensen worden gemaakt en die schots en scheef over de aarde worden gelegd en er zwaar op neerdrukken, al die wetten zijn nu aan het veranderen. Ze voelt wel, bijna alsof het deel uitmaakt van wat ze voor zich ziet, dat ze is teruggekeerd naar dezelfde omgeving, maar dat het niet meer dezelfde omgeving is.

De familie heeft natuurlijk niets gedaan met pa's belofte

aan hun moeder. Niemand heeft het na ma's overlijden aangekaart, afgezien van Amor zelf, en dat niet heel erg lang. Ze zit momenteel na te denken over dat probleem, en ze wil het heel graag aankaarten. Ze gelooft, of hoopt alleen maar, dat er voorzieningen zijn getroffen in pa's testament om de kwestie in orde te maken. Maar het zou beter zijn als ze het er gezamenlijk over eens konden worden voordat de inhoud van het testament bekend wordt gemaakt.

In de eetkamer, waar iedereen aan de maaltijd zit, ontstaat er die avond een geschikt moment en ze staat op het punt de vraag te stellen, de woorden liggen zowaar in haar mond, met afzonderlijke lettergrepen die volkomen onschuldig zijn (Kan Salomé nu haar huis krijgen?)... en kijk, van buitenaf gezien ziet alles er heel gezellig uit, er hangt overal in de kamer een vriendelijk licht, het vuur brandt lustig in de haard en de familie zit geschaard rond de dis... Wat kan een dergelijke vraag voor kwaad? Laat hem op de warme kamer los, misschien dat het antwoord je zal verrassen.

Kaboem! De botsing is als een zachte vuistslag en leidt tot een collectieve kreet van angst en opluchting, iedereen draait zich op hetzelfde moment om. Amors vraag valt op de grond, niet gesteld. Maar nee, daar komt het geluid niet vandaan. Er is iets anders, iets heel stoffelijks, keihard van buiten tegen de glazen deur gevlogen.

Wat is het? roept Dean, doodsbenauwd. Een vleermuis? Nee, een vogel, die duiven zijn behoorlijk stom, merkt Ockie op. Dat was mijn moeders geest, denkt Astrid irrationeel. Waarom vloog hij 's nachts nog rond? wil Marina weten. Aangetrokken door de terrasverlichting, zeker.

Een tortel, geen duif, ligt stervend op zijn rug op de tegels, midden in een kleine baaierd van veren. Uit een van de neusgaten loopt een dun lijntje bloed. Klein schepsel, kleine dood. Een van de klauwen verstijft en verkrampt. Het kleine lichaam koelt af.

Wat zielig, ga dat arme beest maar begraven, draagt Astrid haar man op. Ze wil het uit haar zicht weg hebben. Dean gaat gehoorzaam naar buiten en tilt de vogel behoedzaam aan een vleugeltip op. Hij kijkt om zich heen en vindt een geschikt begrafenisplekje, in een kaal bloembed onder een acacia. Graaft een kuiltje met zijn handen en kiept het beest erin. Dekt het weer af. Blijft er heel even staan, peinzend over de dood van zijn vader, lang geleden, toen hij nog een kleine jongen was. De vogel heeft die herinnering gewekt. Het een roept het ander op. Alle gebeurtenissen zijn op een of andere manier met elkaar verbonden, in elk geval in het geheugen.

De vogel ligt slechts een paar uur in zijn kleine graf, vlak onder het aardoppervlak, voordat hij wordt opgegraven door een jakhals, een van een koppel dat zich in de buurt van het koppie heeft gevestigd. Het tweetal is een stuk dapperder geworden sinds Tojo dood is en wanneer het stil wordt in huis komen ze rondsnuffelen, op zoek naar iets eetbaars. De tortel is een geschenk, en de reuk van zijn bloed stijgt op door de grond, alleen is van één vleugel het uiteinde besmeurd met een menselijke geur. De twee jakhalzen rijten de vogel uiteen met een hoog gekef totdat Astrid het niet meer uithoudt en een raam opensmijt en gilt dat ze moeten ophouden.

Ze trekken door dat donkere landschap, schieten van schaduw naar schaduw, over een paadje dat ze zelf hebben uitgesleten rond de voet van het koppie. Voor ze straalt het landschap licht uit en wemelt de lucht van informatie. Sporen en prenten en gebeurtenissen ver weg. Bij de hoogspanningsmasten houden ze even halt, opgeschrikt door het gezoem van stroom in de leidingen, en steken hun snoet omhoog om te reageren met een trillend gejank.

Salomé hoort ze in haar huis, neem me niet kwalijk, het huis van de Lombards, en doet snel de deur dicht. Ze is ontvankelijk voor tekens en voorgevoelens, en het gejank van jakhalzen is voor haar een slecht voorteken. Een soort gekwelde geest die rondwaart. En door hun onnavolgbare, fluïde bewegingen, stromend van het ene plekje naar het andere, lijken de jakhalzen inderdaad iets onwerkelijks te hebben, lijken hun vreemde, kekkerende kreten afkomstig uit een andere wereld.

In een drafje lopen ze over de valleibodem in de richting van de snelweg, in het noorden. Maar op flinke afstand houden ze halt, aan de buitenrand van hun territorium. Er moeten nieuwe geurvlaggen worden uitgezet, er moet met lichaamssappen een grens getrokken worden. Hierachter zijn wij. Geschreven in pis en stront, opgelegd van binnenuit.

Nu trekken ze naar het oosten, op weg naar een andere buitenpost waar hun signatuur verbleekt is. Maar een eindje verderop wordt ze een halt toegeroepen door een verstoring die heeft plaatsgevonden sinds de laatste keer dat ze op dit plekje waren, bijna een etmaal geleden.

De grond is opengemaakt, op de plaats die naar botten stinkt. De aarde ademt geuren uit wanneer ze uiteengereten wordt, onwaarneembaar voor de menselijke neus, maar o, voor *Canis mesomelas* spreekt ze in tongen. De wond is groot en vers, en de geuren van de gravers zijn er ook, de metalen randen van hun klauwen, evenals hun zweet, speeksel en bloed, hoewel ze zelf al zijn verdwenen. Misschien is dit hun poging een hol te graven. Misschien komen ze terug om het af te maken.

Ze komen de volgende ochtend terug. Twee jonge mannen in overall, elk met een schep bij zich. Hun adem is een zichtbare wasem in de lucht. Het is nog vroeg, kort na zonsopgang, en de schaduwen van de grafstenen liggen flets en vlak op de grond. De jakhalzen zijn allang vertrokken en andere wezens hebben hun plaats ingenomen.

Een rups kruipt golvend over een blad.

Een stokstaartje glipt door het gras, als een kringel rook.

Een kever krieuwelt voorbij, blijft even staan, vervolgt zijn weg.

Lukas en Andile graven en graven. Een mens is geen vogel en kan niet gewoon in een ondiep gat worden gegooid, waar een jakhals makkelijk bij hem kan komen. Maar een graf delven, één meter tachtig diep en zo lang als een volwassen man, dat is hard werk, des te meer wanneer er vorst in de grond zit. Hoewel de kou als metaal in hun botten zit, staan ze allebei te hijgen en te zweten en zijn ze blij wanneer de komst van Alwyn Simmers voor een rustpauze zorgt.

Hij is gekomen om greep te krijgen, heel letterlijk, op de omgeving waar hij de begrafenis moet leiden. In een kerk is er niets aan de hand, alles is er vlak en ingetoomd, kans op struikelen uitgesloten. Maar hierbuiten, op ruw terrein, is het een ander verhaal. En Manie heeft verzocht om een Nederduitse Gereformeerde dienst, wat de pastor een beetje uit zijn evenwicht brengt omdat hij de calvinistische gang van zaken inmiddels is vergeten.

Lukas en Andile leunen op hun schop in het half gegraven graf en staan met onverholen nieuwsgierigheid te kijken wanneer de Toyota Corolla hotsend de zandweg op komt en naast het gietijzeren hek van de familiebegraafplaats parkeert. De auto wordt bestuurd door een vrouwelijk ogende man die wanneer hij naar buiten klautert een mannelijk ogende vrouw blijkt te zijn. Ze draagt een witte blouse en een lange bruine rok boven betekenisvolle kuiten en platte schoenen waarop ze haastig rond de auto loopt om de arme, blinde, slechtgehumeurde predikant de wereld in te helpen.

Andere arm, Laetitia! Hij ademt zwaar. Hoe vaak moet ik je dat nog zeggen?

Sorry, Alwyn, sorry...

Het is een constant onderling refrein, vermaning en verontschuldiging, en allebei lijken ze te genieten van hun eigen rol, terwijl ze er ook een hekel aan hebben. In dit geval zijn broer en zus louter namen die zijn opgelegd aan een veel diepgaandere verstrengeling. Zo hobbelen ze voort, verstrengeld, over de oneffen grond, door het roestige metalen hek en tussen de grafstenen, verzakt en in verval, dat wil zeggen de grafstenen, niet het tweetal, ofschoon ze op hun eigen manier ook verzakken en in verval zijn. Waar zijn we? roept Alwyn Simmers. We zijn er bijna, antwoordt Laetitia.

Vanuit het rechthoekige gat in de grond zien Lukas en Andile hen naderbij komen.

Zijn we er al?

Ja, Alwyn, nu zijn we er.

Is dit waar ik ga staan?

Ja, dit is waar je gaat staan.

Hij snuift de lucht op en keert zijn hoofd van links naar rechts, als een monarch die zijn blik over zijn domein laat gaan. Wie is daar? roept hij opeens wanneer hij dicht bij zijn knieën een aanwezigheid bespeurt.

Wij zijn het, baas.

Wie zijn dat?

Andile en Lukas, baas.

Andile is degene die spreekt. Lukas zou nooit het woord baas gebruiken, niet meer tenminste. Hij straalt een trotse gereserveerdheid uit, of is het minachting, en lijkt op een of andere manier op het witte tweetal neer te kijken, ook al is hij half verzonken in de grond. Terwijl Andile met zijn hoofd knikt en overgedienstig grijnst, als het mogelijk was zou hij zichzelf compleet begraven.

Laten we naar huis gaan, Laetitia. Ik heb genoeg gezien.

Ja, Alwyn, antwoordt ze meegaand, hoewel er een gemeen verlangen door haar hoofd schiet om andere woorden tegen hem te zeggen: Wat bedoel je, Alwyn, je kan niks zien. Ze heeft wel vaker zo'n wrede aanvechting, maar die verdringt ze, behalve wanneer het om haarzelf gaat. Want onder haar lange rokken en mouwen heeft Laetitia zelf aangebrachte wonden.

De twee witten stappen in hun auto en rijden weg, de twee zwarten gaan door met graven. In feite dient dit intermezzo geen enkel doel, we hadden best zonder gekund, en toch wordt het slechts een paar dagen later in omgekeerde volgorde herhaald, wanneer de Corolla terugkeert met de broer en zus erin. Maar nu rijdt er een lijkwagen achter hen aan, een zwarte Volvo, die iets afwijkt van het oorspronkelijke model. Hij is het hele eind uit de stad achter hen aan blijven rijden en hotst en hobbelt nu over de zandweg, met achterin het lijk van Manie Swart in zijn Ubuntu-kist.

De naam van de begrafenisonderneming, Winkler Bros Burial Services, is in fantasieloze witte letters op de achterdeur van het voertuig aangebracht, en Fred zelf zit achter het stuur, een man die er veel ouder uitziet dan hij is, volkomen kaal op zijn zevenendertigste, met lijnen in zijn gezicht die parallel lopen aan zijn grote druipsnor. Zijn onderhemd en onderbroek zitten te strak, wat zich manifesteert als een kleine, gekwelde rimpel tussen zijn ogen. Over dat ondergoed heen draagt hij zijn standaard zwarte pak, geen spatje creativiteit bij die man, ofschoon het al een tijdje geleden is dat het gestoomd is en de geur van zijn eigen zweet, van andere, hetere dagen, opkringelt naar Freds neusgaten, die zich verwijden terwijl hij rijdt.

Ook is er, althans dat verbeeldt hij zich, een ijl luchtje van bederf dat weglekt uit de kist achterin. Dat kan eigenlijk niet, het deksel zit potdicht, maar hij blijft een lichte stank opvangen. Een laatste restje aan zijn handen misschien? Hij wil dat deze boerderijbegrafenis goed verloopt, hij weet hoe belangrijk het allemaal is voor Alwyn Simmers, tot wiens kerk hij behoort. In feite doet hij best vaak een klus voor de pastor, je zou bijna kunnen zeggen dat er een onderlinge verstandhouding bestaat, tot wederzijds voordeel. Deo volente, natuurlijk, maar de Heer begrijpt het vast wel, Hij is niet wars van een stukje winstgroei in Zijn naam, zolang je meest innerlijke ziel maar rein is.

Soms voelt Fred Winkler hoe zijn ziel diep in hem hangt, als een stalactiet. Nee, losser, bungelend als een vleermuis in een grot. Zal ik ooit, in een korrelig schemerduister, kunnen ontsnappen en wegvliegen? Ergens denkt hij van niet.

Hij parkeert naast de begraafplaats. Iets te vroeg, maar er lopen al wat nabestaanden rond. Alwyn Simmers en zijn eigenaardige zus hebben hun auto vlakbij neergezet.

Mooie dag, merkt de predikant op terwijl hij zijn gezicht naar de lucht keert. Hij voelt het zonlicht en de wijkende vorst, maar eigenlijk is hij niet met zijn gedachten bij het weer. Hij maakt zich bezorgd over het komende gebeuren, omdat het weleens lastig kan worden. Deze familie. De Heer heeft ze op me afgestuurd om me te beproeven. Die narigheid met de zoon al die jaren geleden, hoe heet hij ook alweer, en nu verwijten ze me ook de dood van hun vader. Niet mijn schuld dat zijn geloof tekortschoot. Hoef alleen de paar volgende uurtjes door te komen zonder een scène. Om ze koest te houden heeft hij de juiste toon aangeslagen in de toespraak, denkt hij. Moet ze met straffe hand in het gareel dwingen. Geld roept de lelijkste aspecten van de menselijke aard tevoorschijn, hij maakt het telkens weer mee, tot zijn grote leedwezen. Heel tragisch en onnodig. Waarlijk, de mens heeft Mammon een altaar gebouwd.

Zijn melancholie heeft bijna aangename hoogten bereikt wanneer Marina Laubscher op hem neerstrijkt. Haar valse parels trillen. Zo geagiteerd is ze dat hij niet snapt wat ze wil. Of hij snapt het wel, maar gelooft dat hij het niet goed heeft verstaan.

Zeg dat nog eens?

Ik wil dat ze de kist openmaken.

Maar waarom?

Ik wil er zeker van zijn dat mijn broer erin ligt.

Natuurlijk ligt je broer erin, roept hij uit. Zijn eigen hysterie evenaart opeens die van haar. Wiens broer zou het anders zijn?

Maar ze laat zich niet afschrikken, vandaag niet. Sinds Manies overlijden heeft ze het gevoel dat er iets bij haar is ontwricht wat een uitlaatklep heeft gevonden in een *Huisgenoot*-artikel dat ze vorige week heeft gelezen toen ze op de wc zat, over een louche begrafenisonderneming aan de rand van Johannesburg, waar een stapel in ontbinding verkerende lichamen was aangetroffen in een schuur. Ze had het niet helemaal begrepen, het ging over gebruik en hergebruik van dezelfde kisten, en doorgaans was de verkeerde persoon ter aarde besteld, volgens het artikel, en in een paar gevallen waren er twee lichamen in één kist geperst. Het verhaal had haar destijds geschokt, genoeg om haar constipatie te bezorgen, maar sinds Manies overlijden kan ze aan niets anders meer denken. Stel dat het niet haar broer is in die kist? Stel dat hij er met iemand anders in ligt?

Hij ligt er alleen in, protesteert Fred Winkler met verontwaardigd opgestoken snorharen. Ik heb hem vanochtend persoonlijk dichtgemaakt. (Nou ja, heb eigenlijk staan kijken terwijl Jabulani het deed.)

Maak dan maar weer open.

Ik weet niet of ik wel de goede schroevendraaier heb meegenomen. Ik dacht dat dit een dienst met gesloten kist was.

Dat is het ook, maar ik wil het zelf zien. Maak onmiddellijk open!

Doe wat ze zegt, verzoekt haar man dringend op de achtergrond. Hij klinkt als een gijzelaar en wil deze scène achter de rug hebben.

Heb je de schroevendraaier bij je? vraagt Alwyn Simmers aan de lucht.

Fred grabbelt achter in de lijkwagen, in het compartiment waar hij zijn gereedschap bewaart. Hij is over zijn toeren en staat bijna te hijgen, is er al zeker van dat hij schuldig, schuldig, schuldig bevonden zal worden, maar godlof, het juiste stuk gereedschap ligt klaar.

Doe het maar snel, zegt pastor Simmers tegen hem. En laat verdomme niemand anders meekijken.

De godslastering floept eruit, als een bel snot, te laat om in te houden. Iedereen doet net alsof hij niets gehoord heeft, vooral de predikant zelf. Fred Winkler houdt zijn hoofd gebogen en kijkt heel aandachtig naar de schroeven terwijl hij ze tegen de klok in omhoog laat komen en daarmee de tijd terugdraait. Jezus heeft Lazarus uit de dood opgewekt. Stonk hij? vraag ik me af. En er komt inderdaad, zeer beslist, een zoetige stank uit de kist. Heel opvallend in de krappe, gestoffeerde ruimte achter in de auto. Veel erger nog als het deksel loskomt. Nu niet aan eten denken, vooral niet aan eten dat ligt te bederven, vloeibaar wordt en begint te rotten. Alsjeblieft niet braken, niet hier. Geen ruimte voor foefjes. Hou je adem in en concentreer je, als in een tunnel, op wat er zichtbaar wordt. Het gezicht, niets meer, en hou het ook maar zo, ogen dicht, mond op een kier, gezien in profiel. De vorm klopt, maar er is iets met de gelaatskleur. En de omvang...

Hij zag er slecht uit, zegt Fred snel. Veel erger dan dit. Ik heb heel wat aan hem gedaan. Maar hij was opgezwollen en de aderen deden een beetje raar. (Je zou zijn been moeten zien.)

Dit is het moment waarop Astrids tweeling langs de open achterkant van de lijkwagen scharrelt en daar het lichaam van hun grootvader/iemand anders dan hun grootvader ziet liggen. Verstijfd van schrik laten Neil en Jessica de Wet het volle besef van de dood tot zich doordringen tot Astrid ze allebei beetpakt en wegsleurt, en het incident lost zich vrijwel meteen op in de algehele wanorde. Doe maar dicht, beveelt Marina de man van de begrafenisonderneming, met zijn belachelijke snor, en daar voldoet hij maar al te graag aan.

Marina is absoluut ontevreden over het uiterlijk van haar broer, als het inderdaad Manie is die ze gezien heeft. Het leek hem te zijn, min of meer, maar ook weer niet. Terwijl ze staat te dubben wordt de mogelijkheid steeds groter dat ze net in die kist naar een opgezwollen vreemdeling heeft staan kijken.

Maak nog een keer open!

Ze komt terugklepperen, nog geen vijf minuten nadat ze is weggegaan. Fred Winkler wil net de laatste schroef aandraaien, en de halitose van het graf heeft zich eindelijk verspreid.

Ach nee, Marina, tjezis mens, geen denken aan!

Ockie heeft er genoeg van. Het gelazer van de familie Swart komt hem finaal, compleet, voor honderd procent de strot uit! Wil ze die kist weer openmaken! Sinds zijn zwager op die ongelofelijk stomme manier is gestorven, kent hij zijn vrouw niet meer terug.

Op dat moment kent ook zij hem niet terug. Hij schreeuwt al jaren niet meer, en al zeker niet tegen haar, en ze ziet hem opeens met nieuwe ogen. Mijn man! Al meer dan mijn halve leven mee getrouwd!

Het spijt me, Ockie. Ik ben vandaag mezelf niet.

Dat geeft toch niet, kleine *pikkewyn* van me, zegt hij, onmiddellijk teder. Heb je je druppels genomen?

Fred Winkler draait de laatste schroef vast. Er is iets van gezond verstand teruggekeerd. Zelfs in de winterse kou staat hij te zweten, alsof hij iets onder de leden heeft, wat misschien ook wel zo is.

Hij is nog geen vrij man. Pas wanneer de kist wordt neergelaten, mag hij weg. Hij moet eerst de oneindig lange dienst aanhoren, met een volle blaas die tegen een te strakke onderbroek aan drukt, terwijl de pastor, die strikt genomen vandaag weer als dominee optreedt, een van zijn meer bombastische toespraken afsteekt, omrankt met lof over het karakter en geloof van Manie Swart.

In het onhandige hoekgedeelte van de begraafplaats zijn de aanwezigen in drie kringen rond de predikant gaan staan, uit eigen beweging. De binnenste kring bestaat uit familie en de tweede wordt gevormd door losse vrienden en zakelijke contacten, op de keper beschouwd vrijwel allemaal mensen die Manie van de kerk kende. Daaronder bevindt zich ook Lorraine, een stevige oudere dame die gecharmeerd is van permanentjes en vestjes en die de afgelopen vijf of zes jaar zijn discrete vriendin is geweest. Dat ze vandaag staat te huilen is omdat ze Manie natuurlijk mist, maar ook omdat hij altijd heeft beloofd haar een boterbriefje te bezorgen en toch heeft hij die stap nooit gezet, en wat nu? Sta haar dit kleine momentje toe, want binnenkort vertrekt ze uit deze omgeving met haar kluitje andere mensenlevens, zonder dat ze veel meer aan haar verblijf heeft overgehouden dan een bescheiden legaat, bekend te maken op het geëigende tijdstip.

Achter hen, een pas naar achteren, staat een handjevol arbeiders van de boerderij, aan wie er, overeenkomstig de nieuwe ruimhartige geest die in het land heerst, toegang is verleend tot de omheining van de familiebegraafplaats zelf. Weliswaar niet om er begraven te worden, nee, natuurlijk niet! Deze plek is alleen voor bloedverwanten. Er is geen officiële begraafplaats voor boerderijarbeiders, die geen band met de grond hebben, niet echt, ze zijn op doortocht, zelfs degenen die hier al vele jaren wonen. Uiteindelijk waaien ze allemaal weg.

Soms komt de dood als iets natuurlijks, vertelt Alwyn Simmers. Maar als iemand overlijdt door een ongeluk kan het voelen alsof er een onrecht heeft plaatsgevonden. Dat er iets rechtgezet moet worden. Hij richt een priemende, nietsziende blik op zijn gehoor. Het is soms moeilijk om te aanvaarden dat zelfs een ongeluk deel uitmaakt van de bedoelingen die Onze Hemelse Vader met ons heeft.

Een ongeluk, welnee. Niets daarvan. Net zoals de zondeval van Adam en Eva geen ongeluk was. Laten we niet vergeten dat Satan de gedaante van een slang aannam, destijds in de Hof van Eden. Hij heeft de ondergang veroorzaakt van de eerste mensen op aarde en heeft ons, hun nazaten, in ballingschap gezonden. Toch maakt zelfs dat deel uit van Gods bedoelingen, broeders en zusters. Want in zoverre Satan ten slotte zijn grote spel zal verliezen, speelt ook hij alleen maar zijn rol. In laatste instantie, in allerlaatste instantie, zijn alle ongelukken zinvol!

De blinde predikant is retorisch op streek gekomen en zijn fraaie stem krult weg tussen termietenheuvels en graspollen. Altijd al goed van de tongriem gesneden, heeft iets zangerigs wanneer hij spreekt. Er zijn momenten van ware inspiratie wanneer hij wordt overgenomen door iets buiten hemzelf, een andere chauffeur achter het stuur. Laat het alstublieft de Here Jezus zijn, maar soms zit hij erover in dat het de Here Jezus niet is. Tijdens een korte afdwaling van het pad der deugd hebben Alwyn Simmers en zijn zuster de zonde van ontucht gepleegd, helaas met elkaar, en hoewel geen van twee daar ooit over heeft gesproken, voelt hij af en toe de drang om het hardop vanaf de preekstoel te belijden. Op dit soort dagen is hij bang dat hij het ook echt gaat doen. Maar nee, blijf maar dat andere verhaal vertellen, het verhaal dat we met ons allen hebben afgesproken, je weet wel wat ik bedoel, het verhaal over verlossing en humor en vernieuwing en vergevensgezindheid, als we echte christenen zijn neuken we nooit met onze zusters, komt dat idee niet eens bij ons op.

Piep, piep. De tijd is tien uur dertig.

Ach, sorry, mensen, zegt de predikant, ik vergeet hem altijd af te zetten.

Iedereen staat te lachen en te schuifelen, hun aandacht is vervlogen. Ook de dominee weet niet meer waar hij is. Hij was van plan af te sluiten met een verhaal over Manies enorme gulheid, zelfs in de dood, maar hij is de draad kwijt. Tijd om af te ronden dan maar. Hij verspringt naar een grapje dat hij voor het laatst had willen bewaren, maar verknalt de clou, wat tot een vochtige, verbijsterde stilte leidt. In zijn handen klappend herinnert hij iedereen eraan dat er een bijdrage geleverd kan worden aan het fonds dat Manie had opgericht toen hij leefde, ook al is er geen sprake meer van blijvende financiële steun. Alle manies, ach, middelen gaan naar liefdadigheidsinstellingen die goede werken verrichten in duistere delen van de wereld.

Nu is de dienst afgelopen, de noodzakelijke gebaren zijn

gemaakt en het gezelschap kan weer uiteenvallen, hoe onzeker dan ook, hier buiten op het open veld. Wanneer je door het hek naar buiten stiefelt, voel je echt hoe klein je hier onder de grote, heldere winterlucht bent, zonder buffer tussen jou en het heelal. En Fred Winkler kan eindelijk plassen. Hij draaft een eindje verder en draait de begraafplaats en de sliert mensen die ervandaan lopen zijn rug toe, vergeet dat ze er zijn. Wat een opluchting! Niets verbindt een man zo volkomen met de aarde als een navelstrengachtige boog van warme gele urine. Heel even is er alleen die ene sensatie van loslaten, tot het tijd is om af te schudden.

Wanneer hij naar de lijkwagen teruggaat, verdwijnt de laatste begrafenisganger over het pad en zijn twee zwarte mannen al bezig het graf te vullen. Hij knikt ze toe terwijl hij voorbijdraaft en een van hen antwoordt. Morgen, baas. Wat een vreemde baan heb ik, denkt Fred peinzend terwijl hij weer in zijn voertuig stapt, niet zonder zelfmedelijden. Ik maak mensen klaar om te verdwijnen. En al mijn werk verdwijnt met hen.

Als de lange donkere wagen weg is, hervatten Andile en Lukas hun arbeid. Een gat vullen is veel makkelijker dan het te graven, maar het blijft hard werken, de mens is gedoemd om te werken in het zweet zijns aanschijns, sommige mannen in elk geval. Sommige vrouwen ook. Het is nou eenmaal niet anders, zo lijkt iedereen er in deze contreien tenminste over te denken. Wat verwacht je dan? Een revolutie? Wanneer ze klaar zijn, slaan ze de aarde plat met hun schop en gaan daarna samen onder een acacia een sigaret zitten roken.

Lukas neemt afscheid van Andile en neemt het pad naar het huis van de Lombards. Waar ik woon. Een scheef klein gebouwtje, in het midden uit zijn voegen geraakt. Drie kamers, betonnen vloer, kapotte ramen. Twee treetjes omhoog naar de voordeur. De drempel over. Hallo? Je eigen stem die opklinkt. Zijn moeder is niet thuis. Dat is ze zelden. Zorgt voor de kinderen van een andere vrouw, de witte vrouw, aan de andere kant van het koppie. Laat hem alleen in de drie in elkaar overlopende kamers, vol tijd en stilte, stofjes die rondwentelen in de zon.

Hij pakt een emmer, gaat water halen bij de pomp. Wast zich met een *lappie* bij de achterdeur, uitgekleed tot op een versleten rode onderbroek. Na afloop zit hij gehurkt op te drogen in de zon. Zijn lange donkere lichaam is een en al spierbundel, over zijn rug slingert zich een roze litteken. Een stukje privégeschiedenis, ken hem niet goed genoeg om ernaar te vragen.

Hij kleedt zich piekfijn aan, klaar om te gaan stappen. Bestudeert een hele tijd zijn gelaatsuitdrukking in de scherf van een kapotte spiegel. De woede en trots ziet hij niet, noch het eenzame besef van aangedaan onrecht. In plaats daarvan bewondert hij zijn onderlip, die zinnelijk begint neer te hangen, en zijn lange, krullende wimpers.

Hij gaat naar Atteridgeville, het nabijgelegen township, naar een meisje dat hij kent. Wanneer hij het pad in slaat, zwierig en geparfumeerd, loopt zijn route langs de rand van het gazon achter de boerderij, waar de witten zich verzameld hebben. Een afscheidsborrel voor de man die overleden is. Lukas weet natuurlijk hoe hij heet, maar de naam lijkt los te staan van de ermee aangeduide persoon, die op zijn beurt eerder iets weg heeft van een machtsfactor dan van een mens.

De zoon van die machtsfactor komt uit het huis als hij er voorbijloopt. Hé, Lukas. Hallo, Anton. Onzekerheid over hoe ze elkaar moeten aanspreken, nu de volwassenheid er is.

Wat doe jij zoal vandaag de dag?

Ik werk hier op de boerderij.

Ik dacht je dat je studieplannen had? Universiteit?

Nee, dat is niet gelukt. Ik kreeg problemen op school, ik ben weggestuurd, ik heb hem niet afgemaakt. Grijnzend haalt hij zijn schouders op.

Dus je bent weer terug, om te werken? Wacht effe... Waar ga je nu heen?

Naar de stad.

Hoe ga je daarheen?

Ik loop naar de grote weg. Dan pikt iemand me wel op.

Anton heeft een glas in zijn hand waar misschien wel whisky in zit en buigt zich naar voren als om beter te kunnen horen. De warme gloed maakt hem welwillend en optimistisch, gretig om andermans problemen op te lossen. Ik geef je wel een lift, zegt hij. Ik wil met je praten.

Nee, het is oraait.

Ik ga je een lift geven, vriend. Als je een minuutje op me wacht.

Hij verdwijnt naar binnen en zoekt boven naar de sleutels, wat langer duurt dan nodig is. Wanneer hij ze eenmaal te pakken heeft en weer buiten komt, is zijn glas bijna leeg en is Lukas vertrokken. Zie hem een heel eind verder op de weg, een minuscuul figuurtje in de verte. Prima, donder maar op dan. Anton brengt een toost op hem uit, drinkt zijn glas leeg en smijt het met geweld het veld in. Een zilverig gerinkel daar, heel even bevredigend.

Hij heeft geen zin om zich weer bij het gezelschap op het gazon aan te sluiten. Liep aan Desirée te denken en wou dat hij het lef had gehad om haar op de begrafenis te vragen. Weliswaar een raar idee, geen toppunt van gezelligheid, maar ook een uitnodiging die moeilijk afgeslagen kan worden, wat eigenlijk het punt is. Hoe dan ook, die kans is verkeken, en dat is maar goed, je bent niet in grootse vorm, hè, Anton, dronken en inwendig uit het lood getrokken, geen lumineus idee om met iemand te gaan praten, zeker niet met het voormalige vriendinnetje dat je zonder één woord in de steek hebt gelaten en wier hart je naar verluidt in duizend stukjes hebt gebroken. Ook is het, ahum, geen goed plan om je te mengen onder dat stoïcijnse, gebedsverzopen zooitje om de hoek van het huis.

Op het terras zijn thee en sandwiches klaargezet door Laetitia Simmers en andere vrijwilligsters van de kerk, terwijl de gasten door elkaar lopen op het gras. Van bovenaf gezien is het een doelloze ommegang van hoeden, kapsels en kale kruintjes. Laetitia zelf helpt ook een handje en staat in terlenka te redderen achter de lange schraagtafel, schenkend uit een pot. Thee is haar talent, en vreugdeloos glimlacht ze door de wasem heen naar haar broer, die zichzelf bij de clivia's een uitbrander staat te geven. Piep piep, net op het hoogtepunt van zijn toespraak!

Intussen is Anton in Manies slaapkamer en loopt daar rond te kijken. Nog is het zilt van onverdiende tranen niet gestort of ik ben al in zijn spullen aan het snuffelen. Geld, weggestopt onder zijn sokken. Pik in, het is winter. Dat elektrische scheerapparaat lijkt me ook wel wat. Maar jezuslief, wat is dat voor raadselachtig iets?

Hij pakt het cryptische voorwerp van zijn vaders nachtkastje. Keert het om, ruikt eraan, krijgt een ijle, oude geur van vuur in zijn neus. Een stukje schild, een reptiel, waarschijnlijk een schildpad. Pa werd altijd geobsedeerd door het koudbloedige slag, was niet zo best met de zoogdieren, en al helemaal niet met de mens. Hij legt het stukje schild weer neer en ziet dan het geweer. Mossberg-hagelgeweer, geërfd van opa, niemand mocht eraan komen, maar wie zou dat willen, zo'n log, onooglijk ding. Familiestuk waarschijnlijk.

Pakt het op, houdt het vast, voelt het gewicht en de inhoud. Helemaal echt. Nou en of. Wie andermans geweer opeist, eist ook die ander op. Wet van de kolonist. Ach, wat een gelul, Anton, wie schrijft je die gedachten voor? Maar het wapen windt hem op, er ontstaat iets in hem van spanning en angst. Donderstok met toverkracht, maakt massa lawaai, maakt kleine man heel dood.

Richt ermee uit het raam, op de verre gestalte van dominee Simmers in de tuin. Beng! Kijk hem eens achteroverslaan, het bloemperk in, trappelend. Nee, laat maar leven. Geweer is trouwens niet geladen, maar hij herinnert zich waar hij gisteren nog een doos patronen heeft gezien. In zijn eigen kamer, tussen de troep.

Gaat daar nu heen om het te laden, zoals hij het pa heeft zien doen. Katsjoenk. En hoort op dat moment buiten een luid gekrijs en tumult op het terras. Hij rent naar het raam en kan bijna niet geloven wat hij ziet, een troep bavianen die arriveert op hetzelfde moment dat hij het wapen in zijn handen heeft genomen, zo onwaarschijnlijk dat het bijna een droom is, maar je mag niet vergeten dat alle toeval onwaarschijnlijk is, Anton, dat is juist de aard van het toeval. Hoe dan ook, daar heb je ze, onmiskenbaar, het ruigbehaarde gevaarlijke geboefte dat zich bedient van de sandwiches. Op mijn vaders begrafenis!

Wij stijgen van natuur naar cultuur, maar om dat verheven plekje te behouden moet je wel vechten, anders trekt de natuur je terug naar beneden. Voor het eerst sinds het leger dat hij een wapen vasthoudt. Voor het eerst ook sinds hij er een heeft afgevuurd. Sinds die dag waarover hij met zichzelf heeft afgesproken er niet over na te denken en dat ook nu niet gaat doen. Ook al is de krachtige ruk, de schok en klap, onmiddellijk vertrouwd en opwindend. Voldoende om hem al rennend te herhalen, en te herhalen. Blam! En nog eens Blam! Het lawaai rolt uit in concentrische cirkels, als het reusachtig bereik dat ik heb.

De bavianen zijn er allang vandoor. Uiteengestoven bij het eerste schot, ook al heeft hij gemist/te hoog gericht. Gekrijs en gedrang, daarna stilte. Anton staat nu ver van het huis, op het open veld. Wat een diepe voldoening in die rust, met krakende zolen over je land lopen. Zijn woede als een hete storm die door hem heen waait. Vergis je niet, ik ben thuis.

Het kleine gezelschap in de achtertuin is flink geschrokken. Kun je niemand kwalijk nemen, eerst de bavianen, daarna de geweerschoten. Alles hier heeft een chaotisch aspect. Algauw verontschuldigen een paar gasten zich en daarna wordt het gedruppel een gestage stroom. Niet lang nadat Anton de trekker heeft overgehaald, is al het bezoek verdwenen.

Nu lijkt het lege terras op de een of andere manier groter dan eerst, en de troep die overal ligt, krijgt iets betekenisvols. De enige overgebleven figuren zijn Laetitia en een andere oudere witte vrouw, bezig met opruimen. O, en vergeet Salomé niet, ze staat borden en kopjes af te wassen in de gootsteen. Ze draagt haar zondagse kleren, ze draagt wat ze aanhad bij de begrafenis, want zij was er ook, waarom is dat niet eerder vermeld, ja, ze was erbij, ze stond bijna maar niet helemaal vooraan, achter de familie.

En de familie is er natuurlijk ook nog, niemand staat erom te springen naar zijn eigen huis te gaan. De boerderij is groot, er is genoeg ruimte voor iedereen, en het is voor het eerst sinds jaren dat alle drie de kinderen bij elkaar zijn. Zo klinkt het sentimenteel, ondanks alle verdriet. Zie hoe de dood ons heeft verenigd! Al is het ook zo dat de notaris hier morgen rond lunchtijd komt om Manies testament met hen door te nemen, wat eveneens een reden kan zijn om te blijven hangen.

Cherise Coutts draagt deze middag een mantel en hoed van imitatiebont, die ze ook wel nodig heeft, want zelfs op deze fonkelende winterdag rijdt ze in een open sportwagen, onderdeel van een echtscheidingsregeling die haar wel eenzaamheid maar geen windeieren heeft opgeleverd. Ze neemt plaats aan het hoofd van de tafel in de eetkamer, een duidelijk vanzelfsprekende positie, en nadat ze zich heeft ontdaan van haar buitenste laag, deelt ze op een globale manier haar visitekaartje uit aan degenen die het waard zijn, tussen nagels die vandaag goud zijn gelakt. Cherise A. Coutts (LLB), Univ. van Pretoria.

Ze is hier om uitleg te geven over de inhoud van het testament van Manie Swart, die tamelijk eenduidig is. Slechts twee van de begunstigden konden vandaag niet aanwezig zijn, beiden hebben zich met een excuus afgemeld. Een van hen is dominee, pardon, pastor, Simmers, die elders kerkverplichtingen heeft, en de ander is mevrouw Lorraine Louw, die het niet gepast vindt om hier te zijn. Er wordt binnensmonds en onoprecht tegengesputterd: Ze was de vriendin van pa, dat weten we natuurlijk best, we zijn allemaal beschaafde mensen, maar als ze horen dat ze een bedrag krijgt, en niet zo'n gering bedrag ook, wordt iedereen stil.

Manie, zo blijkt, had links en rechts bezittingen en zakelijke belangen, Scaly City was niet de enige kurk waar hij op dreef, hoewel het park elke maand nog steeds verrassende hoeveelheden geld in het laatje brengt. Maar let op, nu komen de belangrijke passages. Eén. De opbrengsten van deze diverse ondernemingen worden beheerd door een trust, en de enige trustee is degene die nu tegen u spreekt. Twee. De opbrengsten uit het reptielenpark en uit Manies aandelen in andere bedrijven, waarvan hier een volledige lijst is bijgevoegd, zullen in maandelijkse termijnen in gelijke delen worden uitbetaald aan alle begunstigden van de trust. Drie. De begunstigden van de trust zijn de Eerste Gemeente van de Openbaring op het Hoogveld, hierna aan te duiden als Manies kerk, alsmede zijn zuster Marina Laubscher en zijn drie kinderen, allen hier aanwezig, en gelukkig valt Anton daar ook onder nadat hij het kleine, eh, obstakel uit de weg heeft geruimd dat tot uitsluiting had kunnen leiden.

Vier. De boerderij zelf, die niet alleen bestaat uit het huis waarin ze momenteel allemaal in zitten, plus bijbehorende grond, maar ook uit de diverse andere aanpalende percelen/panden die de afgelopen dertig jaar zijn opgekocht, valt niet onder de trust. Het was Manies opzet de boerderij intact te laten, als huis, toevluchtsoord, thuisbasis voor de voornoemde drie kinderen, voor zo lang als een van hen hier wenste te wonen. Geen deel ervan mag worden verkocht, tenzij in geval van acute financiële nood en dan alleen met de unanieme schriftelijke instemming van de drie kinderen.

Mevr. Coutts, wier professionele houding er bijna een is van verveling, legt de pagina's netjes recht met die verbazend goudkleurige nagels. Iedereen heeft ze inmiddels opgemerkt. Deze vrouw straalt iets krachtigs uit! Ze kijkt hen allemaal laatdunkend aan, alsof ze van een hoge richel naar beneden tuurt. Zijn er nog vragen?

Amor, die half lijkt te slapen, wringt zich langzaam overeind om één enkele vraag te stellen. Ehm, en Salomé dan?

Pardon?

Salomé, die op de boerderij werkt.

Tot dan toe heeft iedereen in de kamer er bijna wezenloos bij gezeten. Maar nu gaat er een trilling door de groep, alsof er met een stemvork op de rand van dit toneeltje is getikt.

Daar gaan we weer, zegt Astrid. Haal je nog steeds ouwe koeien uit de sloot?

Dat is allang geregeld, een hele tijd geleden, zegt tante Marina. We gaan de boel niet terugdraaien.

Amor schudt haar hoofd. Het is nooit geregeld. In de tijd dat mijn moeder stierf, mocht Salomé geen land in eigendom hebben. Maar de wet is aangepast en nu mag het wel.

Het mag, zegt Astrid. Maar het gaat niet gebeuren. Doe niet zo stom.

Staat haar naam ergens in het testament van mijn vader vermeld?

Waarom zou dat moeten? bitst tante Marina. Ze voelt een opwelling om haar nichtje te knijpen, maar daar is ze te volwassen voor, helaas.

Welke naam zou dat zijn? vraagt de notaris. Ik ben bang dat ik het niet kan volgen.

Mijn moeder wilde dat Salomé het huis zou krijgen waar ze in woont, met het land dat erbij hoort. Mijn vader had beloofd dat hij daarvoor zou zorgen, maar ze heeft het nooit gekregen.

Cherise Coutts begint omstandig door haar documenten te bladeren, hoewel de inhoud door haar zelf moet zijn opgesteld. Intussen duikt tante Marina een tissue op uit haar decolleté, vouwt het als een origamipapiertje open en begint er venijnig in te snikken. Jullie kunnen zeggen wat je wilt, zegt ze tegen hen, intussen haar tranen drogend. Wat jullie principes ook zijn, jullie horen je eigen mensen bij te staan! Wat ze hiermee bedoelt is niet helemaal duidelijk, tenminste niet voor de aanwezigen, maar ze straalt iets uit van verbitterde voldaanheid, alsof ze het laatste woord heeft gehad. Ze stopt de tissue, en daarmee ook alle zichtbare emotie, terug waar ze hem heeft gevonden, diep tussen haar borsten. Land willen geven aan de meid! Hoe kom je erbij!

Hoe het ook zij, zegt Cherise A. Coutts (LLB). Er wordt in deze stukken niet over gesproken. Mij is er niets van bekend.

Zo zie je maar, zegt tante Marina, alsof de kwestie daarmee afgedaan is.

Het is tijd, zegt Ockie, en meteen staat iedereen op en loopt naar de deur. Al een paar minuten lang wordt er ongedurig die kant op gekeken en gedraaid. De bijeenkomst begon iets te laat en duurde langer dan gepland, met als gevolg dat we de aftrap in Ellis Park mislopen als we niet opschieten.

Zuid-Afrika! De naam wekte ooit verlegenheid op, maar staat nu voor iets anders. We zijn waarachtig een veerkrachtige natie. We spelen vandaag in Johannesburg de finale voor de wereldbeker en in het hele land hangt een benevelende sfeer. De Springboks tegen de All Blacks, de brandende blik van andere landen is op ons gericht. Sinds één uur vanmiddag is er bijna niemand meer op straat, er zijn flinke voorraden bier ingeslagen en overal baden de gezichten in een fluorescerende gloed. In huiskamers, keukens en achtertuintjes, in restaurants en bars en op pleinen kijken de mensen alleen nog maar naar de wedstrijd. Zelfs degenen die niet van rugby houden, omdat er een essentieel element in hun karakter ontbreekt, kijken vandaag mee.

Op de boerderij is het niet anders. Bij de huisjes van de arbeiders staat een krat met een zwart-wittoestel waarvan het beeld onrustig opflikkert voor het verzamelde publiek. En ginds in het huis van de Lombards volgt Salomé de ontwikkelingen van de wedstrijd met gefronst voorhoofd. Ze kent de spelregels niet, voor haar is het allemaal lawaai en spektakel, maar toch boeit het. Vanuit de deuropening achter haar, half in de andere kamer, blijft zelfs Lukas onwillig en aandachtig kijken, zijn handen diep in zijn zakken.

In het grote huis is de stemming een onaangename, misselijkmakende mix van neerslachtigheid en opwinding. Ook de alcohol werkt niet bevorderlijk. De wedstrijd is zo zenuwslopend en spannend dat je bijna je nagels in het meubilair zou slaan. Onze jongens houden de gelederen gesloten, laten die vleesklomp Jonah Lomu niet door, maar we drukken zelf ook geen try, het zijn alleen maar dropkicks, puntje voor hen, puntje voor ons, kleine brokjes overwinning en verlies. Bij alle schermutselingen vormen wilskracht en spiermassa een volmaakte eenheid, er wordt gezwoegd en gegromd en gehijgd, maar ook heerst er een groot verlangen, want ondanks alle mankracht is rugby toch vooral een spiritueel schouwspel, en als we in de verlenging zitten, en elke centimeter en elke seconde telt, o man, daar zijn geen woorden voor. En dan Joel Stransky! En we zijn er! En nooit, nee nooit zal er iets mooier zijn dan dit moment, nu iedereen opspringt en elkaar omhelst, vreemden die samen feestvieren op straat, auto's die toeteren en met hun lichten knipperen.

Maar dan wordt het nog mooier. Wanneer Mandela in de groene Springboktrui het veld op komt om de beker aan Francois Pienaar te geven, nou, dat is niet gering. Dat heeft iets religieus. De bonkige Boer en de oude terrorist die elkaar een hand geven. Wie had dat ooit. Goeie genade. Het is er meer dan één die terugdenkt aan het moment dat Mandela uit de gevangenis kwam met zijn vuist in de lucht, nog maar een paar jaar geleden, terwijl niemand wist hoe hij eruit zou zien. En nu zie je zijn gezicht overal, vaderlijk, vriendelijk, streng maar vergevingsgezind, of ons allemaal aankijkend met de stralende blik van de Kerstman, zoals hij nu doet. Moeilijk om geen traantje te storten voor ons mooie land. We zijn allemaal net zo ongelofelijk als dit moment zelf.

Maar waar is Amor?

Weet ik niet, een poosje geleden was ze er nog.

Wie de vraag stelt, wie er antwoord geeft, dat is allemaal verloren gegaan, als de vraag überhaupt gesteld is. Maar het klopt absoluut dat Amor op het moment suprême niet in de buurt is, ze is naar buiten geglipt en ergens naartoe gegaan. Nou je het zegt, was ze hier eigenlijk wel?

Ach, laat haar ook maar. Als ze er niet bij wil horen.

Het is beslist Astrid die dit zegt, of misschien tante Marina, ze zijn tegenwoordig vrijwel dezelfde persoon, maar in elk geval staan ze niet alleen in deze opvatting. Laat haar maar, als ze er niet bij wil horen. Het is voor iedereen duidelijk, niet alleen voor de oudere dames, dat Amor zich nog steeds afstandelijk en apart gedraagt, hoezeer ze ook in andere opzichten is veranderd. Altijd al een ongewoon meisje, pardon, vrouw geweest.

Ze zit op dit moment boven op haar kamer na te denken over de bijeenkomst die net heeft plaatsgevonden en over wat er gezegd is en wat er niet gezegd is, en over haar rol in dat alles. Het lijkt alsof de hele situatie geen spil heeft, en het is lastig om het een van het ander te scheiden, zodat ze het gevoel heeft verstrikt te zijn in kleine vragen die allemaal een antwoord behoeven. Ze hoort dat haar naam wordt geroepen in het gejoel en gefluit dat beneden opklinkt, en bij de arbeidershuisjes een eindje verderop komt een vergelijkbaar rumoer vandaan, maar het kakofonische feestgedruis staat ver van haar af, als een toespraak in een vreemde taal.

Er barsten vanavond overal festiviteiten los, en vanuit het township waaien uitgelaten geluiden over, maar hier op de boerderij voelt het niet goed om uitgebreid feest te vieren.

Niet nu al. Drinken is tot daaraan toe, maar laten we de muziek zachtjes houden, uit respect. Al blijft de stemming opgewekt, dat lijdt geen twijfel, in elk geval een paar uur. En als de volgende ochtend het hele land wakker wordt met een kater als een meervoudige hersenbeschadiging, dan geldt dat ook voor de Swarts, die vervuld zijn van hebzucht en hartzeer, evenals van alcohol. Er hangt een vergiftigde, ongezonde atmosfeer over het huis, iets tussen melancholie en verveling in, al is het een dag met de helderheid van glas en waait er een fris windje.

Wie hoort hier nu thuis? Dat is niet duidelijk meer. Onder de diverse mensen die zijn blijven overnachten, heerst nu een algehele rusteloosheid, de kriebelende behoefte om weer op te stappen. In de hoeken van het huis fladdert een geest van jachtigheid. Alle rituelen zijn voltrokken, waarom zijn we hier nog?

Er wordt beneden afscheid genomen en daarna vertrekken de familieleden eindelijk in uiteenlopende richting. Ze werden naar elkaar toe getrokken door een krachtig vacuum, dat zich nu binnenstebuiten heeft gekeerd en hen heeft uitgestoten, Astrid en Dean met de tweeling terug naar hun huis in Arcadia, tante Marina en oom Ockie naar dat van hen in Menlo Park, en alleen Amor en Anton blijven op de boerderij. Het nulpunt van de dood begint achter hen te slinken, niemand houdt het lang vol om met intense emoties te leven, het is te uitputtend, en alles wat beschreven kan worden kan ook onschadelijk worden gemaakt. Er zal een moment komen dat de tragische aftocht van Manie een grappige familieanekdote wordt: Het is toch niet te geloven, onze halleluja-vader dacht dat God hem wel zou beschermen als hij in een glazen kooi vol giftige slangen ging wonen, maar hola, hij had het mis.

De slang die Manie heeft gebeten is een jong, vrouwelijk exemplaar en op dit moment is ze te bekijken in haar terrarium in het reptielenpark. Moet je eens zien hoe dik, schubbig en afschrikwekkend ze is, bulkend van het gif, een hard omhulsel vol slijmerige materie, en als ze ergens op een landweggetje zou liggen zou ze doodgeslagen worden, louter om wat ze is.

Waarom leeft ze nog? wil Astrid weten.

Het was Astrids idee om erheen te gaan. De drie nakomelingen op bezoek bij Manies werk. Om saamhorigheid te kweken, maar ook als eerbetoon aan Pa. Het is nu twee weken na de begrafenis en Astrid krijgt steeds meer last van schuldgevoelens. Ze heeft nooit genoeg voor haar vader gedaan, ze heeft hem nooit echt gewaardeerd! Ze wil het goedmaken, uit angst voor een toekomstige straf, maar ze weet niet goed hoe.

Bruce Geldenhuys, die samen met Manie eigenaar van Scaly City was, leidt hen rond. Hij blaast meelevend, trekt zijn wenkbrauwen samen en zegt: Nou ja, het is een slang.

Een slang die iemand heeft doodgebeten, zegt Astrid. Honden worden toch ook afgemaakt als ze dat doen?

Ja, maar kijk. Bruce is van het flegmatieke slag, hij wordt niet erg gehinderd door tierlantijnen en verbeeldingskracht. Het is geen hond, het is een slang. Van slangen verwacht iedereen dat ze bijten. Ook weet iedereen dat ze giftig zijn. Wat kan zij eraan doen dat ze een cobra is?

Of een rat, of een kakkerlak, of een bacil. Je bent wat je bent, zelfs als rattigheid je lot is. Niks aan te doen. Als het je bestemming is om vanachter glas te worden gehaat, dan zul je gehaat worden, en in de ogen die haar nu aanstaren, van Anton en zijn twee zussen, ligt evenveel ontzag als afkeer. Wat gehaat wordt, wordt ook gevreesd, en dat biedt enige troost. Geen wonder dat haar spieren zich samentrekken onder hun blikken en ze druipenderwijs achter een rotsblok wegglijdt om te gaan slapen.

Het is een merkwaardig saai uitstapje geworden. De drie kinderen Swart die door het reptielenpark dwalen om gepantserde, koudbloedige wezens in terraria te bekijken. Is het echt waar dat we van dit bedrijf kunnen leven? Ja, toch wel, het park is altijd een gigantische hit geweest, vanaf dag één. Precies op dit moment stoppen er buiten nog twee bussen, die multiraciale groepen schoolkinderen op excursie uitspugen. Wat is het toch allemaal hartverwarmend en deprimerend.

Willen jullie koffie? vraagt Bruce als ze langs de kantine lopen. Hij voelt zich niet op zijn gemak bij Manies nakomelingen en doet geen moeite om dat te verbergen, dus als ze het aanbod afslaan, is ook zijn opluchting zichtbaar. Hij neemt afscheid bij de ingang. Leuk dat jullie er waren, kom nog eens terug. Ben altijd hier. Een dagje luieren zit er niet voor me in.

Dan gaan ze weer terug naar de boerderij, met Anton achter het stuur van de Mercedes. Heeft er na zijn thuiskomst elke dag in gereden, en nu is er stilzwijgend afgesproken dat het min of meer zijn auto is. Denkt erover Lexington te ontslaan, een nodeloze kostenpost inmiddels. Ook denkt hij erover, hoewel het een onverkwikkelijk idee is, om de arbeiders van het land te gooien. Laat ze maar in het township gaan wonen en dagelijks op en neer reizen. Nu de nieuwe wetten gunstig uitpakken voor huurders en illegale bewoners kun je niet voorzichtig genoeg zijn, je moet zorgen dat ze geen landrechten opbouwen. Er valt veel uit te zoeken op de boerderij, pa had er al geen greep meer op, en als alleen Amor en hij er wonen, hoef je niet te raden wie al dat werk gaat doen.

Tel de telefoonpalen en bij de derde is het veilig om te praten. Eén, twee, drie.

Ik heb besloten te vertrekken, zegt Amor.

Terug naar Londen? vraagt Astrid opgewekt.

Nee, ik ga morgen naar Durban.

Morgen? Durban? Wat bedoel je, op vakantie?

Nee, ik ga er wonen.

Er wonen? Haar zus en broer staren haar stomverbaasd aan. Is ze daar dan ooit geweest? Kent ze daar wel iemand?

Mijn vriendin Susan woont er. Ze werkt in de verpleging. Even later gaat ze verder: Ik denk dat ik dat maar eens moet proberen.

Wat? De verpleging? gilt Astrid vol ongeloof. Maar jij kunt niet voor andere mensen zorgen!

Waarom niet?

Daar heeft Astrid niet van terug, totdat ze uit de brand wordt geholpen door een herinnering van lang geleden. Je kunt amper voor jezelf zorgen!

Ik zorg al jaren voor mezelf.

Het duurt even voordat Anton de juiste vraag heeft gelokaliseerd. Waarom, vraagt hij, zou je dat überhaupt willen doen? Je kunt hier toch op de boerderij blijven, een maandelijks inkomen trekken uit de trust van pa...

Ja, dat kan ik, zegt Amor. Ik heb het overwogen. Maar ik moet gaan.

Heel simpel, heel helder. Ze heeft plannen en die heeft ze bekendgemaakt. Ze vertrekt morgen, naar Durban nota bene, om verpleegster te worden.

Dat zien we dan nog wel. Ik bedoel, zegt Anton, je kunt altijd terugkomen.

Ja. Ze knikt bevestigend, maar kijkt intussen naar buiten.

Astrid zegt niets, hoewel er inwendig kleine hatelijke ondertitels opflikkeren. Verbaast me niks, voelt zich zeker te goed voor ons. Ach, laat haar ook maar, als ze er niet bij wil horen.

Anton brengt haar de volgende dag naar het station, vanwaar de langeafstandsbussen vertrekken. Ze legt haar rugzak in de kofferbak en gaat naast haar broer zitten en dan komen ze getweeën in beweging, min of meer tezamen, het landschap tegemoet. Er wordt weinig gesproken. Amor stapt uit om het hek open en dicht te doen en dan hervatten ze de rit, op weg naar de stad, ergens in het lange bleke midden van de wintermiddag.

Het pand is weinig waard, zegt hij opeens.

Ze weet onmiddellijk waar hij het over heeft, alsof ze de draad van een oud gesprek oppikken. Als het zo weinig waard is, waarom krijgt ze het dan niet?

Omdat pa dat niet wilde?

Maar ma wel. En hij heeft beloofd dat hij het zou doen.

Dat zeg jij. Niemand anders heeft die belofte gehoord.

Maar ik wel, Anton.

De weg rolt sissend onder de banden door, trekt het uitzicht langs hen heen.

Vind je dat Salomé het zo slecht getroffen heeft? vraagt hij ten slotte.

Niet heel goed.

Ze heeft een huis. Ze kan daar blijven wonen tot ze doodgaat. We kunnen dat laten vastleggen. Een akte laten opmaken waarin staat dat ze het recht heeft daar de rest van haar leven te wonen. Is dat niet genoeg?

Nee. Ze schudt haar hoofd. Gefascineerd door zijn stijfkoppigheid, terwijl hij bij haar hetzelfde ziet.

Zoiets kunnen we ook met haar baan doen. De garantie van werkgelegenheid tot ze oud is, plus een pensioen wanneer ze stopt, en daarnaast een dak boven haar hoofd. Nou? Er zijn niet veel mensen die dat kunnen zeggen.

Dat weet ik.

En zelfs als we dat allemaal doen, is er geen garantie dat het iets uitmaakt. Ik zag laatst die zoon van haar, Lukas. Pa heeft zijn schoolgeld betaald, weet je nog, omdat hij zo slim zou zijn, maar het blijkt dat hij nog steeds geen examen gedaan heeft. Heeft zich problemen op de hals gehaald en is van school gegaan. Hij werkt als arbeider op de boerderij.

Ze knikt. Ja, dat heb ik gehoord.

Dus je begrijpt, zegt hij, dat mensen niet altijd aannemen wat je ze geeft. Niet elke kans is een mogelijkheid. Soms is een kans gewoon tijdverspilling.

Ja, zegt ze. Maar beloofd is beloofd.

De bus wacht al bij het station, met draaiende motor. Er staat een rijtje andere passagiers, in Antons ogen getekend door iets gemeenschappelijks, een toestand van vervuiling, vertwijfeling en te weinig geld. Alleen scharrelaars, mensen met tegenslag, reizen op deze manier en als hij uitstapt om afscheid te nemen, heeft hij onverwachts met zijn zusje te doen.

Hier, zegt hij. Pak aan. Er worden haar wat bankbiljetten voorgehouden.

Nee, dank je wel. Het is goed zo. Maar wel omhelst ze hem stevig, heel plotseling, en hij merkt dat hij met evenveel kracht reageert. Hun eerste contact sinds jaren.

Anton is in een euforische bui, hij heeft een glas wijn gedronken voor ze van huis gingen en eindelijk de moed gevonden om Desirée te bellen. De juiste woorden ook, ze rolden zo van zijn fluwelen tong, dat hij aan haar loopt te denken sinds hij thuis is, en tijdens al die verloren jaren trouwens ook. Heeft haar niet één keer gesproken in de lange periode na zijn desertie, dus hij was geheel voorbereid op vitriool en verwensingen, verdiende ze ook, maar nee, ze was juist blij, meer dan blij, om zijn stem te horen. Kon hij niet langskomen? Dat kon hij, kan hij, gaat hij doen, zodra hij Amor heeft uitgezwaaid, en de muskusachtige dauw van een hereniging maakt zijn lichaam nu al vochtig.

Lichthoofdig en royaal als hij zich voelt als ze elkaar eindelijk loslaten, zegt hij tegen zijn zus: Zeg, we kunnen best iets regelen met het huis van Salomé.

Echt?

Vast wel, zegt hij met een glimlach. Dit is Zuid-Afrika, het land der wonderen. *'n Boer maak 'n plan.*

De laatste passagiers klauteren de bus in, de chauffeur maakt aanstalten om te vertrekken. Ze aarzelt, maar hij gebaart dat ze moet doorlopen. Niet vergeten, je kunt altijd terugkomen, wanneer je maar wilt!

Ze kijkt naar hem door de getinte ruit en terwijl de bus langzaam wegrijdt. Een eenzame figuur, tegen de wind in leunend, een hand opgestoken. Als hij zich omdraait om te gaan, doet hij het snel, en de stad sluit zich als een vaalbruine rivier over hem heen.

Ze leunt achterover in haar stoel en voelt zich gelukkig, voor het eerst sinds ze geland is. Salomé krijgt haar huis. Er is een steenblok weggerold van de ingang van een grot. Door het glas heen wordt ze verwarmd door ijl zonlicht, de droge blonde heuvels van de stad glijden als een trage cascade voorbij. Tot ziens, treinstation, tot ziens, Voortrekkersmonument! De wielen dreunen onder haar, als een reusachtig hart dat te midden van dat alles klopt. Salomé krijgt haar huis. Amor doet haar ogen dicht.

ASTRID

Als ze thuiskomt van het ziekenhuis staat er een ongeduldig bericht van Astrid op haar antwoordapparaat. Zou echt, echt heel graag willen dat je een mobiele telefoon nam, net als ieder normaal mens. Bel me, ik moet je iets vertellen.

Amor hoort aan de stem van haar zus dat dit iets geen haast heeft. Het is een ijdel of overdreven iets, en hoewel het voor Astrid belangrijk is, heeft Amor er nu niet de energie voor. Later. Dat gesprek voert ze later wel.

Er is een bepaalde tijd van de dag die ze voor zichzelf probeert te houden en dat zijn de twee uurtjes als haar dienst erop zit. Ochtend of avond, het ritueel is hetzelfde. Ze laat het bad vollopen en steekt een kaars aan, op de rand. Dan trekt ze haar uniform uit, het ene kledingstuk na het andere, er altijd op lettend dat het in de juiste volgorde gebeurt, want als ze het in de verkeerde volgorde doet, moet ze zich weer aankleden en opnieuw beginnen. Wanneer ze in het warme water ligt en het licht in het vertrek verandert, lukt het haar vaak zichzelf een tijdje te vergeten. Of wordt ze zo volkomen zichzelf dat al het andere ophoudt, met inbegrip van de moeilijke, lange dag achter haar. Maar vanavond is ze uit haar doen, er wringt iets, in de kern van alles.

Susan komt later thuis. Een gezette vrouw met kort zwart

haar, misschien. Maar dan is Amor al uit bad en staat ze in haar badjas het avondeten te maken. Ze kussen elkaar, zonder veel vuur.

Terwijl ze aan de keukentafel zitten te eten, belt Astrid nog een keer. Klagerige klanken in de aangrenzende kamer. Waar ben je, verdorie? Probeer het al de hele dag. Bel me terug, ik heb je iets te vertellen.

Neem je niet op? vraagt Susan.

Amor schudt haar hoofd. Zelfs dat kleine gebaar heeft iets zwaars. Ik bel haar later wel.

Wat scheelt eraan?

Ik weet het niet.

Heb je weer een patiënt verloren?

Ja, maar zo ongewoon is dat toch niet? Niet als je op de hiv-afdeling werkt.

Nee, zegt Susan. Dan is het niet heel ongewoon.

Ze houdt Amors hand vast terwijl ze eten. Ze praten niet verder, maar het is alsof er een gesprek plaatsvindt, een dat ze al dikwijls hebben gevoerd. Susan werkte vroeger samen met Amor op dezelfde afdeling, maar is een paar jaar geleden gestopt omdat ze er te gedeprimeerd van werd. Tegenwoordig is ze gezondheidsconsulente bij een groot bedrijf. Volgens haar is Amors baan niet goed voor haar, ze begrijpt niet waarom ze ermee doorgaat, zelfs wanneer de prijs zo zichtbaar is.

De meeste van hun gesprekken zijn inmiddels verleden tijd. Ze hebben dat stadium gaandeweg bereikt en ze weten het allebei en spreken ook daar niet over. Maar er zit nog steeds iets heel zachts in twee samengekoppelde handen op een tafelblad.

De tafel staat in een bescheiden huis met twee slaapkamers in Berea, een van de betere wijken van Durban. Er ligt iets van bestendigheid, van vastigheid, in de aanblik van het huis, de aanblik van het leven dat er wordt geleid. In de woonkamer, waar Amor kort daarna gaat zitten om haar zus terug te bellen, is de bank een oudje, veelgebruikt, en de kussens erop zijn versleten. Hetzelfde geldt voor het tapijt en de bladzijden van de boeken op de planken. Maar niets in deze kamer is van Amor, de aanblik van vastigheid is eveneens geleend. Vroeger stond ze daar niet bij stil, maar tegenwoordig wel, steeds meer.

Astrid neemt meteen op, verzenuwd. Waar zat je? Ik probeer je aan één stuk...

Ik was op mijn werk, zegt Amor.

Astrid snuift hoorbaar. Sinds ze met een rijke man getrouwd is stuit het idee van werken haar tegen de borst, vooral wanneer het een baan is. Een huishouden runnen en een gezin grootbrengen is al erg genoeg, maar daar heb je bedienden voor, om je te helpen. Volgens Astrid heeft haar kleine zus juist het leven van een bediende gekozen, en waarvoor? Om zichzelf te straffen?

Nou ja, zegt ze, ik wilde je over de inhuldiging vertellen.

De wat?

De inhuldiging van president Mbeki. Ik heb het er weken geleden al over gehad, weet je dat niet meer, dat we zijn uitgenodigd? Jij vergeet ook alles.

O ja, nou weet ik het weer, zegt Amor, hoewel ze het tot op dit moment uit haar hoofd heeft gebannen.

Astrids man Jake heeft een vennootschap met een bekende politicus, laten we geen namen noemen, indiscreet zijn is nergens voor nodig, maar het is een populaire vent met veel macht, en hij is uiteraard zwart, wat tegenwoordig van belang is. Puur geluk dat het gebeurd is, ze zijn buren in dezelfde beveiligde wijk, en allebei zagen ze een kans om geld te verdienen, en dat gebeurt dan ook. Bakken met geld, beveiliging levert veel poen op met de torenhoge misdaadcijfers van tegenwoordig. En als die zakelijke connectie Astrid en Jake een uitnodiging heeft bezorgd, wat dan nog, zo gaat dat nou eenmaal, niet alleen hier, alles hangt af van wie je kent.

De meest opwindende dag van Astrids leven! Ze wil Amor vertellen, zoals ze al aan iedereen heeft verteld, over de menigte bij het Uniegebouw, met hun kleding en hun hoofddeksels! Beroemde mensen, joh. Die acteur, kan even niet op zijn naam komen, maar je kent hem vast wel als je hem ziet, en Fidel Castro en Khadaffi! De meesten ervan waren alleen maar een vlek in de verte, maar ze hadden van die gigantische televisieschermen en daar werden ze enorm op uitvergroot.

De inhuldiging was zo gepland dat ze samenviel, tot op de dag, met het tienjarige bestaan van de democratie in Zuid-Afrika, en dat zag je wel aan het publiek, zo'n vrolijke, vlotte mengeling van rassen, iedereen zo... ik weet niet, zo geolied, zo soepel, op een of andere manier. Want ik bedoel, laten we er geen doekjes om winden, dit zijn mensen die niet voor niets hun leven zo fijn vinden. Allemaal zijn ze rijk, maar wat geeft dat, zolang ze maar aan de goede kant staan? Het hele spektakel was zo inspirerend, zo verheffend, met de levende muziek en de bonte Afrikaanse kleuren en de luchtparade, en natuurlijk verdient de partij het ook, zo vlak na de kolossale meerderheid van stemmen die ze hebben gekregen, ze kunnen het zich veroorloven tevreden over zichzelf te zijn.

Persoonlijk, zegt Astrid, heb ik m'n twijfels over Mbeki. Het lijkt wel alsof hij maar twee gezichtsuitdrukkingen heeft, is je dat ook opgevallen? Een waarmee hij iets houterigs krijgt en de andere waarmee hij zijn wenkbrauwen optrekt en verrast kijkt.

Door het zitkamerraam kan Amor de smalle strook van de

tuin zien, geheimzinnig in zijn duistere geritsel, en daarachter de lichtjes van de stad en de haven. Het is een stille, koude en heldere nacht, zonder vocht in de lucht. Perfect herfstweer. Fijnste tijd van het jaar in dit deel van de wereld.

Hij stak een geweldige toespraak af, zegt Astrid. Ik moet toegeven dat mijn gedachten na een tijdje afdwaalden, maar de hoopvolle boodschap, dat doet hij heel goed.

En de koren en de bandjes en de party's her en der... Wat een feestelijke sfeer, losser dan Pretoria ooit is geweest, je zou het niet teruggekend hebben.

Maar moet je horen. Astrids stem daalt en rijst, precies alsof ze naast je zit en fluisterend haar hoofd jouw kant op buigt. Bij een van de bijeenkomsten, een diner in het Staatstheater, had ze Mbeki van dichtbij gezien. En ze moet toegeven, ondanks dat gedoe met die wenkbrauwen, het is een knappe man. En ze denkt, ze weet het bijna zeker, vertelt Astrid aan haar zuster, dat hij haar ook had opgemerkt.

Wat?

Mbeki. Hij keek me aan van, o, anderhalve meter. En er was gewoon, ik weet het niet, een vonk die tussen ons oversprong.

O, zegt Amor.

Ik denk dat hij mijn telefoonnummer wilde vragen, zegt Astrid. Dat ging natuurlijk niet, met al die mensen. Met zijn vrouw misschien wel tussen de gasten. Maar volgens mij wilde hij wel.

Nou, zegt Amor. Jij maakt heel wat mee. Ze weet niet wat ze daaraan moet toevoegen, omdat het de bedoeling is dat ze Astrid benijdt en dat doet ze niet.

Maar Astrid heeft al in de gaten dat haar kleine anekdote niet aanslaat en maakt geluiden die wijzen op een beëindiging van het gesprek. Weet niet waarom ik nog moeite doe, mijn zus heeft geen benul van dingen als maatschappelijke status. Heeft eigenlijk nergens benul van. Is altijd al zo geweest, al dacht ik vroeger dat het aanstellerij was.

Susan slaapt al wanneer Amor de slaapkamer in komt, maar anders zou ze haar over het gesprekje met Astrid vertellen. Of misschien ook niet. Ze vertelt Susan tegenwoordig niet alles, het helpt niet altijd. Maar het biedt nog steeds troost, een diepe, stille troost, om in het warme donker achter je partner te liggen, met een arm om haar heen en een menselijk hart dat in je hand klopt. Maakt niet zoveel meer uit dat het Susan is die je vasthoudt. Gewoon een lichaam en een aanwezigheid. Niet alleen.

Want 's morgens moet je opstaan en je uniform aantrekken, het ene kledingstuk na het andere, in de juiste volgorde, en terug naar het ziekenhuis gaan. Naar de afdeling waar je werkt. Waar elke dag, letterlijk elke dag, steeds meer zieke en stervende mensen zijn in wier behoeften je moet voorzien, in wier behoeften je niet kunt voorzien, omdat de man met de twee gezichtsuitdrukkingen, die misschien wel of misschien niet het nummer van je zus wilde hebben, niet echt gelooft dat ze ziek zijn.

Susan heeft gelijk, het is niet goed voor haar. En ze heeft gelijk, Amor drijft zichzelf ertoe om het te doen, er zit iets dwangmatigs in de manier waarop ze lijden opzoekt en het probeert te lenigen. Want winnen kun je niet, niet dit specifieke gevecht. Dus waarom zou je jezelf spietsen, telkens weer, op een paal die er altijd zal zijn, hoe dan ook? Wil je jezelf soms pijn doen?

Misschien is dat wel waarom. Misschien is het een manier om mezelf te straffen.

Maar al op het moment dat ze het zegt, weet Astrid dat het niet waar is. Op haar knieën in de biechtstoel voor het eerst in een halfjaar, en de gave om de waarheid te zeggen is ze kwijtgeraakt.

Al een jaar, zo ongeveer, heeft ze een verhouding met Jakes partner, de politicus die nu meer dan ooit naamloos zal blijven, indiscreet zijn is nergens voor nodig, en tussen twee haakjes, ze vermoedt dat het deze amourette is, en niet de zakelijke banden, die hun de uitnodiging in het Uniegebouw heeft bezorgd. Maar nogmaals, wat dan nog, als je erover nadenkt, zo werkt het systeem nou eenmaal, de ene hand wast de andere, en het leven lacht Jake en Astrid Moody tegenwoordig toe. Nee maar, haar man zou haar eigenlijk dankbaar moeten zijn voor die verhouding, als hij er ooit achter komt.

Dat is overigens niet waarom ze het doet, natuurlijk niet! De waarheid is dat Astrid hem, de politicus, onverdraaglijk sexy vindt, haar neusvleugels trillen als hij bij haar in de buurt komt, haar lichaam wil zich voor hem opensplijten! En het is nooit eerder zo met een zwarte man geweest! Niet voor haar, in elk geval. Integendeel juist, Astrid heeft zwarten altijd onaantrekkelijk gevonden, maar ze merkt de laatste tijd dat ze met meer zelfvertrouwen optreden, ze kleden zich en dragen hun haar in hun eigen stijl, en ze moet toegeven, dat mist zijn uitwerking niet. Bovendien hebben ze geen vooroordelen tegen zwaardere vrouwen die niet meer zo fris en ongerept zijn, en staan ze open voor een flirtpartij met haar.

Desondanks was het idee om er een te kussen gewoon te veel, het ging echt niet, tot deze man langskwam. Hij is iets aparts, hij geeft je een andere kijk op de wereld, het gevoel van zijn spieren die onder een donkere, gladde huid glijden, de blik van zijn ogen met de zware oogleden. De manier waarop hij je naam net even verkeerd uitspreekt, met de klemtoon op de tweede lettergreep. Zijn lul, die er zo stevig uitziet, niet roze en breekbaar als de penis van witte mannen. Zijn gouden Rolex op het nachtkastje. Het fijne, zachte granulaat van zijn tong.

Het moet ophouden. Je hebt me je woord gegeven!

Dat weet ik, zegt ze. Om daar snel aan toe te voegen: Maar waarom?

Waarom? Dat vraag je aan mij. Zie je nou niet hoe ver je bent afgedwaald?

Afgedwaald waarvan, eerwaarde? Ze spreekt niet tegen, ze houdt van de gezwollen toon die hij aanslaat, in een taal die even barok is als de inrichting van zijn kerk.

Van het pad der deugdzaamheid, zegt de priester met een zucht. Astrid, Astrid. Ik dacht dat je dit een halfjaar geleden achter je had gelaten, na ons gesprek.

Ja, eerwaarde.

Je kunt hem achter het scherm niet zien, behalve als een bewegende aanwezigheid, zodat zijn stem alles is, maar ze kent hem inmiddels goed genoeg om een klankverandering te kunnen oppikken. De vertrouwelijke toon die wordt aangeslagen. Pastoor Batty heeft haar bekering begeleid en haar latere huwelijk met Jake ingezegend, en sinds die tijd is hun hechte relatie niet verflauwd. Bovendien was ze hier een halfjaar geleden om het allemaal op te biechten, de verhouding en de kwalijke consequenties, en had hij haar laten beloven dat ze er een eind aan zou maken. Dat was ze ook van plan geweest, haar belofte was oprecht, maar ze had het niet gedaan, in de verste verten niet. Voor die stap bleek ze nog niet klaar. Vandaar dat ze sindsdien uit de kerk is weggebleven, om te vermijden wat zich nu afspeelt, dit tafereel met zijn tournerende tierelantijnen van schuldgevoel. Hier komen was een vergissing!

Ze is hier alleen omdat ze Amor heeft verteld over haar

aanwezigheid bij de inhuldiging en ze wel hoorde dat haar zus dat niet goedkeurde. Goedkeuring is van groot belang voor Astrid, en ze zit erover in dat ze de laatste tijd ook Gods goedkeuring niet heeft.

Jij en Jake hebben allebei jullie worsteling met me gedeeld, zegt pastoor Batty. Je hebt je hart voor me geopend en me verteld wat er is misgelopen. Vroeger, toen je nog getrouwd was met, met...

Dean, zegt ze, terwijl er een verse steek van schuldbesef door haar heen gaat. Dean, die nu aan de kust woont in Ballito, met zijn nieuwe vrouw Charmaine. Arme stakker, wat heb ik hem aangedaan. Dat waren de jaren waarin ik de weg kwijt was, eerwaarde.

En toch ben je weer in herhaling vervallen.

Maar het is niet hetzelfde! Ze bedenkt wat er anders aan is, en dat leidt tot een volgende zorg. Denkt u dat het zondiger is, eerwaarde, om overspel te plegen met een zwarte?

Pastoor Batty heeft complexe en tegenstrijdige gevoelens over deze speciale parochiaan. Hij heeft een groot aantal uren in haar gezelschap doorgebracht, meer dan de gangbare bekeerling vereist, maar ze heeft dan ook erg veel bevestiging nodig. Het is zelfs al eens bij Timothy Batty opgekomen dat Astrids noden misschien wel een oven zijn, die alles verteert wat je erin gooit en die daarna nieuwe brandstof verlangt. Hij besluit tot een strenge aanpak om dat vuur te doven.

Overspel met wie dan ook is een doodzonde! Dat hebben we tijdens je catechismuslessen besproken, waarom zou ik je daaraan moeten herinneren? Je hebt me beloofd dat dat gedrag achter je lag. Het was een teken van zwakte in je huwelijk, zei je. Ik ben bang dat het juist een teken van zwakte in jou is.

Eindelijk begint Astrid te huilen. Altijd een louterend

ogenblik. Gezien haar temperament heeft Astrid het katholicisme probleemloos omarmd, of andersom gezegd, haar bekering voelde natuurlijk aan. Haar nieuwe geloof, dat ze ervaart als een waterbestendig kledingstuk dat ze stevig om zich heeft dichtgeknoopt, weerhoudt haar er niet van om toe te geven aan haar angsten en verlangens, maar biedt haar een manier om zich er na afloop van te reinigen. Ze zal haar penitentie ontvangen en de karmische klok zal weer op nul gezet worden en ze zal de pastoor bezweren dat ze zijn aanwijzingen zal opvolgen, dat dit de allerlaatste keer is dat ze ooit zal afdwalen, en ze zal het oprecht menen.

Maar pastoor Batty wil daar vanochtend niets van weten. Het deugt niet, dit eindeloos herhaalde berouw. Je moet ermee kappen, vandaag nog!

Ik begrijp het, eerwaarde.

Heus waar? Ik heb je de laatste keer gezegd dat je er een punt achter moet zetten voordat je de communie kunt ontvangen.

Ik ben sindsdien niet meer ter communie geweest.

En daar ben je trots op, hè? Timothy Batty is in de zestig en draait al mee in dit spel, neem me niet kwalijk, dit beroep, sinds hij een jonge man was. Zijn morele ontdekkingen zijn intussen allang uitgehard tot rigide gewoonten. De zwakheden in Astrids karakter kunnen hem eigenlijk niet schelen, maar het kan hem wel schelen dat ze is afgedwaald, buiten zijn bereik is geraakt. Haar laatste biecht was zes maanden geleden en ze heeft niet meer op zijn telefoontjes gereageerd en nu is het moment om standvastig te zijn. Vandaag geen penitentie voor jou.

Maar ik heb gebiecht!

Dat is geen ware biecht omdat je nog steeds in staat van zonde verkeert. Je hebt geen berouw.

Dat heb ik wel, eerwaarde, maar ik ben ook zwak. Het is opeens heel benauwd in het hokje, Astrid krijgt geen adem meer, ze wil ontsnappen. Ik zal ermee ophouden, eerwaarde, zegt ze, in de hoop dat hij verder zal opschieten zodat ze weg kan.

We zullen zien. Pastoor Batty is licht besproet en vaal, maar zijn fantasie telt een paar levendige plekjes. Daar heeft Astrid weleens haar opwachting gemaakt, altijd een prettiger ervaring dan in levenden lijve, hoewel de priester graag molligheid bij een vrouw ziet, een teken van blakend goede gezondheid. Hij zou haar nooit aanraken, niet in het echt, niet met zijn hand. Maar een man mag toch dromen. God kijkt in je hart, zegt hij bedroefd tegen haar. Twijfel daar nooit aan. Je kunt jezelf wel bedriegen, maar Hem zul je nooit bedriegen.

Ik wil Hem ook niet bedriegen!

Mooi. Dat is heel mooi. Ga dan nu maar eens nadenken over wat je gedaan hebt en maak je huwelijk in orde. Zorg dat deze smet op je leven verdwijnt en wanneer je daar klaar mee bent, kom dan terug om absolutie te halen.

Ze stapt uit het biechthokje met een onbehaaglijk gevoel dat veel sterker is dan toen ze naar binnen ging. Geen penitentie om de last te verlichten! Ze weet dat ze een punt achter de verhouding moet zetten, maar denkt niet dat ze dat kan, een veelvoorkomend menselijk dilemma, niet alleen onder romantische omstandigheden. Ze had niet naar de pastoor moeten gaan, niet voordat ze eraan toe was. Wie weet waar ze op uit was toen ze daar naar binnen ging, maar beslist niet op deze afloop. Nu is ze in een crisis geraakt.

Het duurt nog een paar uur voordat ze de kinderen van school moet ophalen, en als troost besluit Astrid in de tussentijd naar Menlyn te gaan. In een winkelcentrum is ze altijd het minst ongelukkig. De veelheid van tegen elkaar aan gedrukte etalages en de trage wemeling van lichamen, als een zacht kolkende lavalamp, bieden haar beschutting en behoud. Er kan je daar nooit iets vreselijks overkomen. Al heeft ze er ooit eens een man een toeval zien krijgen, een hartaanval misschien wel, in het gangpad met diervoeding in de supermarkt. Stel je voor, het laatste wat je op deze wereld ziet is een zak hondenbrokken! Maar toch, het is waar ze zich het veiligst voelt.

Astrids angsten zijn nooit afgenomen. Ze zijn zelfs erger geworden. Toen de zwarten de baas werden in het land dacht ze dat ze krankjorum zou worden, de mensen hamsterden en kochten vuurwapens, het leek wel het einde der tijden. En toen gebeurde er niets en deed iedereen gewoon net als vroeger, alleen was het fijner omdat er vergiffenis was en er geen boycots meer waren. Het is natuurlijk niet geweldig om voortdurend over je veiligheid in te zitten, maar het voordeel is dat het bedrijf van Jake volop gedijt. Meer dan ooit. En thuis, dat spreekt voor zich, hebben ze de meest geavanceerde beveiliging.

Ze duwt haar volgestouwde karretje het parkeerterrein op en laadt de pakjes in de kofferruimte. Rijkdom en overvloed! Soms verzint ze een reden om boodschappen te doen, het is zo'n plezierige bezigheid, maar er is altijd een gevoel van teleurstelling als het voorbij is en je achteruit uit je parkeerplek rijdt en in de rij staat voor de slagboom bij de uitgang. Er tinkelt een Tic Tac aangenaam tegen haar tanden, ze rijdt het winkelcentrum uit en komt terecht in de volgende rij auto's, die voor het stoplicht staan te wachten.

Het is ongebruikelijk dat Astrids waakzaamheid verslapt, maar ze is nog steeds nijdig om wat er in de biechtstoel is gebeurd en heeft dus niet goed opgelet. Dat is de enige verklaring waarom er opeens een man, een vreemde, op de stoel naast de hare schuift. Ze kijkt hem verbijsterd aan. Ondanks zijn pokdalige en ingedeukte gezicht is hij goed gekleed, gedraagt hij zich kalm. Hij glimlacht zelfs, alsof hij heeft staan wachten tot ze hem zou oppikken. Alles kits? vraagt hij ter begroeting en laat een pistool zien.

Wie ben je? vraagt ze. Wat wil je?

Deze vragen zijn niet onredelijk, hoewel Astrid in zekere zin al haar hele leven op deze man wacht.

Mijn naam is Lindile, zegt hij. Ik wil dat je doorrijdt.

Zijn naam is Lindile, maar dat is slechts één van zijn namen, hij staat ook bekend als Hotstix en Killer, dat soort man is hij nu eenmaal. Momenteel woont hij niet ver vanhier, maar hij heeft al op vele plaatsen gewoond, hij blijft nergens lang, hij strijkt een ogenblik neer en zweeft dan verder, hij rolt en drijft door identiteiten en steden, of ze trekken door hem heen, als een luchtstroom. Er is niets aan hem wat beklijft, niets wat blijft bestaan.

De angst heeft Astrid eindelijk te pakken, de zekerheid dat wat er onmogelijk kan gebeuren in feite aan het gebeuren is. Met haar.

Doorrijden, zegt Lindile, en ze rijdt door.

Hij geeft geen zier om deze hysterische blanke vrouw, ze is niet meer dan een middel om te bereiken wat hij wil, namelijk de BMW die ze bestuurt. Er is een bestelling doorgekomen voor precies zo'n voertuig, tot op de exacte kleur, staalgrijs, en zij zit toevallig achter het stuur. Niks persoonlijks. Hoewel, als ze zo blijft janken en jammeren, op een manier die hij wel kent, kan ze een blok aan het been worden en dan gedraagt hij zich wat minder beleefd. Hij duwt het wapen in haar zij, deelt mee dat haar niets zal overkomen als ze doet wat hij zegt. Hij weet dat ze dat wil horen en vrijwel meteen bedaart ze een beetje.

Hij dwingt haar naar een uitgestorven zijstraat te rijden en beveelt haar daarna om uit te stappen. Wat ga je met me doen? roept ze. Kop dicht, zegt hij. En luisteren. Waarom willen de mensen altijd weten wat er met ze gaat gebeuren? Zo ongeduldig. Ze draagt een paar dure juwelen, een halsketting, oorbellen, haar trouwring, en van deze last bevrijdt hij haar, net als van haar telefoon, een Sony Ericsson, mooi, voordat hij haar in de kofferbak duwt. Hij moet er de boodschappentassen uit halen om ruimte te maken, laat ze aan de kant van de weg staan. Zoveel voedsel, zonde, wat een verspilling. Ze ligt als een klein kind in de donkere ruimte, met opgetrokken benen en tegen haar lichaam gedrukte armen. Dat doen ze altijd.

Hij geniet ervan in deze wagen te rijden, houdt van het zware gewicht, zo licht hanteerbaar. De blanken weten wat leven is! Al sinds vanochtend vroeg drinkt hij bier en rookt hij marihuana en mandrax, en nu voelt hij zich loom en tegelijkertijd opgewonden en stroomt er iets woeligs en vols door hem heen. Binnenkort loopt hij ervan over. Er is een bevriende dame die hij zou willen opzoeken, niet al te ver hiervandaan, misschien kan hij daar nu heen, in gedachten is hij er al bijna, tot een gestamp en gekreun uit de achterbak hem weer bij zijn positieven brengt, bij de klus van vandaag. Nog niet afgehandeld. Hij is misschien wel gezien toen hij instapte, er wordt misschien al naar hem gezocht. Hij moet de bestelling afleveren, betaald worden, wegkomen.

Geen klus die hij nog niet eerder heeft geklaard. Er niets bij voelen gaat steeds wat makkelijker. Maar op kritieke momenten voelt hij zich toch bezwaard, dat is een zwakke plek in zijn karakter die hij moet bestrijden, en als de vrouw ten slotte langs de loop van zijn pistool naar de slinkende diameter van haar leven kijkt, staat hij zichzelf zo smerig uit te vloeken, niet haar. Kom op, lafaard, doe het, doe het! Maar slaat abrupt een andere toon aan als zijn blik op iets anders valt, iets wat hij over het hoofd heeft gezien.

Geef op, zegt hij met een anders klinkende stem.

Wat?

Die armband, geef op, geef op.

Het lukt haar amper om hem af te krijgen, zo erg staat ze te trillen. Een leuk gevalletje, gemaakt van blauwe en witte kralen, maar niet echt waardevol als je er van dichtbij naar kijkt. Teleurstellend. Hij laat het in zijn zak glijden. Klikkerdeklak. Genoeg. Krijgt bijna medelijden met haar, maar niet helemaal. Kan geen getuige achterlaten. Sorry, zegt hij. Dan is het voorbij, lawaaiig en plotseling afgemaakt, en hetzelfde geldt voor haar.

Hij staat ergens aan de rand van een kolossaal parkeerterrein, ver van de bewoonde wereld, een plek waar hij al eerder is geweest. Hoog boven hem, leeg als de toekomst, het vervallen scherm van een drive-inbioscoop, verkleurd na jaren van regen. Over alles ligt een bruin vernislaagje van stof, en in dat eenvormige landschap springen de fleurige kleren van de vrouw eruit als gemorste verf. Ze ligt tegen de muur van wat vroeger het kassahokje was, en met de punt van zijn schoen duwt hij haar een eindje verder in de schaduw. Stapt dan in de auto en scheurt ervandoor. Het gevaarlijkste moment, zo dicht bij de daad. Geen moment waarop je gezien wilt worden.

Hij bezorgt de auto bij de mensen die hem besteld hebben, zonder de kleine bijvangst af te staan, en krijgt zijn geld, voor hem een aanzienlijke som. Na een opdracht gaat hij graag iets drinken in een nabijgelegen *shebeen*. De alcohol herstelt de afnemende roes van eerder op de dag en ergens in het mistige waas van de lange middag steekt hij zijn hand in een van zijn zakken en vindt de afgepakte armband. Meteen komt het gezicht van de vrouw heel sterk bij hem terug, als een vollemaan die boven zijn geestelijke einder oprijst. Arme Astrid! Hoewel hij haar naam niet kent, is er iets van haar doodsangst op hem overgeslagen en die angst moet hij de kop indrukken, onder de hak van zijn schoen vermorzelen voordat hij wortel kan schieten. Niet achteromkijken.

Hij geeft de armband aan een vrouw die hij kent en die soms goedkope snuisterijen accepteert in ruil voor seks. Maar wanneer ze hem omdoet en met haar hand draait om de kleuren te laten uitkomen, blauw wit blauw, heeft hij opeens geen zin meer in haar en stapt op. Met zijn ogen op de toekomst gericht, of in elk geval op de grond recht voor hem, wankelt Lindile/Hotstix/Killer weg uit het straatbeeld, zonder iets achter te laten.

Astrid laat hij achter. Vanochtend leefde ze, haalde ze adem, in en uit, ze pompte bloed rond en liep gedachten uit te broeden, een levend wezen met voornemens, lichte eczeem op de binnenkant van haar arm en een aanstaand etentje met vrienden. Misschien wel niet veel anders dan jijzelf. Nu is ze een onduidelijke massa haar en kleren tegen de plint van een muur. In staat van ontbinding inmiddels. Lastig te onderscheiden als menselijk, tot je een tijdje blijft kijken.

De oude man blijft een tijdje kijken, voordat hij het begrijpt. Haveloos qua kleding, wankel qua houding. Hij is hier niet toevallig, op deze in onbruik geraakte drive-inbioscoop, met zijn eenzame rijen uit het asfalt stekende paaltjes. Hij woont hier, in het kassahokje, of wat vroeger het kantoortje was. Hij heeft er zijn intrek genomen, o, misschien wel een jaar geleden, of zijn het er twee, de tijd heeft voor hem geen enkele vorm.

Na een tijdje slaat de paniek toe. Stel dat ze hém de schuld geven? Dat doen ze vaak, voor dingen waar hij niets van weet. De enige oplossing die hij kan bedenken is een wit iemand zoeken om die op de hoogte te brengen.

Er staat een goedkoop motel aan de rand van de stad, met bijbehorende slijterij waar hij weleens een aankoop wil doen, en de vrouw die de boel beheert hoort zijn verhaal met toenemende ontsteltenis aan. Absoluut een blanke vrouw? O, mijn god! Ze belt de politie en algauw komen er twee vertegenwoordigers van Zuid-Afrika's heilige hermandad, je beste kameraad, de rechercheurs Olyphant en Hunter, die hem ondervragen.

Iedereen weet wat er daarna gebeurt, de vragen, de aantekeningen, de rit naar de plaats van de moord, waar nog meer aantekeningen worden gemaakt, plus opmetingen en foto's. Zelfs hier, ver van de bewoonde wereld, is het onmogelijk om te voorkomen dat er een groepje toeschouwers ontstaat, een stel journalisten en een paar nieuwsgierige aagjes van omliggende landerijen.

Olyphant en Hunter doen hun best om de toeschouwers op afstand te houden. Het is een serieus tweetal, wat ze op een of andere manier grappiger maakt, tenminste als je op hun contrasterende afmetingen let, alsof ze aan elkaar zijn gekoppeld om een komisch effect te bereiken. Ze stralen iets strengs uit, hoewel ze zich net als andere ambtenaren die met gezags- en ordehandhaving te maken hebben bij gelegenheid gedwongen zien creatief om te springen met het verkrijgen van een inkomen en daarom soms naar de duistere zijde oversteken. Maar dat hoeft hier niet uitgediept te worden, het is in dit geval nauwelijks aan de orde, had eigenlijk niet aangestipt mogen worden.

Vandaag, in de zaak van de vermoorde witte vrouw, Astrid Charlene Moody, een onderwerp dat waarschijnlijk in de schijnwerpers zal komen te staan, gedragen de beide rechercheurs zich heel correct. Maar wanneer ze de bange oude man die de vondst van het lichaam heeft gemeld grondig aan de tand hebben gevoeld en zijn geestelijk onbehagen enorm hebben vergroot, weten ze zich geen raad en kunnen ze weinig meer dan bijzonderheden noteren, voornamelijk in de vorm van getallen. Alweer gecijfer! Zoveel meter van hier naar daar, de hoek is zodanig, waarschijnlijk een schoen met mannenmaat, afgeschoten van korte afstand. Getallen vertellen een bepaald soort waarheid, maar kunnen makkelijk teruggestuurd worden naar waar ze vandaan komen. Bijvoorbeeld:

1. Leeftijd: Olyphant 53/Hunter 38
2. Aantal dienstjaren: 34/12
3. Taillemaat: 58/44
4. IQ: 144/115
5. Aantal huwelijken: 1/3
6. Aantal kinderen: 0/6

Enz., enz. Toch brengen ze ondanks alle verschillen heel wat dagen in elkaars gezelschap door en is het vaak zo dat mensen onder dit soort omstandigheden in elkaar gaan overlopen. Bij bepaalde huwelijken, bijvoorbeeld, heb je daar vast weleens iets van gemerkt of heb je er zelfs aan meegedaan, de buitenranden worden onscherp, de kleuren vloeien in elkaar over.

Anton ziet het meteen. Jullie twee, zegt hij. Net Jansen en Janssen. Nee, dat klopt niet helemaal. Eerder Vladimir en Estragon. Jullie weten wel wat ik bedoel.

Gelukkig voor hem weten zij dat niet. Ze trekken alleen maar een verward gezicht. Wat mankeert die vent? Grapjes maken in een tijd als deze! Nog wel in het mortuarium! Wie denkt hij wel dat hij is, iemand van de politie?

Maar in alle ernst, wat doen jullie hier? Komen jullie me arresteren?

We willen alleen maar met u praten, meneer Swart. Maar doet u eerst de identificatie.

Meelopen is niet nodig, het hoort een persoonlijk moment te zijn voor het familielid of de goede bekende. Vandaar dat ze buiten blijven wachten, in de hal, met zijn droevige planten en donkere houten vloer, diep weggezonken in twee identieke leunstoelen.

De echtgenoot zit er ook, voorovergezakt als een dronken man, met zijn gezicht in zijn handen. Jake Moody is eenenveertig en heeft een bloeiend beveiligingsbedrijf, in gezamenlijke eigendom met een bekende politicus, hebben beide rechercheurs al vastgesteld. Forse vent, strak in de spieren, gaat vast heel vaak naar de sportschool, maar momenteel ziet hij eruit alsof hij amper bestaat, zo geschokt is hij. Weet dat zijn vrouw dood is, voelt het tot in zijn botten. Vandaar dat hij Anton heeft gevraagd om de identificatie van hem over te nemen.

Anton volgt de man in de witte jas, op wiens naamplaatje staat dat hij Savage heet, door een lange, koele gang naar een metalen deur. Je zou haast denken dat je in een roman zit, zegt Anton, hardop mijmerend, maar dat idee lijkt Savage niet te verontrusten. Hij doet een stapje opzij om Anton als eerste naar binnen te laten gaan, heel beleefd. Maar net als je een rij stalen laden verwacht, met een gekoeld lijk in elk ervan, hebben ze haar klaargelegd voor schouwing op een tafel, midden in het vertrek. Uiteraard afgedekt met een laken.

Hebt u al eens eerder een dode gezien? vraagt Savage hem van de andere kant van de tafel. Er klinkt niets verlekkerds door in zijn vraag, maar laat je niet beetnemen, Savage heeft zo zijn eigen neigingen.

Nee. Dat wil zeggen, ja, dat heb ik wel.

Wat zal het wezen?

Ik heb een keer iemand gedood, bekent hij zomaar aan deze volslagen vreemde, wiens mond, neus en ogen, die toch al dicht opeenstaan, bij dit nieuws nog verder naar elkaar toe lijken te trekken. Toen ik in het leger zat, heb ik een vrouw doodgeschoten. (Maar telt dat mee?)

Hij heeft al geen jaren meer aan haar gedacht. Maar opeens staat ze weer voor hem, valt ze neer bij de inslag van de kogel, sterft ze weer helemaal opnieuw. Het absurde is, hij begint zomaar te huilen, vlak voordat Savage het gordijn wegtrekt. Dat wil zeggen, het laken.

Mijn zus. Die daar ligt. Dood. Onmiskenbaar. Verbijsterend. Ja.

Sorry?

Ja, zegt hij weer, vechtend om de lettergreep eruit te krijgen. Ja, ze is het.

Met een minieme zweem van tegenzin trekt Savage het laken weer omhoog. Schrijft iets op een papier. Hier tekenen. En hier, alstublieft. Anton huilt nog steeds en een van zijn tranen spat op de bladzijde. Waarom is dat beschamend? Maar zo voelt het, zo voelt het. Savage dept het plekje droog, heel omzichtig, met zijn mouw.

Dit kunnen moeilijke momenten zijn, zegt hij.

Anton slaat dubbel. O, dat is een goeie! Heb in geen jaren de slappe lach gehad, alsof ik in een kramp schiet. Vroeger ging dat vanzelf. De verloren kunst van de hilariteit. O, Savage, zegt hij, wanneer hij eindelijk is bijgekomen, je bent me een nummer.

Savage voelt zich beledigd, of op zijn minst beduusd wanneer hij met stramme pas voor Anton uit door de gang loopt. De doden zijn zoveel voorspelbaarder dan de levenden, in hun stemming en hun humeur. In de menselijke spraak heb je raadsels zonder antwoord, en hij zal niet de enige zijn die zo denkt, hoewel niet iedereen om die reden smacht naar stilte.

Een van de rechercheurs moet Savages formulier ondertekenen, terwijl de ander de omgang tussen de broer van de vrouw en haar man observeert. Bevestiging van identiteit, bureaucratie versus persoonlijk. Het duurt even voordat Jake zijn blik opslaat en Anton naar hem knikt. Dat is alles, maar de mededeling is overgedragen en er volgt een lang gesidder en geweeklaag. Op zich niets ongewoons.

Wanneer alles weer wat rustiger is, neemt rechercheur Olyphant het heft in handen. Praten met de echtgenoot heeft geen zin, de man is een wrak, vandaar dat hij zijn aandacht op de ander richt, de broer. Er was niemand die reden had om uw zuster dood te willen? Ze had geen vijanden?

Niet dat ik weet. Hoewel, gaat hij na een ogenblik verder, iedereen heeft vijanden.

O ja?

Denkt u van niet?

Wie zijn uw vijanden, meneer Swart?

O. Hij zwaait slapjes met zijn hand, om de buitenwereld aan te duiden. Die zijn er bij bosjes.

Deze hier is een rare snuiter, dat lijdt geen twijfel. Op wat voor manier hij ook spreekt, hij is cryptisch. De helft van de tijd begrijpt geen van beide rechercheurs wat hij bedoelt. Huilt tranen met tuiten, zit zich daarna te bescheuren. En waarom dacht hij dat we hem zouden arresteren? Was hij er soms bij betrokken?

Ik dacht dat dit een roofoverval was? vraagt hij nu, ongeduldig. Een autokaping?

Dat proberen we met zekerheid vast te stellen, meer niet. Soms houdt een autokaping meer in dan je denkt.

Echt waar?

Ja, zegt rechercheur Olyphant. Daar zou u van opkijken.

Maar Anton kijkt niet meer zo gauw van iets op, slechts heel af en toe, en dan voornamelijk van zichzelf. Ook beide rechercheurs hebben alles al eens gezien. Deze moord? Stelt niks voor. Je had er vorige week bij moeten zijn. Tjonge, wat ik je allemaal niet kan vertellen. Elke aanleiding is goed. Zuid-Afrikanen vermoorden elkaar voor de lol, lijkt het soms wel, of om een paar stuivers, of om een onbenullige ruzie. Schieten en steken en wurgen en verbranden en vergiftigen en smoren en verdrinken en doodknuppelen / echtparen die elkaar afslachten / ouders die hun kinderen koud maken, of omgekeerd / vreemden die andere vreemden om zeep helpen. Lichamen die achteloos worden weggesmeten als verfrommeld verpakkingsmateriaal zonder praktisch nut. Elk ervan een leven, of liever gezegd, voorheen een leven, en vanuit elk ervan rimpelen concentrische cirkels van pijn, alle kanten op, misschien wel voor eeuwig.

Anton moet Jake overeind houden bij het lopen, zo zwak is die arme kerel. Valt niet mee hem te ondersteunen, hij is zo fors en zwaar en log, als een kadaver. Ze zijn nooit dik met elkaar geweest, vandaar dat de plotselinge fysieke intimiteit iets onnatuurlijks heeft. Voel de ruwe haartjes op zijn onderarm. Rustig aan maar, zijn er bijna. Maak het portier voor hem open, til hem naar binnen. Hola, pas op je vingers.

Anton loopt om de auto heen, stapt in. Jake heeft vandaag om deze lift verzocht, met precies dit scenario in gedachten. Weet niet of ik het wel in mijn eentje aankan. Een teken van hoe bang hij is, zelfs om het te vragen.

Kan ik je ergens heen rijden?

Hè?

Ik bedoel, zegt Anton, voordat ik je naar huis breng. Wil je soms bij de dokter langs?

Jake laat deze vraag op zich inwerken, met diepe denkrimpels in zijn hoge voorhoofd. Zelfs onderuitgezakt in de stoel stoot zijn kruin tegen het dak, maar toch lijkt hij vandaag op een of andere manier klein. Eindelijk zegt hij: De kerk.

De kerk?

Ja. Als je me naar de kerk kunt rijden. Ik wil graag met de pastoor praten.

Anton is verrast, maar dat geldt ook voor Jake. Het is al een paar jaar geleden dat hij ter communie is gegaan of heeft gebiecht en de behoefte om geestelijke bijstand te vragen overvalt hem vanuit het niets. In zijn bedrijfstak heb je heel wat ongure types en een paar daarvan heeft hij in dienst. Hij ziet zichzelf als een harde bikkel en hij weet van de hoed en de rand, hij heeft korte metten moeten maken met zijn gevoelige kant, die hem anders onderuit zou hebben gehaald. Hij gaat drie keer per week naar de sportschool, heeft een zwarte band in karate en ziet graag hoe Charles Bronson en Clint Eastwoord het recht in eigen hand nemen. Jij dacht, dat wordt een makkie? Kom maar op, stuk vuil, ik lust je rauw.

Vandaar dat hij zichzelf niet herkent in de man die momenteel ineengedoken zit te snikken tegenover pastoor Batty. Wie is hij, dit ventje, dat helemaal ondersteboven met een tissue tegen zijn neus zit te snotteren over bestraft worden. Lieve help, zo te zien ben ik het zelf.

Op zijn eigen manier is ook de priester in shock. Nee maar, als je het goed bekijkt was hij de laatste die met de vrouw heeft gesproken, afgezien van haar moordenaar. De rillingen lopen hem over het lijf.

Wat er met je vrouw is gebeurd, was diabolisch. Geen bestraffing!

Maar het voelt aan alsof het persoonlijk is. Want ondanks zijn flinke lijf en opgepompte spieren heeft Jake een zwakke kern, waarin hij al heel lang zeker weet dat hij verdoemd is, ongeacht wat er verder allemaal gebeurt. Zo vermoedt hij allang dat Astrids scheiding een vergrijp tegen God is geweest, ook al werden de geloften van haar eerste huwelijk niet als heilig gezien, en dat ze vroeg of laat zouden moeten boeten. Op dat punt heeft hij zijn geloof nooit verloren.

Ik twijfel er niet aan, zegt pastoor Batty, dat ze op dit moment al in de armen van haar Verlosser is. Dit soort hoogdravende geruststelling komt moeiteloos bij hem op, dat is altijd zo geweest, zelfs op jeugdige leeftijd was het besef van zijn eigen geestelijke gezag al onuitstaanbaar, maar vandaag spreekt hij om een onplezierige gedachte uit te bannen.

U herinnert zich nog wel dat ze niet als katholiek geboren is. Ze is het geworden omdat ik het wou.

Je bedoelt omdat God haar ervoor heeft uitverkoren. Maar welke weg ze ook heeft bewandeld, ze heeft de bestemming gevonden. De priester wordt nog steeds bestookt door de onplezierige gedachte, die steeds meer uitdijt. Het is nauwelijks te geloven dat ik haar kort tevoren heb gezien.

Wat bedoelt u?

Gisterochtend heeft ze met me gesproken.

Dat is voor Jake een verbijsterend nieuwtje. Waarover?

O, zegt de priester, alsof hij ontwaakt. Ze kwam biechten. Het was alweer een tijdje geleden. Een halfjaar. Maar laten we wel wezen, gaat hij verder, jij bent langer weggebleven.

Wat heeft ze gezegd?

Dat mag ik niet vertellen, Jake. Je weet dat de biechtstoel een vertrouwelijke omgeving is. En bovendien is het de zetel van de onplezierige gedachte. Dat hij haar zonder penitentie heeft laten vertrekken, een uur voordat ze stierf! Heb ik nu haar zielenheil op mijn geweten? Je mag me niet onder druk zetten. Maar het strekt haar tot voordeel, concludeert hij hardop, dat ze met haar zonden worstelde. De Heer zal barmhartig voor haar zijn!

Haar zonden?

Die hebben we allemaal, gaat hij haastig verder, om niet te lang bij dit onderwerp te blijven stilstaan. Natuurlijk!

Het is een grote troost, zegt Jake, dat ze de absolutie heeft gekregen voordat ze...

Niet precies, niet waar, nee. Dit is een onderwerp dat de brave pastoor zou willen omzeilen, dat is voor iedereen een stuk beter, maar daar is het te laat voor.

U zei dat ze had gebiecht. Hebt u haar geen absolutie verleend?

Nee, ze had... een probleem dat eerst moest worden opgelost. Maar ik kan je niet meer vertellen, Jake. Ik heb al te veel gezegd.

Dit gesprek vindt plaats in de tuin achter de kerk. Nee, waarschijnlijker is dat het wordt gevoerd in de kerk zelf, in een van de banken, terwijl het zachte licht dat door de gebrandschilderde ramen valt Jakes gezicht overspoelt met een trillende straling, zodat hij even later verblind en lichtelijk uit zijn evenwicht weer buiten staat. Niet zichzelf, nee, helemaal niet. Maar wie is hij dan wel, als hij niet zichzelf is? Jake, of de bedrieger met die naam, loopt wankelend de treetjes af naar waar zijn zwager op hem wacht, zittend op de motorkap van zijn wagen.

Heeft het geholpen? vraagt Anton wanneer ze hun rit over de snelweg vervolgen. Eigenlijk is hij oprecht benieuwd. Praten met die priester. Heb je er iets aan gehad?

Deze vraag lijkt aan Jake niet besteed te zijn. Zijn ogen zijn op iets anders gericht, wat er niet is. Na een poosje antwoordt hij afwezig. Op de ochtend dat ze stierf, is Astrid bij hem gaan biechten.

Had ze iets op te biechten dan?

Ik weet het niet. Dat wou hij me niet vertellen.

Beide mannen nemen dit feit een tijdje onder de loep, elk vanuit een verschillende hoek. Anton is nu al een paar jaar in therapie en kan de biecht alleen in dat licht begrijpen. Maar naast hem, slechts een elleboogbeweging van hem af, heeft zijn zwager een heel andere visie. Er gebeurt iets met Jake. Het is alsof hij in een lange tunnel zit, waarin geluiden trillerig wegrimpelen en de echte wereld een heldere cirkel is, een heel eind verderop. De enige zekerheid is dat hij zich tot nu toe in absoluut alles heeft vergist.

Hij woont in een beveiligde wijk in Faerie Glen, buiten de stad, gebouwd rond een golfbaan met acht holes. Zodra je hebt ingecheckt en door het hek rijdt, bevind je je in een zwijmelende voorstedelijke droom van pastelkleurige huizen en beschaafde straten die zich hier en daar rond een door bomen omzoomd plantsoen slingeren, en dat alles roept nostalgische herinneringen op, wellicht aan iets wat nooit is geschied. Jakes huis staat vlak aan de rand, dicht tegen de omheining. Anton parkeert op de oprijlaan en haast zich achter het stuur vandaan, maar helpen hoeft niet meer. Zijn zwager stapt zelfstandig uit en loopt weer normaal.

Heel erg bedankt, zegt hij, op vlakke toon. Hij steekt zijn hand uit en Anton geeft hem een hand terug, een bizar gebaar op zo'n moment, maar de man is niet in orde.

Alles in orde met je? vraagt hij. Ik bedoel, wil je dat ik mee naar binnen kom?

Nee.

Oké. Hij is opgelucht, maar moet zichzelf ervan weerhouden om een echt gevoelloze vraag te stellen voordat hij weer in zijn auto stapt. Zijn die diefijzers duur om te maken? Die vraag had hij bijna aan Jake gesteld. Stel je eens voor, op zo'n moment. Maar Anton is ook niet in orde. Zag zijn zus op die tafel liggen, dood. Hij begint weer te huilen, een hete, korte uitbarsting, tijdens de rit naar de boerderij. Over de achterweggetjes vanaf Jakes huis, om de stad te vermijden. Lange, eenzame stukken, door tranen heen.

Heb altijd gedacht dat ík op die manier zou gaan. En nog steeds zo zou kunnen gaan. Hij moet een stel diefijzers voor de boerderijramen vervangen, daar kwam die vraag vandaan. Heeft laatst flinke problemen gehad. Een grote landbezetting aan de oostkant, het dichtst bij het township, omheining afgebroken en krotten neergezet, je kon het gewoon zien gebeuren. Plus één of twee andere incidenten, een nachtelijke inbraak in een opslagschuur, vreemden die een gebedsbijeenkomst hielden op het koppie. Indringers op het land. Heeft de politie moeten bellen om ze weg te krijgen, en er is gedreigd met geweld. Komen je halen, baas. Wacht maar af. Vinger langs de keel gehaald. Hij heeft pa's oude hagelgeweer laten nakijken, gewoon voor het geval dat. Was ermee naar het open veld gegaan en had een paar oefenschoten gelost, hij liet zich niet kleinkrijgen. Denk erover om een geëlektrificeerde omheining te laten neerzetten, rond het huis. Moet Jake er maar eens over aanspreken, maar dan op het juiste moment.

Wanneer hij thuis is en de motor uitzet, klinkt het verre, bleke geluid van gezang uit de kerk tot hem door, zelfs hier. *Lei ons, Here groot en magtig, U alleen ons hulp en krag*. Elke verdomde dag van de week. De aangename middagkoelte is smetteloos, maar er stijgt nu een diepere kilte op, vanuit het middelpunt van de aarde of ben ik het? De voordeur staat wijd open. Moet haar er telkens op wijzen, word steeds genegeerd. Maar vandaag heeft hij een beeld van hoe het is om naar binnen te gaan en haar te vinden...

Alleen is ze er niet, haar auto is weg. Wedden dat ze weer naar die meditatieles is gegaan, nota bene vandaag. Heeft iets van een verslaving bij haar. Hij ergert zich wild aan alle tijd die ze aan die jongen besteedt, een goed uitziende knaap uit Rustenburg, Mario of Marco heet-ie, iets in die geest, een twintiger nog, die een jaar naar India is geweest om zichzelf te vinden en spirituele dingen te doen in ashrams, daarna weer thuiskomt met een nieuwe naam, Moti of Muti, belachelijk, hem door zijn goeroe verleend, schijnt parel te betekenen. En alle zich vervelende huisvrouwen zijn in de ban van zijn wijsheid, of misschien gewoon van het feit dat hij lesgeeft in lendendoek. Kom op, zeg, het lijkt *Jungle Book* wel. Leert ze mediteren en yoga en wie weet, misschien wekt-ie ook de tantristische slang die onderaan hun ruggengraat slaapt, allemaal in zijn zogenaamde Center voor de Hele Mens in de stad. Voor wie zich maar een half mens voelt.

Een insluiper zou binnenkomen zoals Anton dat nu doet, stilletjes over de drempel, wachtend in de hal om te luisteren. Met als enige geluid dat van een radio in de keuken, een soort Afrikaans gospelkoor. Salomé die de afwas doet. Of misschien, voor de afwisseling, aan tafel koperen siervoorwerpen zit te poetsen. Ja, ze wrijft het doffe metaal op totdat het zijn glans laat zien. Salaam, Salomé. Waar is mijn lieftallige vrouw? Geef maar geen antwoord. Verdraaid en verdomme, had ze niet misschien, wellicht, deze ene keer, vandaag thuis kunnen blijven? Voor mij? Ze wist waar hij heen moest, welke taak hem te wachten stond. Maar nee. En nee, en nee, en nog eens nee. Steeds hetzelfde liedje.

Hij loopt naar de drankkast in de zitkamer, schenkt een glas Jack Daniel's in, neemt een flinke slok, schenkt nog eens bij. Geen dagelijks gedrag, hoor, verre daarvan, waar zie je me voor aan? De zon is nog niet eens onder. Maar wie kan hem iets kwalijk nemen? Wat hij heeft meegemaakt, wat er nog gaat komen.

Salomé eerst. Hij heeft nog niets tegen haar gezegd, helemaal niets. Ze is oud, ze heeft misschien een zwak hart, maar hij ziet haar ook als kinderlijk, iemand die beschermd moet worden. Ze is een oud kind, met een zwak hart.

Salomé, zegt hij. Ik heb verschrikkelijk nieuws.

Het koper blinkt vrolijk, terwijl er woorden naar je hersens reizen en daar opbloeien tot beelden, en sommige ervan kunnen moeilijk te verdragen zijn. Ja, het zijn de beelden in je hoofd die het meest kwellen, zoals je misschien al wel weet. Weinig liefde van Astrid de afgelopen tijd, of misschien wel nooit, maar ze is een van de drie witte kinderen die Salomé heeft grootgebracht alsof het haar eigen zijn en dat staat op haar gezicht te lezen. Ze zou moeten gaan zitten, als ze niet al zat.

Hij klokt de whisky weg, alles wordt er makkelijker door. Neem de rest van de dag maar vrij.

Ze knikt. Niet jong meer, tegen de zestig. Meer bot dan vlees tegenwoordig, en niet snel ter been. Al een hele tijd niet meer, maar vooral niet aan het eind van deze middag/begin van de avond, gebukt als ze gaat onder de beelden in haar hoofd. Ga, ga nou maar, hij vindt haar lijden onverdraaglijk. Sjokkend loopt ze rond het koppie naar haar huis, ik bedoel het huis van de Lombards, ongetwijfeld om voor Astrid te bidden, afgaand op gewoonten uit het verleden. Zodat hij nu weer kan bijschenken, bijtanken, bijkomen. Het heeft iets akeligs om de boodschapper te zijn, je wordt altijd besmet door de boodschap. Proost, Anton, pijnbezorger. Eentje gehad, eentje te gaan.

Amor heeft maar één keer gebeld sinds haar aankomst in Durban, jaren geleden. Hij is sindsdien altijd van plan geweest contact op te nemen, maar pas nadat bepaalde stappen waren genomen, en die stappen zijn nog niet genomen. Zijn apathie in deze kwestie krijgt langzaam een eigen wil, wordt een besluit. Sindsdien heeft hij alle nieuws over zijn jongere zus gehoord van Astrid, die het natuurlijk als haar verbolgen plicht zag om contact te blijven houden en brokjes informatie door te geven, eerst over de verpleging, en later de aankondiging dat ze het met een vrouw had aangelegd. In geen van beide gevallen een verrassing, niet in zijn ogen. Zelfs min of meer aandoenlijk, van een afstandje gezien. Van dichtbij een hoop gedonder.

Hij kent de naam van het ziekenhuis waar ze werkt, verder weet hij niets. Nee, zegt hij tegen de receptioniste die opneemt, ik weet niet op welke afdeling ze werkt. Kunt u haar niet in uw systeem opzoeken? Ogenblikje, zegt de receptioniste, u wordt nu overgezet, en ze verbindt hem door met die ene afdeling waarvan je het inderdaad had kunnen raden. Haar martelaarschap is eindeloos. Mag ik met mijn zuster spreken, zuster? U kent haar vast als de heilige Amor.

Sorry?

Amor Swart, alstublieft.

Hebt u even?

De boodschapper wacht. In zijn oor klinkt een ijle branding van ziekenhuisgeluiden. Dan Amors stem, onmiskenbaar, zelfs na zoveel tijd. Hallo?

Hallo, zegt hij. Ik ben het.

Anton?

Ja. Moet je horen, ik heb slecht nieuws, helaas.

Hij spreekt vanuit de lucht vanaf een grote afstand, ergens in het verleden, alleen tegen haar, in het verpleegstershokje waarvan de tegels even wit en kil zijn als de schok. Amor, in haar uniform. Die roerloos blijft staan, zonder te bewegen.

Na afloop schenkt hij zich nog eens in. Minder erg dan hij gevreesd had, al trillen zijn handen een beetje. Hij waardeert het wanneer mensen hun lijden in de coulissen ondergaan, buiten beeld. Je eigen leven is al een hele kluif, en dan gaat het alleen nog maar over de vaste dagelijkse ellende. Nu we het daar toch over hebben, daar komt ze eindelijk, mijn lieftallige vrouw, fris gemediteerd. De timing is perfect, behalve dat hij intussen, ahum, twee uur is kwijtgeraakt, buiten is het inmiddels volkomen donker. Later, vroeger, komt allemaal op hetzelfde neer. Is het fijn geweest, liefste, heb je een lekker sfeertje gebouwd met Mowgli?

Ze kijkt hem strak aan. Ben je dronken?

Een beetje, ja. Dat zou je kunnen zeggen. Lichtelijk aangeschoten. Om het ergste te verzachten, in aanmerking genomen dat ik zojuist het gelaat van mijn vermoorde zuster heb aanschouwd.

Ze legt haar handen tegen haar gezicht en zijn woede ebt weg, of slaat om in iets anders, een vertwijfelde honger. Hij grijpt haar beet, zij beantwoordt de druk, een ogenblik later staan ze elkaar te kussen, lippen en tongen en tanden, alsof ze in elkaar willen happen en bijten. Hij laat zich meesleuren en beseft onmiddellijk dat deze plotselinge begeerte ontstaat uit wat hij vanochtend op de metalen tafel heeft gezien, hij begeert zijn vrouw omdat ze zo heel levend is, met een vlekkerige, ontzette uitdrukking op haar gezicht, losrakend haar, hete en sterke ledematen. Grotere vraag is: Waarom begeert ze hem? Over en weer gaan ze elkaar te lijf, het geweld ronkt onderhuids. Lang geleden dat ze elkaar hebben aangeraakt.

Totdat hun houdgreep wordt verbroken. Nee. Nee. Stop. Dit voelt verkeerd. Ze rukt zich van hem los. Altijd zij die zich losrukt. Wat zijn we aan het doen? Sorry hoor, maar dat kan ik niet. Nu niet, nadat Astrid...

Oké, zegt hij, onmiddellijk weer woedend. Laat ook maar.

Maar het zou je vergeven worden als je op dit moment hun slaapkamer zou binnenwandelen en geloofde dat ze zijn geveld door de steekvlam van een liefdesspel. Half ontkleed en half verstrengeld tussen de lakens, zwaar ademend. Nog steeds een knap stel, hoewel beslist niet jeugdig meer. Vooral zijn gezicht heeft iets versteends, en is dat een oud litteken op zijn voorhoofd?

Desirée is een zachter soort schepsel en moet ooit een echte schoonheid zijn geweest, niet al te lang geleden. Maar de verveling en humeurigheid hebben haar gelaatstrekken aangetast en tekenen een rimpel tussen haar ogen, een pruilende ronding in haar onderlip. Ze trekt zich innerlijk samen, naar een zurige kern, ze is ontevreden geraakt, hoewel ze niet altijd weet waarover.

Soms is het de boerderij waar ze op afknapt. Toen ze trouwde, fantaseerde ze over aquarelleren in de heuvels en paardrijden over een enorme vlakte. Dat soort vage glamoureuze dromen. Ze had niet verwacht dat de dagen hier zo lang en kaal zouden zijn, met zoveel niets erin. Je moet steeds weer een reden bedenken om naar de stad te rijden of naar Rustenburg, ergens waar leven en reuring en kleur is. Mensen om mee te praten! Liet vroeger elke week haar nagels en haar haar doen, maar dat gaf alleen maar heibel in haar huwelijk. Geen geld voor flauwekul, zegt hij, maar moet je hem eens zien, waar hij het aan uitgeeft. Hij pist het letterlijk weg. Zij kan tenminste ergens mee voor de dag komen! Al moet ze toegeven: ze is de laatste tijd een stuk gelukkiger sinds ze de meditatielessen bij het Center voor de Hele Mens heeft ontdekt. Moti heeft zijn naam veranderd en er zijn dagen waarop zij die van haar ook graag zou willen veranderen. Een andere naam kan maken dat je je vanbinnen anders gaat voelen.

Soms is het Zuid-Afrika dat haar teleurstelt. Wie had kunnen voorzien dat haar pappie, die vroeger door iedereen werd gerespecteerd en gevreesd, voor de Waarheids- en Verzoeningscommissie zou moeten verschijnen om te bekennen dat hij die vreselijke, noodzakelijke dingen had gedaan? Het probleem met dit land is, naar haar mening, dat sommige mensen het verleden niet los kunnen laten.

Al is dat inmiddels voorbij, jaren geleden al, en tegenwoordig is het voornamelijk haar man die niets presteert. Anton was vroeger zo charmant en knap en geestig, iedereen had het over zijn fabelachtige toekomst, maar de enige die daar nog in gelooft is Anton zelf. Al die opgeblazen praatjes over wat hij ooit met de boerderij/zichzelf/zijn leven gaat doen, over het geld dat hij gaat verdienen, Joost mag weten hoe, want eigenlijk werkt hij nooit, zit hij alleen maar te schrijven aan zijn roman, die niemand te zien krijgt en misschien ook niet bestaat, al hoor je hem eindeloos doorrammelen achter de gesloten deur... terwijl zij tegen de muren van deze miljoenen lege kamers op vliegt en ziet hoe het stucwerk loskomt van de muren en hoe de spinnen webben weven in de hoeken. Ik bedoel, zij, ik, Desirée, kun je je het voorstellen? Nog maar gisteren een popje, door alle jongens aanbeden, hoe bestaat het dat het zo is afgelopen? Heeft alle waarschuwingen van Maman in de wind geslagen en nu is het te laat om opnieuw te beginnen, nog net tijd genoeg om zelf een nieuw popje te maken voordat haar eierstokken het voor gezien houden. Maar zelfs op dat gebied, ha ha ha, aan pogingen geen gebrek, maar voorlopig zonder resultaat. Ze weet gewoon dat het probleem bij haar man ligt, al weigert hij zich te laten testen, en wat ook niet helpt is dat ze de helft van de tijd geen zin meer heeft om hem aan te raken.

Tussen twee haakjes, zegt hij, ik heb Salomé een avond vrijgegeven. Ze is erg van streek om Astrid.

Van streek? Alsjeblieft. Ze is ongelofelijk lui, dat oudje.

Ze heeft wel gevoelens, liefste. Er is een gezamenlijke geschiedenis...

Geschiedenis? Echt, je moet haar maar ontslaan. Ze is traag. Je moet maar een fris en jong iemand zoeken...

Ze werkt hier al een eeuwigheid, zegt hij. Sinds ze zelf fris en jong was.

Ja, nou. Die dagen zijn voorbij.

Opgewonden door haar kilheid begint hij aan haar nek te knabbelen. Kom op. Laat je een beetje gaan. Maar ze duwt hem weg, komt overeind en knoopt haar blouse dicht. Getver, hou op, je bent helemaal bezweet. Ik was heel gecenterd toen ik thuiskwam, maar moet je nou kijken.

Anton in de kleine badkamer onder de trap, proberend zijn kruis te ontwortelen. Wanneer hij dicht op zijn climax zit, ziet hij zijn rood aangelopen gezicht naar hem terugkijken vanuit de vlekkerige ovale spiegel boven de wasbak: de achterkant moet opnieuw geschilderd worden, dan verdwijnen die vlekken vanzelf. Interessant hoe het ik zich laat opsplitsen in segmenten, orgasme en observatie op hetzelfde moment, het oog dat het ik bekijkt. Ik ben geen van beiden, maar alle twee zouden ze mij kunnen zijn. Wast zijn handen na afloop in een hernieuwde mist van vermoeidheid en zelfhaat en zou graag willen dat hij het niet gedaan had. Zou graag willen dat ik dat niet deed. Maar je hebt het wel gedaan. Vrijwel onmiddellijk voelt hij hoe de begeerte weer dof in hem wordt aangezet. Ja, het is tijd, nietwaar, om voortaan af te zien van zijn desiderata, nee van zijn vrouw, Desirée, of hoe ze ook mag heten, zie ervan af.

Er strijkt een verre lichtflits over zijn gezicht, van een auto op de hoofdweg, die op een leeg stukje land is gestopt om te keren. Op ditzelfde moment rijdt hij achteruit, een grote Jeep Cherokee, en wie anders zit er achter het stuur dan je zwager, Jake Moody. Hij komt niet langs, tenminste niet op bezoek, staat net lang genoeg stil om van richting te veranderen en terug te rijden, de andere kant op, de stad in.

Hij rijdt al uren zo, omdat hij het idee om alleen thuis te zijn onverdraaglijk vindt. Ik ben weduwnaar. Hij blijft het maar denken, telkens weer, dat zinnetje, ik ben weduwnaar, om de vreemdheid van dat woord uit te proberen, de vreemdheid van de toestand die het beschrijft. Astrids twee kinderen zijn al weggehaald door hun vader en het huis is binnen één dag veranderd van een drukke, lawaaiige plek in een leeg, inperkend omhulsel. De kamers thuis, ontdaan van hun meest vertrouwde element, lijken te echoën, maar het luidruchtigst is de kamer in zijn hoofd. Om die tot stilte te brengen is hij achter het stuur gaan zitten. En daar gebleven, terwijl de zon onderging, de lichten aansprongen en de nacht overal naar binnen sijpelde.

Daar heb je hem nog steeds, hij rijdt en hij rijdt. De weg is als een zwarte rivier die eindeloos voortstroomt. Hij volgt bepaalde routes die elkaar kruisen en opnieuw kruisen, zichzelf vastknopen. Hij gaat door het centrum van de stad, langs Paul Kruger op zijn rotsachtige sokkel, koerst dan naar het noorden over de heuvelrand, maar keert zodat hij langs het Uniegebouw kan rijden, dat feestelijk wordt aangelicht terwijl de stad beneden pruttelt in zijn duistere pot. Langs ambassades die als juwelen aan een snoer zijn geregen, allemaal bewaakt en onberispelijk, voordat het ware leven terugkeert in de vorm van bermen vol bruin gras en jacaranda's die hun bladeren verliezen. Alles begint een hard, verbrand randje te krijgen.

Buiten de oostelijke bebouwde kom lijken de huizen minuscuul, kleine vonken van licht, ver van elkaar tussen donkere golvende akkers vol ritselende maisstengels die met hun vereelte kolven langs elkaar wrijven. Hij rijdt in zuidelijke richting, naar nieuwe bouwprojecten, uitgestrekte maankolonies die nog in aanbouw zijn, satellietsteden voor de hongerige middenklassen, inmiddels ommuurd hoewel de wegen en huizen nog maar voor de helft gereed zijn. Over een andere heuvelkam komt hij terug in meer gevestigde wijken, waar het cement allang droog is en de gazons strak gemaaid zijn, sommige huizen zo groot als een hotel, of als een immense voorbijvarende oceaanstomer, in volle gloed. Allemaal stevig verschanst achter muren en enorme toegangshekken, en sommige van de privébeveiligers die er buiten rondhangen zijn Jakes eigen werknemers, dat ziet hij aan hun uniform.

Verder door een filigraan van half ontklede bomen naar Fountains Circle, waar je een rondje draait, één keer, twee keer, drie keer, voordat je opeens een besluit neemt en de richting in slaat die al de hele nacht aan je trekt, als het geografische noorden op een kompas. Al dat lukraak rondrijden was een inleiding, een steeds krapper wordende spiraal die op één plek uitkomt, namelijk waar je bent begonnen, nog maar vanochtend, hoewel dat bezoek aan de andere kant van een diepe, donkere vallei lijkt te liggen.

Hij parkeert op een open plek recht voor de kerk. Een onbescheiden gebouw, van onderen belicht, om te benadrukken hoe eindeloos het oprijst, Hemelwaarts. Er beweegt hier niets, afgezien van een dakloze man die zich omdraait op zijn bed van karton in het portiek. Jake stapt uit de auto en loopt log langs de kerk naar de pastorie erachter. Aan de hoopvolle hartkleurige lichtbol die boven de voordeur brandt, wordt enigszins afbreuk gedaan door het veiligheidshek en de onder spanning staande omheining, die dicht bij hem kortsluit, met kleine blauwe flitsjes. Een onfortuinlijke gekko die op het gaas gebakken wordt? Misschien geeft God niets om hagedissen.

Drukt op de knop van de intercom. Wacht heel even, drukt dan nog eens. En nog eens.

Pastoor Batty is slaapdronken. Wie is daar?

Ik ben het, eerwaarde.

Wie?

Jake Moody, eerwaarde. Het spijt me dat ik u lastigval.

Het is één uur in de ochtend, Jake.

Dat weet ik, mijn excuses, maar ik moet met u spreken.

Pastoor Batty is gewekt uit een aangename droom over vrouwen met grote borsten en staat niet te juichen over dit middernachtelijke beroep op zijn barmhartigheid, maar laat hem toch binnen, met een gezicht dat zich plooit in een acceptabele imitatie van bezorgdheid. Kom maar mee naar de zitkamer. Jake volgt hem naar een grote kamer met een piano en kunstbloemen en een assortiment van kleine siervoorwerpen die maar het best onbeschreven kunnen blijven. Heb niet de energie om voorwerpen te benoemen, laat staan om ernaar te kijken.

Het spijt me, zegt hij nog eens. Ik weet dat het heel laat is.

Ga zitten.

Ze nemen allebei plaats, Jake op de bank en de priester op een belendende leunstoel. Pastoor Batty heeft een kamerjas met een batikdessin om zich heen geslagen, een cadeau van een parochiaan die op reis naar het Verre Oosten is geweest, maar daaronder is zijn pyjamabroek met de tijgerstrepen zichtbaar, om maar te zwijgen over benige, blauw geaderde schenen boven pluizige pantoffels. Jake zal hem nooit meer op dezelfde manier zien, al is het omgekeerde evenzeer van toepassing.

Wat zit je dwars? vraagt de priester.

Eerwaarde, ook al is de biechtstoel een heilige plek, of hoe u het zei, kunt u in dit geval geen uitzondering maken?

Wat? Het brein van de priester is als een kaal gesleten autoband die rondtolt om greep op het zand te krijgen. Waar heb je het over?

Ik moet weten wat ze aan u heeft opgebiecht.

Ach, dat. Had zijn mond moeten houden. Dat kan ik je niet zeggen, Jake.

Eerwaarde, ik smeek het u.

Die ellendige vent laat zich zowaar op zijn knieën zakken en drukt zijn gezicht in je schoot. Er moet aan hem gerukt en geplukt worden, om hem te laten ophouden, en hij laat een vochtige plek achter.

Nee, roept pastoor Batty uit. Alsjeblieft! Alsof hij de smekeling is. Hoor eens, kerel, je moet jezelf vermannen. Beheers jezelf.

Dat kan ik niet. Ik doe mijn best, maar ik kan het gewoon niet. Jake springt wild overeind en gaat dan weer zitten. Ik moet, zegt hij, ik moet en zal het weten.

De priester zucht. Dit zou eigenlijk een ingewikkeld moment moeten zijn, maar opeens wordt het eenvoudig. Het is heel laat/vroeg, hij is te moe om zich te verzetten, en de arme stakker lijdt pijn. Bovendien moet hij zelf naar de wc en misschien dat hiermee iets te bespoedigen valt. Soms moet je menselijk zijn.

Je vrouw had een verhouding met iemand, zegt hij.

Daar. Het is eruit. Hij heeft de woorden gezegd en ze hangen heel even in de lucht voordat de andere man ze hoort. Je kunt zijn gezicht zien veranderen wanneer de informatie tot hem doordringt. Hij ziet er niet meer gekwetst uit, hij ziet er kwaad uit. God vergeve me, zegt de priester, of misschien denkt hij het alleen, maar soms is de waarheid het beste.

Een verhouding? Jake bekijkt het woord van buitenaf, alsof het een eigenaardig voorwerp is. Met wie?

Nee, dat weet ik niet. Ik ben bang dat ik nu moet –

Alstublieft, eerwaarde. Een half antwoord is geen antwoord. Geef me zijn naam.

Die kan ik je niet geven, om de eenvoudige reden dat ik hem niet weet. Ze heeft de verhouding opgebiecht, maar ze heeft me geen naam verteld. Dat is de waarheid, op het heilige bloed van Christus, en nu moet je naar huis gaan om te slapen.

Alle vechtlust loopt uit Jake weg, hij krimpt zichtbaar. Wanneer de andere man gaat staan doet hij hetzelfde. Innerlijke rust komt door aanvaarding, zegt de priester tegen hem terwijl hij hem de deur uit duwt/laat.

Hoe kan ik aanvaarden wat ik niet weet!

Daar zegt de man iets, denkt Timothy Batty, wanneer hij eindelijk door de gang terugloopt. Je moet de waarheid kennen voordat je je eraan kunt overgeven. Maar natuurlijk kun je ook aan de waarheid doodgaan. De priester is zo overstuur van het gesprek dat hij de wc maar net haalt. Niemands favoriete bezigheid, vermoedelijk, maar nog vervelender wanneer je darmen opspelen. Vreemd dat mensen vrijwel nooit over hun stoelgang praten, als je bedenkt dat het een dagelijkse gebeurtenis is. Je hersens zouden het graag ontkennen, ondanks de fundamentele waarheden die er beneden worden geuit. Geen enkel romanpersonage doet ooit wat hij nu doet, namelijk zijn billen uit elkaar trekken om zich beter van zijn narigheid te kunnen ontlasten. Da's één manier om zeker te weten dat je geen verzinsel bent. Heeft Jezus ooit Zijn gevoeg gedaan? vraag ik me af. Had Hij een anus? Niet volgens Gods Woord, hoewel je geen vermenigvuldigde broden en vissen kunt eten zonder gevolgen aan het andere uiteinde. Maar schaam je toch, Timothy, dat zijn blasfemische gedachten. Hoezo? Ik weet het niet, maar ze zijn het beslist.

Vergeef die verblinde vrouw, Vader. Ze verlangde zo naar penitentie. En vergeef me als ik haar onrecht heb gedaan door haar die te ontzeggen. Alhoewel, heeft hij niet een wet overtreden toen de biecht van de vrouw niet naar behoren kon worden afgenomen? Heeft hij, Timothy Batty, er wel goed aan gedaan door haar weg te sturen? Dat inzicht bereikt de priester te laat, op het moment dat hij naar de rol wc-papier reikt, maar hij besluit dat God het hem heeft vergeven. Ik heb uit liefde gesproken! En tegen de echtgenoot ook! Die arme man leed pijn en ik heb hem de waarheid verteld, wat geen zonde kan zijn. Dank u, Hemelse Herder, voor deze verlichting. Zo dankt de ene herder de andere Herder, in elkaar gepast als matroesjka's. Of op elkaar gestapeld, herders in beide richtingen, herders tot aan het eerste begin.

Terwijl Jake Moody voor de kerk achter het stuur van zijn auto zit. Nee, hij is nog steeds niet vertrokken. Een koperkleurige beer van een vent met een diepe rimpel tussen zijn ogen. Hij lijkt na te denken, maar waarover? Hij heeft geen doel meer om heen te rijden, misschien is dat zijn probleem.

Na deze lange roerloze periode komt hij abrupt in beweging. De dakloze in het portaal van de kerk ziet hem de auto starten en slingerend wegrijden. Er is daar iets goed mis. De dakloze bezit het vermogen om wezens uit andere dimensies waar te nemen en hij is verontrust over wat hij aan die man zag vastzitten.

Dit is nu al een paar maanden zijn omgeving, dit stukje aarde, samen met een rij winkels en restaurants een paar straten verderop. Bewijzen kan ik het niet, maar ooit heeft hij een goedbetaalde baan gehad, plus een identiteit die aandacht en eerbied afdwong. Tot het allemaal fout liep. Maar wat maakt het uit, zelf lijkt hij zich er niet druk om te maken, tijd is een rivier die de wereld wegspoelt. Tegelijk met zijn huis en alles/iedereen erin is de dakloze ook zijn naam kwijtgeraakt. Zijn familie en vrienden zijn ver weg, zowel qua tijd als qua afstand, en er is niemand om hem de juiste richting te wijzen of om hem zelfs maar te vertellen wie hij is als hij daar onzeker over wordt, maar omdat hij dwangmatig de eerste regel van 'Blowin' in the Wind' blijft zingen, zullen we hem maar Bob noemen. Wie weet, misschien klopt die naam ook wel.

Bob slaapt alleen maar bij vlagen en wordt voor zonsopgang wakker, wanneer de vogels beginnen te kwinkeleren. Hij urineert tegen de struiken bij de kerk voordat hij zijn karton opvouwt en in een bloembed opbergt. Er is een kraan naast de kerk waar hij zich 's morgens wast voordat hij de straat op gaat zodat hij de trage start van de dag kan bekijken.

Als de stad fatsoenlijk wakker geworden is, kuiert hij naar de winkels, twee straten verder, waar hij misschien een paar geldstukken kan krijgen. In de supermarkt werkt een vriendelijke mevrouw die hem soms aangetast fruit geeft om op te eten, en in elk geval kunnen de afvalbakken worden doorzocht. Hij heeft honger, heeft altijd en eeuwig honger, en niet altijd naar etenswaar.

De tijd verstrijkt op een andere manier voor hen die van de

wereld worden buitengesloten. Hij trekt voorbij als verkeer op bepaalde tijdstippen van de dag, als een speciale schaduw die over de grond kruipt of als je eigen lichaam dat aan je doorseint waar je naar hunkert. Hij lijkt langzaam voorbij te glijden, maar de dagen zijn een snelle flikkering en algauw is je gezicht anders, niet helemaal het jouwe meer. Of misschien lijkt het meer op jou dan ooit tevoren, dat is ook mogelijk.

Benieuwd bekijkt Bob zijn spiegelbeeld in de ruit van een restaurant totdat hij wordt afgeleid door een zich herhalend gewapper aan de andere kant van het glas. De bedrijfsleider, die hem wegjaagt. Ga ergens anders heen, weerzinwekkend, smerig individu! Er zweven duivelse wezens rond de bedrijfsleider, en Bob, die onmiddellijk zijn eigen spiegelbeeld wordt, smeert 'm meteen.

Zwalkend gaat hij op zoek naar peuken die op straat zijn gegooid. Vinden doet hij er geen, maar wel raapt hij een loterijbiljet op dat er nieuw uitziet, vers gevallen. Hij gaat ermee naar het winkeltje op de hoek om zijn geluk uit te testen, een mens blijft toch hopen, maar zo'n soort verhaal zit er voor hem niet in. Nee is het woord dat hij het vaakst in zijn leven hoort, en nu hoort hij het opnieuw. Nee. Niks voor jou. Nee. Om het goed te maken grist hij op weg naar de uitgang iets lekkers van een plank en wordt gezien door de eigenaar, die bezaaid is met parasiterende wezens die allemaal beschuldigend beginnen te gillen, met een hoge, onmenselijke stem. Naarstig kauwend draaft hij een zijstraat in, misschien om te ontkomen, maar algauw daarna wordt hij aangehouden door de politie, onduidelijk is of die op hem is losgelaten of toevallig zijn pad kruist. Twee agenten in een busje. Waar zijn je papieren?

Het oude refrein, een paar minuten later zit hij achter in

het voertuig, met een andere, naar pis stinkende boosdoener als gezelschap en een traliehek tussen hen en de wereld. Er liggen een paar tweederangs ectoplastische wezens op de vloer, gelukkig zijn ze onschadelijk, en deze vreemde kleine broederschap, gezien en ongezien, wordt een paar doelloze uren rondgereden terwijl er buiten een wisselend stadsbeeld voorbijglijdt, totdat ze naar het politiebureau wordt gebracht.

Alle cellen zien er hetzelfde uit, de muren waarop namen, data, gebeden en obsceniteiten zijn gekrast, het ene, hoog aangebrachte getraliede raampje. En als de tijd anders verstrijkt voor wie dakloos is, hierbinnen verstrijkt hij al helemaal niet. Bob gaat languit op een van de britsen liggen en slaagt erin te slapen. Droomt over ergens anders zijn, flarden van het verleden, vermengd met levens die niet helemaal het zijne zijn, en weet op die manier een tijdje aan zijn gevangenschap te ontsnappen.

Zit er weer in wanneer hij die avond te eten krijgt, en de volgende ochtend opnieuw. Een bordje pap en brood. Betere kost dan hij buiten doorgaans krijgt. Na het ontbijt wordt hem gezegd zijn zakken leeg te maken. Ze nemen hem alles af, tweeënzestig rand en veertig cent, die ze in beslag nemen als boete, zeggen ze, en daarna wordt hem het gat van de deur gewezen. Buiten glimmert het eerste daglicht. Ik wil een reçu, zegt hij.

Wat? vraag de agent.

De boete die ik betaald heb. Ik wil een reçu.

Donder op, zegt de agent, of ik sluit je weer op.

Hij dondert op, met licht verende tred. Geen verschrikkelijke nacht in de kroniek van beroerde nachten, en over dat onderwerp kan Bob heel wat vertellen, nou en of. Hij heeft een lange wandeling voor de boeg, terug naar de kerk die hij als zijn thuis beschouwt, maar er is geen reden om hem te vergezellen en bij nader inzien is die reden er ook nooit geweest. Waarom verduistert hij ons zicht, deze ongewassen, haveloze man, die onze sympathie opeist, die andermans naam gebruikt, hoe heeft hij met zijn verhalen onze tijd kunnen verspillen? Hij houdt niet op onze aandacht te trekken, en dat is zelfzuchtig van hem, wat een egoïst is het toch. Let maar verder niet op hem.

We kunnen maar beter bij hem weggaan, halverwege zijn reis. Laten we zeggen dat hij een stille straat in een buitenwijk inslaat, voorbij een stil huis waar je makkelijk de kleine koperen plaat over het hoofd ziet, met de melding dat binnen de diensten van een psychotherapeut worden aangeboden. Het is een vrouw van ongeveer zestig, onberispelijk verzorgd, met kort zilverwit haar, een blocnote op haar schoot. Op dit moment praat ze met een van haar interessantere cliënten, een man van achter in de dertig die een paar hardnekkige problemen heeft. Hij heeft deze week een vreselijke tragedie te verwerken gehad, maar zelfs die gebeurtenis kan hij alleen maar zien door het vaste prisma van zijn narcistische gekwetstheid, d.w.z. zijn mislukte huwelijk.

Als ik eerlijk ben, zegt hij nu, sprekend over zijn vrouw, vroeger hield ik van haar, ik denk tenminste wel dat ik dat deed, de seks verduistert je oordeel, maar in het begin heb ik wel van haar gehouden, denk ik. Na verloop van tijd zijn schuldgevoel, plichten en verantwoordelijkheidsbesef gaan overheersen.

Hmmm. Hoor jezelf nou eens, idioot. Zelfs je klachten zijn niet origineel. Ze maakt een aantekening op de bladzijde. Hij probeert te zien wat ze heeft opgeschreven, maar ze houdt de blocnote van hem weg. Inadequaat? Is dat wat ze van me vindt? Zou ook Impotent kunnen zijn... Allebei kan wel kloppen, op sommige momenten. Maar ik wil het niet over mijn tekortkomingen hebben, niet met mijn therapeut. Maak liever indruk op haar, als dat mogelijk is. Hij wil dat ze hem aantrekkelijk vindt.

Ze zitten tegenover elkaar in een smaakvol ingerichte kamer die grenst aan haar achtertuin, waar de vogels kwetteren in koor. Afgezien van het schuldgevoel, zegt ze, zijn plicht en aansprakelijkheid geen dingen die je in een huwelijk op je neemt? Volwassen verantwoordelijkheden? Voelt u zich misschien niet schuldig omdat u denkt in dat opzicht tekort te schieten?

Nee, zegt hij. Ik voel me schuldig omdat ik bij haar weg wil.

Wilt u dat?

Ik weet het niet. Ja. Soms.

Plicht en aansprakelijkheid werken naar twee kanten, zegt ze. Het klinkt alsof u vindt dat uw vrouw daar niet aan beantwoordt.

Ja. Nee. Moet ze dat dan? Hij kan hier niet over nadenken, wil er ook niet over nadenken, al is hij er zelf over begonnen. Eerlijk gezegd is het huwelijk voor hem altijd iets van twee mensen die bij elkaar komen om een derde te maken, een opruiende extra aanwezigheid die hen allebei tegenwerkt, onheil veroorzaakt, zijn goede bedoelingen ondermijnt. Maar dat alles is te gecompliceerd, want momenteel is hij kwaad over iets eenvoudigs. Die stomme meditatielessen vreten echt aan hem, want Desirée zou eigenlijk moeten rouwen, bij hem zijn. Zijn eerste therapiesessie na Astrids dood en hoe zijn we op dit onderwerp gekomen? Ik wil over mijn zus praten.

Natuurlijk. Het is een verschrikkelijke gebeurtenis om te verwerken.

Eh, zegt hij. Eigenlijk heb ik het over de andere zus.

Ze laat de blocnote zakken en kijkt hem geïnteresseerd aan. U hebt een andere zus?

Ja, natuurlijk. Ik heb het vast wel over haar gehad.

Maar dat heeft hij niet, niet één keer tijdens al zijn sessies heeft hij haar naam genoemd, een blijk van hoe weinig ze hem kan schelen of misschien juist het tegendeel, van hoe belangrijk ze voor hem is. Nooit eerder zo bij stilgestaan. Vreemd, dat bepaalde vormen van blindheid van alles kunnen onthullen. Maar je merkt aan de ontstane onrust hoe sterk haar aanstaande komst hem enerveert.

Waarom is dat zo zorgwekkend? Ze is immers uw zuster. Geen vreemde.

Ja, maar is dat juist niet het punt? Ik ken haar en we hebben een gezamenlijk verleden.

Vertel eens wat meer.

Maar er valt niets te vertellen. Wanneer hij zich op de vraag concentreert, weet hij niet eens meer precies wat die geschiedenis inhoudt. Gewoon normale toestanden binnen een gezin, spanningen tussen kinderen onderling. Wat zit hem dan zo dwars? Het enige wat hij uiteindelijk kan zeggen is dat het aanvoelt alsof ze elk aan een andere kant staan.

Aan een andere kant waarvan?

Dat is de vraag. Een scheidslijn, een tegenstelling, een breder wordende kloof. Maar dat is wat een scheidslijn behelst, en waar hij ligt, dat is een andere kwestie. Het antwoord ontbreekt, bij hem tenminste, vandaag tenminste. Het enige wat hij weet is dat het vooruitzicht om zijn kleine zusje te zien hem afschrikt en van streek maakt, en niet kan worden vermeden.

Amor komt voor de begrafenis. Heeft afgesproken haar van het vliegveld op te halen, omdat ze nog steeds, het zal niemand verbazen, geen rijbewijs heeft. Al moet ook zij gespannen zijn. Ze heeft toegezegd om twee dagen te komen, zodat ze beide missen kan bijwonen, vigilie en requiem, en de ochtend daarna wil ze naar Durban terugreizen. Kan niet meer vrij nemen, zegt ze, maar kom op, dat is de reden niet. Ze heeft ook geen zin om hier te zijn, niet langer dan noodzakelijk is.

Haar vlucht is te laat, waardoor hij nog een uur extra kan piekeren. Doelloos loopt hij rond door de immense nieuwe luchthaven, een kolossaal prestigeproject van het huidige bewind, kijk eens hoe kosmopolitisch en royaal we zijn. Moet erkennen dat hij onder de indruk is. Wat Mbeki verder ook aan rare blinde vlekken heeft, hij weet hoe hij de rassa moet laten kinkelen. Kassa moet laten rinkelen, verdomme toch. Maar er zijn grenzen aan je ontzag waar het vliegvelden betreft, al die saaie onpersoonlijke hallen hebben iets wat ook de mensen erin niet helemaal menselijk maakt. Van op een afstandje, tenminste.

Herkent Amor pas op het laatste moment, wanneer ze op hem afloopt. Ander haar, veel korter dan de vorige keer, en opzij begint het grijs te worden, maar dat is niet de echte verandering. Hij herinnert zich haar als mooi, de schok die ze veroorzaakte, maar die frisheid is grotendeels verdwenen. Niet zo jong meer. Dat geldt voor ons allemaal. De lichtdimmer die langzaam lager wordt gezet. Eenendertig jaar. Een uiterlijk dat nog niet alledaags is, maar wel die kant op gaat. Zomaar een gezicht op een vliegveld.

Hé zus./Dag Anton. En dan volgt die heel korte stilte waarin oudste en jongste kind elkaar aankijken, over de nieuwe, onwennige leemte heen. Astrid hield op een of andere manier altijd de boel bij elkaar. Zo, welke taal spreken we nu? Ze doet geen poging om hem aan te raken, hij op zijn beurt doet dat ook niet. Onderling afgesproken, bijna tevoren. Al zijn ze hartelijk genoeg in hun koele terughoudendheid.

Ze heeft niet meer dan een kleine rugzak bij zich als handbagage. Ze reist licht. Lichte bepakking. Zo licht dat ze vanochtend bijna niet het vliegtuig in kwam. Susan had haar in Durban afgezet op het vliegveld, en ze is minutenlang op dat plekje blijven staan, opeens niet zeker of de volgende stap eigenlijk wel mogelijk was. Maar kennelijk was dat toch zo, want kijk, nu zit Amor naast Anton in de Mercedes, op weg naar de boerderij.

Heeft de halve nacht over dit ogenblik liggen tobben, de lange rit en hoe vul je de tijd. In de auto valt nergens aan te ontsnappen, je zit vast aan een gesprek of een zwijgen, de enige twee opties. Hij heeft van tevoren een losse babbel bedacht, vol zelfkleinerende grapjes, het soort riedel dat in een bar aanslaat, al vaak eerder toegepast, als aanloopje. Maar uiteraard is ze niet iemand die hij net heeft ontmoet, en ze zijn geen van twee dronken en bovendien, voor zover hij weet heeft ze geen gevoel voor humor, dus staakt hij de voorstelling tamelijk snel en stapt over op wat belangrijk is.

Er moeten dingen geregeld worden, zus. De notaris heeft wel geprobeerd je te bereiken, volgens mij heeft ze het uiteindelijk opgegeven, er was een probleem met de maandelijkse betalingen uit pa's nalatenschap, ze hebben kennelijk geen bankrekening van je? Ze zetten het intussen op een tegoedrekening, maar jemig, je doet jezelf tekort, alleen al met de rente kun je het hoofd boven water houden, je verschuilen is niet logisch.

Ik weet het, zegt ze. Ik heb die berichten ontvangen.

De notaris zegt dat je niet reageert.

Dat klopt. Het spijt me.

Nou, misschien is dat maar goed ook. Ik moet je nog iets anders vragen, wat we tegelijkertijd kunnen regelen.

Wat is dat?

Ik moet misschien land verkopen. Een klein stukje van de boerderij, als jij erin toestemt. Ik heb enorme rekeningen liggen, de belastingen gaan alsmaar omhoog, de onderhoudskosten zijn een nachtmerrie... Maar dat doet er nu niet toe, we kunnen het er later over hebben.

Heb sowieso al bijna te veel gezegd, het is te snel voor dat kleine verzoekje. Stapt over op een ander onderwerp, de algehele toestand van het land, een wonderlijke mengeling van optimisme en onbehagen. Beschrijft ook zijn persoonlijke toestand, bij nader inzien. In elk geval hoe hij die ondergaat, vooral op dit moment. Voor een deel zit hij te ratelen omdat hij zenuwachtig is, maar ook verrast het hem hoe fijn hij het vindt om haar te zien en hoe makkelijk het is om met haar te praten. Dat zit 'm in de manier waarop ze luistert. Is hem nooit eerder opgevallen. Maakt dat je iets extra's wilt geven, een confidentie die jou als uniek bestempelt. Dat zijn er steeds minder de afgelopen jaren, nu je bezig bent tot een welverdiend cliché te vervallen. Er is maar één resterende ambitie die wellicht zijn redding zou kunnen zijn.

Ik werk momenteel aan een roman, zegt hij tegen haar.

Echt waar?

Nou, het zijn nog maar een paar bladzijden en de rest bestaat voornamelijk uit onuitgewerkte aantekeningen. Maar als ik iets met zekerheid weet, dan is het dat ik hem ga afmaken. Je mag me op alle fronten een mislukkeling noemen, ik zal je niet tegenspreken. Maar ik zal in elk geval een boek achterlaten. Zelfs al is het een slecht boek. Hoort zichzelf en bloost heftig.

Ze kijkt hem nieuwsgierig aan, met haar hoofd scheef gehouden. Ik vind je geen mislukkeling.

Nou ja, je bent altijd al aardig geweest, zegt hij. Zijn stem klinkt sardonisch, maar hij beseft dat het waar is. Aardig zijn, dat is haar ding. Haar hoezalikhetnoemen, haar inborst.

Hoe heet het boek?

Heeft nog geen naam. De titel zal waarschijnlijk als laatste arriveren. Intussen geneert hij zich niet meer en merkt dat hij openlijk met haar over zijn roman spreekt, op een manier waarop hij dat niet heeft gedaan met, laten we zeggen, zijn vrouw. Dat hij er een paar jaar geleden aan was begonnen, 's avonds laat, in een soort koorts. Dat hij er sindsdien hard aan werkt, vrijwel elke dag, soms uren achtereen. Dat het een schuilplaats voor hem is geworden, zelfs wanneer hij er niet aan werkt, maar er alleen maar aan zit te denken.

Een schuilplaats waartegen?

Tegen het leven, zegt hij en lacht op die oude manier van hem, een sidderen dat bijna in huilen uitmondt.

In de afgelopen jaren heeft Amor niet veel romans gelezen. Ze is haar leesplezier een tijdje geleden kwijtgeraakt, nadat ze een paar jaar in het ziekenhuis had gewerkt. De echte wereld is te kolossaal geworden, te zwaar om in een mandje rondgedragen te worden. Maar haar broers boek zou ze graag lezen, wanneer hij het af heeft.

Ze komen bij het hek en hij stapt uit om het open en dicht te maken, twee combinatiesloten tegenwoordig, makkelijker om het zelf te doen. Dan laat hij de stilte uitwaaieren, eindelijk, over het laatste stuk grindweg. Geen verandering in dit uitzicht, gaat ook niet gebeuren zolang wij leven. Maar wanneer ze op de oprijlaan parkeren, ziet ze best dat het huis hoognodig moet worden geschilderd en dat alle bloembedden, ooit gegraven en beplant en verzorgd door hun moeder, er totaal verpieterd bij liggen.

Hoewel hij wil dat het verval haar niet ontgaat en dat ze medelijden met hem krijgt, voelt hij zich onverwacht in de verdediging gedrongen. Ja, ik ben laks geweest, ik heb een en ander verwaarloosd. Maar binnenkort ga ik het allemaal regelen, volgende week zelfs al, wacht alleen nog op gereedschap dat ik besteld heb...

Ook binnenshuis zijn er barsten, breuken en kleine verzakkingen. Een ontbrekende tafelpoot is vervangen door een stapel encyclopedieën. Een ontbrekende ruit door een krant. Alles groezelig en sleets, veel schoongemaakt wordt er niet.

Zou het fijn vinden als mijn lieftallige vrouw er was om je te begroeten, maar zij synchroniseert momenteel haar innerlijke vibraties met die van haar goeroe. En ik zou het ook fijn vinden om je te installeren in een van de slaapkamers boven, maar die zijn allemaal voor andere doeleinden in beslag genomen.

Mijn kamer ook?

Sorry, ja, dat is tegenwoordig mijn werkkamer. Waar ik zit te schrijven! Ik slaap nu in pa's oude kamer. Voor jou is het beneden vast een stuk geriefelijker, in de logeerkamer.

Vroeger was er beneden nooit een logeerkamer. Blijkt vroeger pa's werkkamer te zijn geweest, op de begane grond aan de achterkant, aan de donkere kant van het huis. Een vierkant vertrek zonder enige charme met drie smalle, rechthoekige ramen, horizontaal aangebracht, hoog. Heeft iets van een gevangeniscel, hoewel de aankleding in een hotel thuishoort. Bed en bureau en stoel en kasten, allemaal in één keer bij Morkels gekocht.

Nou ja, maakt niet uit. Het is maar voor twee nachtjes. Ze laat haar kleine rugzak op de grond vallen.

Ik zal schone lakens voor je halen, zegt hij. Zonder overigens in beweging te komen. Hij staat haar weer aan te kijken, op een onbeschroomde manier. Het valt hem op dat zijn jongere zus, nu zijn enige zus, een bepaalde, lastig te benoemen eigenschap heeft die precies hetzelfde is gebleven. En hoe zie ik eruit, wil hij van haar weten.

Langzaam schudt ze haar hoofd.

Nou, je had erover kunnen liegen.

Zijn haargrens wijkt, waardoor het oude litteken op zijn voorhoofd extra aandacht krijgt, en aan weerszijden van zijn ogen lopen donkere rimpels. Maar ze reageert op iets anders, een diepere vermoeidheid die uit zijn gezicht spreekt.

Je ziet er niet goed uit, zegt ze tegen hem.

Jij bent zelf ook geen toonbeeld van gezondheid.

Ik heb net een zus verloren.

Raar genoeg geldt dat ook voor mij. Een snelle glimlach splijt zijn gezicht open, geneest dan weer. Je beseft toch wel dat we nog maar met ons tweeën zijn.

Hij gaat het linnengoed halen. Neemt er de tijd voor, maar wanneer hij terugkomt, zit ze op de rand van het bed op hem te wachten en zet het gesprek voort alsof er geen onderbreking heeft plaatsgevonden.

Dan kunnen we het misschien op één punt eens worden, Anton.

En dat is?

Salomé. Het huis van de Lombards.

Hij legt de lakens langzaam op het bed neer. Nog steeds, zegt hij, verbaasd. Nog steeds mee bezig.

Ja. Nog steeds mee bezig.

Moet dat echt het eerste zijn waar we het over hebben?

Zelf kijkt ze er ook van op hoe belangrijk het voor haar is, deze begraven kwestie van lang geleden. Ze heeft de afgelopen jaren veelvuldig aan Salomé gedacht, natuurlijk heeft ze dat. Telkens wanneer haar gedachten afdwalen in de richting van haar ouderlijk huis, of nee, dat wil zeggen, de boerderij, niet haar ouderlijk huis meer, telkens wanneer haar gedachten naar de boerderij afdwalen, zijn er heel wat stenen die ze omkeert, en Salomé is er een van. Maar die bepaalde steen lijkt nooit een definitieve rustplaats te vinden, hoe vaak hij ook wordt omgekeerd.

Ik ben hier niet lang, zegt ze.

Ik was van plan het af te handelen. Echt waar. Maar... ik weet niet, er kwam van alles tussen.

Oké, zegt Amor bedaard. Maar kunnen we het dan nu wel afhandelen?

Wat, nu meteen? Daar is het niet het juiste moment voor, dat zie jij ook wel. Maar we doen het heus wel, zegt hij. Natuurlijk. Makkelijk zat. We regelen het.

Voordat ik ga?

Daar is misschien geen tijd voor. Maar dat hoeft toch ook niet? We kunnen alles op afstand afronden. Geen dringende reden om het stante pede te doen. Vooral niet nu de begrafenis eraan komt. Laten we ons maar klaarmaken.

Loopt achteloos de kamer uit, maar zodra hij uit het zicht is, stuift hij de trap op naar zijn slaapkamer om een grondige blik te werpen, voor de zoveelste keer, op een stel plattegronden die hij uit de algehele chaos heeft opgediept en op de grond heeft uitgespreid. Zit hongerig en angstig naar die plattegronden te staren alsof er een heel wereldrijk op uitgetekend staat, in glorieuze omvang.

Zijn vrouw treft hem daar aan als ze terugkomt van haar yogales in het Center voor de Hele Mens. Ondanks een lange pranayamasessie is haar rusteloze energie vandaag niet tot bedaren gekomen, en ze verkeert in een hippische stemming, ze stampt en snuift en schudt met haar manen. Een tikje premenstrueel, waarschijnlijk, maar ook wordt ze overweldigd door de negatieve en verwoestende kracht die van het karma van haar aangetrouwde familie uitstraalt. Wat hebben die allemaal niet in hun vorige leven uitgespookt dat ze zoveel ellende veroorzaken in hun huidige!

Is ze er?

Anton wordt uit een diepgaande dagdroom gewekt. Ja. Ze is er.

En...?

O, zegt hij. Het ging allemaal prima.

Nou, ik hoop niet dat ze zich verbeeldt dat ik speciaal voor haar ga koken omdat ze toevallig geen vlees eet. Daar komt niets van in. Het is niet voor het eerst dat Desirée deze mogelijkheid ter sprake brengt, het idee houdt haar al bezig sinds ze van Amors aanstaande komst heeft gehoord. Haar schoonzus heeft drie jaar geleden nagelaten haar bruiloft bij te wonen en nooit berouw over deze misstap getoond. Bovendien zijn er te veel mensen die een opmerking hebben gemaakt over hoe mooi Amor zou zijn, een voor Desirée verontrustend onderwerp in de afgelopen jaren. Ooo, is ze dat?

Waar?

Zijn vrouw is afgezakt naar het raam, waar de jaloezieën eeuwig naar beneden hangen, en tuurt tussen de latjes door. Daar, ze staat bij de waslijn te praten met de hulp.

Hmmm, heel verdacht. Twee vrouwen die elkaar omhelzen, ongewettigde interraciale tederheid, terwijl het ondergoed blikkert en wappert in een niet gevoelde bries. Yep, dat is ze inderdaad.

Zo'n schoonheid is het ook weer niet.

O, er is het een en ander verwelkt.

Echt waar? Hmmmm. Desirée voelt zich wat hartelijker tegenover haar worden. Wat doen ze daar, die twee?

Een revolutie beramen, zegt hij. En het heeft inderdaad iets samenzweerderigs zoals ze daar verstrengeld staan. Zelfs wanneer ze elkaar hebben losgelaten, hebben ze elkaar niet losgelaten. Dicht tegen elkaar staan ze te praten, elkaars hand vasthoudend, hoofden die elkaar bijna aanraken. Ze is altijd al dik met de onderkant van de samenleving geweest, mijn zus. Nee, niet echt. Heeft geen enkele politieke gedachte in haar hoofd. Maar ze voelt zich aangetrokken tot slachtoffers, hoe zwakker hoe beter, heeft het gevoel dat ze alle historische misstanden moet goedmaken, en er bestaat een onzalig verbond tussen die twee, God weet wat voor een.

Nou ja, zegt Desirée, die zich alweer verveelt, zolang ze maar geen speciale maaltijden verwacht...

De aanblik van Salomé in haar kerkkleren herinnert haar eraan dat ze zich nog moeten kleden voor de vigiliemis. Nooit eerder naar een katholieke begrafenis geweest, wat trek je daar eigenlijk voor aan?

De pastoor is pontificaal uitgedost, in vele lagen, het menselijke equivalent van een pauw. Kijk eens hoe hij naar buiten komt uit zijn plezante pastorie achter de kerk, voelt hij zich niet potsierlijk? Zijn gele Fiat staat in de oprijlaan geparkeerd. Hij wil net instappen wanneer hij aan de overkant van de straat een dakloze man op de stoeprand ziet zitten.

U mag niet in het struikgewas van de kerk plassen, zegt hij. Alstublieft.

Ik zal het niet doen, zegt Bob.

U mag nergens bij de kerk uw behoefte doen. Om te laten zien dat hij zich kan verplaatsen in de ellende van arme sloebers, voegt hij eraan toe: Doe het daar maar ergens.

Inmiddels is hij al laat voor de mis, die plaatsvindt in een kapel naast de begrafenisonderneming, een kort eindje rijden. Een wat troosteloos bouwsel, krap en met een laag plafond, hij kent het goed en uit de vele auto's die er geparkeerd staan maakt hij op dat het volle bak wordt. Gelukkig is er een parkeerplaats gereserveerd voor zijn eigen soort, ver hoeft hij niet te lopen, en het is nog niet laat, of niet heel erg laat, wanneer hij bij de kapeldeur aankomt, met glinsterende borst.

In zijn liturgische gewaden is de last van zijn ambt eerder merkbaar, de stoffen drukken op hem neer. In elk geval vermijdt hij iedere zweem van zijn middernachtelijke ik, pinkogend, gehuld in kamerjas, met zijn onbehaarde enkels zichtbaar, maar hij slaagt er desondanks niet in de echtgenoot te omzeilen, Jake, die een van de slippendragers is en uiteraard begroet moet worden, hoewel ze elkaar weten te passeren met een halve glimlach die ook een grimas zou kunnen zijn.

Dat is buiten, op het bordes, in de onheilszwangere schemering. De kist staat in een klein zijvertrek en de slippendragers hebben buiten staan wachten. Ze lopen nu naar binnen om hem op te halen en naar de deur te brengen, waar de pastoor staat te wachten en zijn heilige water laat spetteren.

Hier ontstaat opnieuw heel even een gespannen situatie, omdat Astrids eerste man, Dean, tegen zijn wil ook als slippendrager is ingelijfd. Op het laatste moment heeft hij de plaats ingenomen van Wessel Laubscher, die verdwaald is en niet tijdig komt opdagen. Rood aangelopen en razend posteert de kleine ronde Dean de Wet, tegenwoordig ronder dan ooit, zich rechts vooraan tegenover zijn usurpator, de tweede echtgenoot, die hij niet zal aankijken of aanspreken, nu niet, nooit niet.

Toch dwingt zijn betere ik hem deze taak uit te voeren. Omwille van de tweeling, voornamelijk. Zal Astrid nooit vergiffenis schenken voor het lijden dat ze hem heeft aangedaan, waarvan het ergste is geweest dat ze zijn kinderen van hem afnam. Kan raar lopen in het leven, hè? Neil en Jessica gaan na de begrafenis mee terug naar Ballito, om de rest van hun opgroeiende bestaan bij hem en Charmaine te wonen.

Een verwrongen soort gerechtigheid te midden van alle onrecht.

Gezien de verwondingen die de overledene heeft opgelopen is er besloten, goddank, dat een gesloten kist het beste is, en voortgestuwd door een dreunende golf van orgelmuziek lopen de dragers er plechtig mee de kapel in en zetten hem zorgvuldig vooraan neer, zodat de voeten van de overledene in de gewenste richting wijzen. Nu wordt er een witte wade over de kist gelegd, klinken de juiste woorden in het Latijn, beginnen de gebaren van het ritueel zich op te stapelen, bloemen en wierook en gezangen en gebeden, allemaal gericht op het lichaam in de kist, om het lichaam onderweg gezelschap te bieden. Onderweg waarheen? Die vraag lijkt nog aan discussie onderhevig, dus hoor ons aan, lieve Heer, wees de ziel van onze zuster Astrid alstublieft genadig, stuur haar niet naar het vagevuur, of niet te lang, en zeker niet naar dat andere oord. Ze heeft al genoeg geleden, ze verdient niets ergers.

Pastoor Batty heeft het verhaal van Kaïn en Abel als thema gekozen. Hij voelt zich vanavond deugdzaam, en nadenkend gestemd, des te meer omdat hij gisteren die zwerver heeft betrapt op urineren in het bloemperk van de kerk. Waarlijk, de barbaar staat voor de poort, Satans donkere vloed lekt al aan onze kusten, enz., enz.

De stem van de brave herder klinkt welluidender dan ooit, de gelegenheid vraagt om een tragische toon. Ik zal u vertellen, broeders en zusters, dat ik soms niet weet waar we leven, in de Hof van Eden of in het Land van Nod. Ons prachtige, overvloedig bedeelde land ziet eruit als het paradijs. Maar er zijn momenten, en dit is er een van, wanneer het voelt alsof we in ballingschap leven, tussen de nakomelingen van Kaïn, en het aangezicht des Heren voor ons verborgen blijft... In deze trant gaat hij door, maar wie kan er lang blijven luisteren wanneer de morele toonhoogte onhaalbaar is voor het menselijk oor, en zijn stem ook nog iets schrils heeft. Een beetje overspannen, misschien, omdat er een onaangename gedachte bij hem blijft rondhangen die hij niet helemaal kan wegdrukken, aan wat hij heeft nagelaten te doen. Kaïn de schuld geven is veel makkelijker! Voor de meeste mensen is het een opluchting wanneer hij zijn metafoor besluit met het dwingende verzoek om elkaars broeders hoeder te zijn en terug te keren naar de geheiligde ruimte van de eerste hof, waar Astrid vast en zeker verblijft. En laat ons nu bidden.

Ja, zegt Anton in de auto na afloop, we leven in ballingschap, in het land van Noddy... Daarna blijft het stil op de terugrit. De koplampen delven een smal geel kanaal. Wanneer ze bij het huis terug zijn, laat hij de anderen hun eigen weg gaan, Salomé over het paadje rond het koppie, Desirée naar haar slaapkamer boven, terwijl hijzelf de zitkamer in glipt en op het drankkastje afstevent. Kan wel iets verdovends gebruiken om zijn zenuwen te kalmeren.

Merkt tot zijn verrassing, wanneer hij zich omdraait, dat Amor hem is gevolgd. Iets te drinken, zus? Niks? Is dat alweer een pleziertje dat je jezelf ontzegt? Is het soms eerlijker om de pijn te voelen?

Nee, zegt ze, terwijl ze op de bank gaat zitten. Alleen maar pijnlijker.

Precies, en nergens voor nodig. Waarom moet je altijd maar lijden? Hier, laat ik je helpen. Schenkt een glas wijn voor haar in en reikt het haar aan. Vooruit. Werp de kluisters van je af.

Na een aarzeling neemt ze het aan, met een scheef glimlachje. Is dat hoe je me ziet? Kluisters en pijn? Je weet niets van me af, Anton.

Klopt niet helemaal. Sommige dingen weet ik wel. Ik was erbij toen er dingen gebeurden. Die blikseminslag!

Dat was heel lang geleden. En daarna ben ik van huis weggegaan.

Hij kijkt haar een ogenblik ernstig aan. Goed dan. Daar heb je wel een punt. Ik heb nooit fatsoenlijk aandacht aan je besteed. Maar dat kunnen we veranderen. Laten we drinken op een nieuw begin.

Hij heft het glas, neemt een slok. Ziet hoe zij voorzichtig hetzelfde doet. Dan heft zij het glas nog eens.

En als je dat meent, laten we dan nu drinken op Salomés huis.

Hij zucht theatraal. Ik heb gezegd dat ik het zou regelen.

Maar dat heb je negen jaar geleden ook gezegd.

Weet je wat, zegt hij, alsof het net bij hem opkomt. Laten we elkaar helpen. Ogenblikje. Hij stuift weg, de trap op naar Amors kamer/zijn werkkamer, en komt terug met zijn opgerolde plattegronden. Legt ze uit op de vloer van de zitkamer, flessen drank om de hoeken naar beneden te houden. Hier, dit stuk grond hier. Tikketikketik met zijn vinger. Aan de rand, onbruikbaar stuk land. Geen mens die er overlast van ondervindt.

Het is vlak naast de kerk van Alwyn Simmers. Zij zouden er overlast van kunnen krijgen.

Tja. Dat is waar. Maar wij niet, ik bedoel, daar gaat het toch om.

Ze houdt haar hoofd weer scheef, terwijl ze hem nieuwsgierig aankijkt. Ik dacht dat we het over het huis van Salomé hadden.

Dat doen we ook. Maar we kunnen een afspraak maken met de notaris en in één klap twee vliegen…

Wat heeft de ene vlieg met de andere te maken?

Ah, zegt hij terwijl hij zijn glas bijvult, in de geest van een nieuw begin, we moeten elkaar helpen!

Nee.

Hè?

Nee, zegt ze weer, langzaam. Nee, dat kan ik niet doen.

Maar waarom niet?

Anton, zegt ze, het is geen kwestie van ruilen. Het huis was aan Salomé beloofd. Waarom geef je het niet aan haar?

Als ik dat doe, stem jij dan in met...

Nee.

Zijn zelfbeheersing vertoont barstjes. Hij rolt zijn plattegronden alweer op. Waarom niet? Om wat voor nobele reden gaat het nou weer?

Jij wilt dat stuk land verkopen omdat je narigheid voor de kerk wilt veroorzaken. Dat is de enige reden.

Dat is niet de enige reden, maar stel dat dat wel zo was? Kille woede nu, het zwaard is uit de schede. Jij zou die man even vurig moeten haten als ik.

Maar dat doe ik niet.

Nou, misschien zou je Salomé moeten vragen wat zij ervan vindt. Geen verkoop, geen huis, dat is de deal.

Ongeacht wat Salomé ervan vindt, zegt Amor, onze moeder wilde dat ze het huis van de Lombards kreeg. Dat was haar laatste wens en pa heeft die ingewilligd. Hij heeft het beloofd.

Zeg jij.

Ik was erbij.

Zeg jij.

Zit ik soms te liegen?

Geen idee? Is dat zo?

Voor het eerst weifelt ze een beetje. Liegen, nee, beslist niet. Maar vertelt ze de waarheid? Dat weet ze vrijwel zeker, maar niet helemaal. Maar van inbinden is geen sprake. Een deel van de verandering ziet hij op haar gezicht, iets stars en onverzettelijks. Zo was ze vroeger niet. Dat zwakke is er niet meer.

Nee, zegt ze. Ik zit niet te liegen.

Hij knikt, met de opgerolde papieren onder zijn arm. Mooi. Ben liever niet de oorzaak van jouw eerste morele misstap. Daarna gaat alles bergafwaarts, en ik kan het weten. Nou ja, verzucht hij. Welterusten dan maar.

En daarna is hij weg. Ze hoort hem weglopen door de gang. Zijn voetstappen klinken aarzelend, maar hij keert niet om. En dit moment zal evenmin terugkeren, wat voor alle momenten geldt, zij het niet in gelijke mate.

Eenmaal alleen in wat voor haar altijd de werkkamer van pa zal blijven, gaat ze liggen, doet haar ogen dicht en probeert een plek in zichzelf te vinden waar geen koude wind waait. Lukt niet. Buitenshuis blaast ook een echte kille wind, hij plukt aan dakpannen en klopt op deuren, en de gordijnen willen maar niet tot rust komen.

Het probleem, denkt ze, het probleem is dat ik nooit goed heb leren leven. Alles is altijd te weinig of te veel geweest, ik tors het gewicht van de wereld. Maar, brengt ze zichzelf in herinnering, het gaat me steeds beter af! De laatste tijd merkt ze steeds vaker dat ze doet wat ze vindt dat ze moet doen, maar dan op een wat luchtiger manier.

Hoewel dat vanavond helaas mislukt is. Zowel het leven als de dood is vandaag een zware last geweest, in beide gevallen zonder remedie. En morgen komt er nog meer. Misschien geen goed idee om hier te zijn, achteraf. Te laat voor spijt. Maar terwijl ze rusteloos op het harde, smalle bed ligt, besluit Amor om haar bezoek met een dag in te korten. Ze zal morgenochtend na de mis vertrekken, misschien zelfs voor het einde, zonder iemand iets te zeggen, en ze zal nooit meer met haar broer praten. Is niet kwaad op hem, is alleen klaar met hem. Tenzij.

Het is een zonnige en windstille en heldere ochtend, een Hoogveldse herfstdag van het fijnste soort. Perfecte weersomstandigheden voor een begrafenis! Pastoor Batty is vaak opgewekt bij dit soort gelegenheden, er is per slot van rekening geen reden voor verdriet, zoals hij de familie graag mag voorhouden, wanneer God een van Zijn Geliefden tot Zich roept. Dit soort loze geruststelling doet bij velen uit zijn kudde de melk der menselijke barmhartigheid verzuren, al interesseert dat hem niet, omdat zijn eigen uitbundigheid te veel genot oplevert.

Want wat valt er niet allemaal te genieten aan een grote rouwmis, met zijn vele stadia en formaliteiten die doorlopen moeten worden, als een weelderig gedecoreerde passage in een gebouw? Timothy Batty heeft meer besef van zijn zwakheden dan hij doorgaans laat blijken, maar zelden voelt hij zich zo weinig feilbaar als wanneer hij hoog boven een menigte begrafenisgangers staat, Gods ceremoniemeester.

Opnieuw in de kerk, wij met ons allen, tegen wil en dank. In tijden als deze groeit de clan aan, getalsmatig, zij het niet in loyaliteit, en beloeren we elkaar vanuit onze schuttersputjes. De Swarts klitten samen, merendeels, hoewel we flink zijn uitgedund inmiddels, er zit maar één rij op de voorste banken, Amor en Anton en Desirée en diverse verre familieleden, moeilijk te onderscheiden van alle anderen. Want er is niets ongebruikelijks of bijzonders aan de familie Swart, welnee, ze lijken op de familie van de boerderij verderop en van die daarnaast, gewoon een stelletje doodnormale witte Zuid-Afrikanen, en als je het niet gelooft, luister dan maar naar ons gepraat. Onze stem klinkt niet anders dan die van anderen, we klinken hetzelfde en vertellen dezelfde verhalen, in een platgetrapt accent, waarin alle medeklinkers zijn onthoofd en de klinkers lekgeslagen. Er zit iets roestigs, verweerds en gedeukts in onze ziel, en dat klinkt door in onze stem.

Maar zeg niet dat we nooit veranderen! Want raad eens wie daar nog meer op de voorste bank zit, als erelid van de familie vandaag. Kijk eens hoe ver we in dit land zijn gekomen, daar zit de zwarte nanny, bij de familie! Wedden dat Salomé nog nooit, nee, zelfs niet bij de Eerste Gemeente van de Openbaring op het Hoogveld, zulke weelderige decoraties om zich heen heeft gehad, hoewel ze tot haar doordringen als een druipende, gouden vlek, vanwege haar grauwe staar, die haar ook een wijs, afstandelijk voorkomen geeft.

En sterker nog, ze is niet als enige zwarte persoon in de kerk aanwezig. Als je even die kant op kijkt, maar niet meteen, dan zul je die succesvolle politicus zien, kan z'n achternaam niet uitspreken, dat geklik met je tong is te lastig, maar de laatste tijd is hij erg in de picture. Het is natuurlijk wel de compagnon van Astrids man, maar toch, het is aardig van hem om te komen, het is een gul gebaar van iemand die het zo druk heeft.

En hij is niet de enige politicus! Al is de vader van Desirée eigenlijk officieel uit de politiek gestapt en heeft zijn aanwezigheid hoe dan ook iets dubieus, als je erbij stilstaat. Wat er bij de Waarheids- en Verzoeningscommissie naar boven is gekomen, daar krijg je kippenvel van, maar uiteindelijk is zelfs beruchtheid een vorm van beroemdheid en als je hem zo ziet zitten lijkt hij op een heel gewoon oud heertje, ongevaarlijk, had een meubelverkoper uit een provinciestadje kunnen zijn. Is waarschijnlijk niet uit vrije wil hier, meegesleept door zijn vrouw, de platina ijslolly, vijfenveertig facelifts verder, en dan die moordend hoge hakken.

Maar genoeg daarover, we zijn een regenboognatie, wat wil zeggen dat de congregatie vandaag van gemengd bloed en divers pluimage is, rusteloos en slecht op haar gemak, als antagonistische elementen uit het periodieke systeem. Maar de pastoor spreekt iedereen toe zonder aanzien des persoons, stort Latijn over hen uit zonder onderscheid te maken, *Requiem aeternam dona eis, Domine*, de ondoorgrondelijkheid Gods voegt hen kortstondig samen voordat Zijn duidelijkheden hen weer verdelen.

En verder maar, naar buiten. Door de zijdeuren van de kerk, het kerkhof op, waar de aarde haar mond al openhoudt. Is onnodig om lang stil te staan bij wat er volgt, de teraardebestelling, het hartverscheurende verdriet wanneer er voor het laatst afscheid wordt genomen, enz., enz. Het is een oeroud tafereel, misschien wel het oudste dat er is, en het heeft niets unieks.

In elk geval heeft de dakloze man, Bob, alles al eerder meegemaakt. Vanaf zijn uitkijkpost op het hoekje aan de overkant heeft hij op verschillende dagen gezien hoe eenzelfde hoeveelheid mensen zich verzamelt om hun tranen in een rechthoekig gat te laten vallen. Maar vandaag is het misschien een tikje anders, want er zijn een heleboel wezens op deze bijeenkomst afgekomen, meer dan normaal. Hij ziet bijvoorbeeld hoe een ingewikkeld gevormd schepsel aan de tepel van de pastoor zuigt, terwijl er kleine donzige silhouetten tussen de grafstenen snuffelen, en nu en dan schiet er in de lucht een gevleugeld wezen voorbij. Een hele drukte daar op het kerkhof.

Amor gaat als eerste weg. Ze heeft vanuit huis gebeld om alvast een taxi te regelen, zonder iemand iets te zeggen, en nu haast ze zich naar de uitgang, vlak voor het einde, met haar rugzakje bij zich. Ze loopt langs Bob en hij staart haar van dichtbij aan, maar dit is er een zonder wezens, tenzij je rekening houdt met de vage, gelijkmatige gloed die van haar afstraalt, als een zacht blauw vuur.

Morgen, zegt Alphonse tegen haar, stralend. Ze heeft al die tijd zijn nummer bewaard, sinds de begrafenis van pa, en ongelofelijk genoeg is het nog steeds van hem. Zijn leven is een stuk beter geworden, evenals zijn Engels en zijn stratenkennis van Pretoria. Ze stapt in zijn taxi en wordt weggereden, terwijl achter haar de begrafenis nu wel afgelopen moet zijn en de aanwezigen zich zullen verspreiden. Bob bekijkt hoe de mensen en hun bijbehorende organismen golfsgewijs over het kerkhof uitwaaieren, in patronen die hem niet onwelgevallig zijn. Maar er is één man die Bob al zorgen baart sinds hij hem voor het eerst is tegengekomen, een paar nachten geleden, iemand die eruitziet als de verdrietigste mens op aarde. Hij loopt langzaam, met zijn blik op de grond gericht, maar als hij langs Bob komt, kijkt hij op.

Weet je wel, vraagt de dakloze, dat er een wezen op je rug zit?

Wat?

Het klemt zich aan je vast. Met tentakels.

Flauwekul, zegt Jake doodsbenauwd.

Ik zie dingen, vertelt Bob. Mij hou je niet voor de gek.

Wat zie je dan?

Het wezen op je rug. Het is heel groot en heeft een hoop armen. Tentakels, bedoel ik.

Jake is blijven staan. Die dakloze is krankzinnig, dat spreekt voor zich, maar wat hij net heeft beschreven lijkt op een of andere manier te kloppen. Er klemt zich iets groots en donkers aan Jake vast, hij voelt het trekken van de zuignappen.

Wil je het van me af halen?

Dat vindt Bob een dolkomisch idee. Nee man, je kan het er alleen zelf af halen!

Ik weet niet hoe.

Kan je niet helpen. Schraap het eraf tegen een muur?

Jake loopt snel door. Had beter niet aan dat gesprek kunnen beginnen, maar hij staat momenteel open voor signalen van buitenaf, voor alle mogelijke signalen. Zou het een paar dagen geleden niet eens hebben overwogen, maar soms veranderen de vaste regels snel. Alles waar je maar in kunt geloven zou best eens waar kunnen zijn.

Weer thuis gaat hij op zoek naar iemand uit zijn naaste familie, bij voorkeur vrouwelijk, maar hij moet het met zijn zwager stellen, die in de keukenkastjes staat te graven, waarschijnlijk op zoek naar alcohol. Bij hem kun je in elk geval een eerlijk antwoord verwachten. Heb ik iets op mijn rug? vraagt hij.

Wat?

Een dakloze bij de kerk zei dat ik iets op mijn rug heb zitten.

Apekool, zegt Anton. Die vent is vast gek.

Een beetje zorgelijk, die Jake, hij lijkt het allemaal niet te trekken. Is echt niet zichzelf momenteel. Daar staat hij, met een veelpotig wezen dat zich aan zijn rug heeft vastgehecht en zijn huis vol mensen die hem in deze moeilijke tijden komen steunen, en hij vraagt zich af hoe dit allemaal echt kan gebeuren.

Ik moet je een vraag stellen, zegt hij.

Oké.

Wist jij dat Astrid een verhouding met iemand had?

Nee.

Echt niet? Wist je het niet?

Anton schudt zijn hoofd. Nee, hij wist het niet. Niet te geloven! Maar met wie dan?

Ik hoopte dat jij me dat kon vertellen.

Ik heb geen idee. Sorry.

Anton ziet hoe zijn zwager zich stijfjes van hem verwijdert, als een stok die wegdrijft in een rivier, en heeft voor een zeldzaam ogenblik deernis met een medemens, hoewel daar zelfs nu een bevroren randje aan zit. Geen eerlijke antwoorden zonder kille vragen. En geen kennis zonder waarheid.

En geen alcohol, in geen enkele kast. Wat mankeert die man? Hij blijft nog een tijdje in de keuken rondhangen, nog niet toe aan koetjes en kalfjes, en denkt aan zijn zus. Nee, niet Astrid, die andere. Heeft gezien hoe Amor daarnet de kerk uit glipte. Heeft het gezien omdat hij wist dat ze het zou doen, hij had al voorvoeld wat ze van plan was, zelfs vóór haar zwijgen van vanochtend en de rugzak in haar hand. Wat hij niet zag aankomen, is hoe verdrietig hij ervan wordt, al is dat ook maar een gevoel, wat maakt het uit als ze geen afscheid wil nemen? Kan haar elk moment opbellen, haar verrassen met het nieuwtje: Hé, Salomé heeft haar huis gekregen. Gaat het misschien nog doen ook. Gaat het misschien echt doen.

Hij wil nu gewoon naar huis, maar zo snel kun je niet weggaan, je moet een rondje maken. Ga de zitkamer in, zoek wat verwanten voor een vete. Staat een tijdje met tante Marina te praten, dat wil zeggen, met het stompje mens dat er van haar is overgebleven, half gesmolten en druipend over haar rolstoel, als een oude kaars op een schoteltje. Nog geen tachtig, maar na Ockies overlijden aan longemfyseem is ze rap achteruitgekacheld. Houdt zijn hand vast en streelt die, wat iets nieuws bij haar is. Sentimenteel geslobber van de oude harpij. *O, the horror, the horror.*

Ze wordt tegenwoordig thuis verzorgd door neef Wessel, een lapzwans die zich maar blijft verontschuldigen voor iets wat hij gisteren wel of niet heeft gedaan. Wat is er toch met hem? Komt bijna nooit de deur uit en steekt geen poot uit om zelf aan de kost te komen. Hij is al zijn haar kwijt, om de een of andere reden zelfs zijn wenkbrauwen, en omdat hij meestal binnen zit, is hij zo wit als kwark. Hij draagt graag golvende gewaden van kaftanachtige snit, zelfs op een dag als deze, en heeft daar waarschijnlijk geen onderbroek onder aan. Zijn uiterlijk is zo onthutsend dat het niet meevalt om goed te luisteren naar wat hij zegt, maar hij blijft maar doorgaan over zijn ondeugdelijke telefoon die hem de verkeerde kant op gestuurd heeft. Het spijt me zo, ik schaam me zo...

Waarvoor? Ik begrijp het niet.

Ik zou gister een van de dragers zijn, maar ik ben verdwaald. Mijn gps heeft me naar de verkeerde kerk gestuurd!

O, dat geeft toch niet... Anton wuift het weg. Het interesseert hem niet. Dat niet en de rest ook niet, al moet je wel de schijn ophouden. Hij is nog maar nauwelijks van zijn merkwaardige neef verlost of zijn plaats wordt ingenomen door zijn diep getraumatiseerde neefje en nichtje, Astrids kinderen, Neil en Jessica, die op het punt staan naar Ballito te vertrekken. Pas goed op jezelf. Bel me nog een keer! Tot ziens!

En als ze nog maar amper iets van sprekende of kenmerkende gelaatstrekken hebben gekregen, dan is dat omdat er op hun ronde, pukkelige pubergezichten weinig zichtbaar is, al maalt er van alles rond in de ruimte erachter. Na de aanblik van hun dode grootvader, lang geleden op de boerderij, toen ze nog maar zeven waren, is bij elk van hen de primaire angst ontstaan om net zo te eindigen als hij, een wasachtig, stijf en onbewoond iets, en de wetenschap dat hun moeder, die nu op het kerkhof onder de grond ligt, in zo'n zelfde staat is komen te verkeren heeft hun allebei ook een knauw gegeven, op een vrijwel identieke manier, zoals heel vaak het geval is bij tweelingen, om ingewikkelde redenen. Erger nog, ze weten allebei dat hun leven binnenkort onherroepelijk zal veranderen en dat ze daar niets aan kunnen doen, overgeheveld als ze worden naar een totaal ander bestaan, halverwege hun tienerjaren, in een tijd dat de hormonen die vet en haar en begeerte produceren hun aromatische hoogtepunt bereiken. Wat is alles verschrikkelijk oneerlijk! Tot ziens!

Wat moeten ze van hem? Waar dient familie voor? Een interessante vraag, die Anton besluit straks nader te onderzoeken in zijn dagboek. Hij wordt van deze gedachten afgeleid door zijn vrouw, die mompelt dat ze lang genoeg zijn gebleven, kunnen ze nu alsjeblieft gaan? Ze wil haar chakra's laten opwrijven door Mowgli de mensenwelp en Anton wil een whisky, in Jakes drooggelegde huis helaas niet verkrijgbaar. Meditatie voor medicatie, eerlijke ruil, dus ja, mijn licht en mijn liefste, we gaan zo, maar laten we eerst afscheid nemen. Pas op jezelf, bel als je iets nodig hebt. En laten we alsjeblieft contact houden.

Op weg terug naar huis vraagt hij: Wist jij dat Astrid een verhouding met iemand had?

Nee! Desirées verrassing is oprecht. Met wie dan?

Dat is de grote vraag. Dacht dat jij die misschien kon beantwoorden.

Ze schudt haar hoofd. Het idee verbaast haar zelfs. Maar is ook, hmm, geen complete schok. Maar wie zegt dat?

Haar man.

Jake? Die is momenteel niet in orde, dat zie je zo.

Daar is Anton het mee eens. De kluts kwijt, voor zover hij die al ooit heeft gehad. We moeten hem binnenkort maar eens uitnodigen, als blijk van onze bezorgdheid.

Inderdaad belt hij Jake een paar maanden later op en vraagt hem langs te komen op de boerderij. Voor een hapje en een drankje en gewoon een gezellige avond, onder het mom van bijpraten, maar ook om een prijsopgave te krijgen voor het installeren van een elektrische afrastering om het huis en misschien wat breedstralers in de tuin. Het etentje blijkt best leuk te worden, in elk geval voor Anton. De nuchtere wereld, met al haar kwalen en kwetsuren, heeft voor hem de laatste tijd een nevelige hilariteit en hij moet vaak hardop lachen, vooral 's avonds.

Jake wordt nog steeds gekweld door dezelfde vraag, inmiddels een oude vraag. Als ik alleen maar achter zijn naam kon komen, zegt hij tegen hen.

Waarom? vraagt Anton. Wat heb je daar dan aan?

Ik wil hem niets doen, ik wil het alleen weten. Nu verdenk ik iedereen. Zelfs haar vriendinnen. Iets zeker weten maakt een eind aan de pijn.

Maar dat is niet zo! Snap je dat dan niet? Achter die vraag ligt weer een andere vraag, waarom of wanneer of waar, en daarachter weer een andere...

Zou kunnen, zegt Jake koppig. Maar toch wil ik het weten.

Desirée geeft een dramatische klap op de tafel. Ze heeft de oplossing! Bij haar meditatieclubje in Rustenburg zit een oudere vrouw, een medium, die met Astrid zal praten en haar om de naam zal vragen.

Jake gaat daar zowaar serieus op in, terwijl Anton dubbel ligt. Hoe gaat ze dat gesprek met Astrid voeren, zijn de normale tarieven voor mobiel bellen van toepassing?

Via haar gids natuurlijk. Desirée gaat zo op in Jakes tragedie dat ze zich weinig van haar man aantrekt. Momenteel communiceert deze vrouw, Sylvia heet ze, via een Egyptenaar die rond de vorige eeuwwisseling in Alexandrië leefde.

Hij zal ons in contact met Astrid brengen.

Maar Astrid spreekt geen Arabisch. Of gebruikt hij ondertitels? Anton valt van zijn stoel, plast bijna in zijn broek. Maar is tegelijkertijd onverwachts geroerd door de ernst waarmee Jake dit oppakt, de gretigheid waarmee hij een antwoord verlangt. Hoe ver zou hij eigenlijk gaan, als hij kon, om dat antwoord te krijgen? Tot voorbij het graf, zo te zien. Het graf voorbij het graf! Anton schiet als een haas de trap op naar zijn werkkamer om er een aantekening over te maken, iets bruikbaars voor zijn roman misschien.

En natuurlijk eindigt het ermee dat Desirée voor een afspraak belt met Sylvia, die op haar website belooft de sluier voor u op te lichten, en dat ze Jake er zomaar op een doordeweekse ochtend met de auto naartoe brengt. Het is een nietszeggend huis, een beetje groezelig en slecht bijgehouden, een beetje zoals Sylvia zelf, die een gedrongen, grijsharige vrouw is met lang, vies haar en een scherpe stem, zonder spirituele attributen om zich heen. Jake waardeert haar alledaagsheid. Van de andere opties die hij heeft uitgeprobeerd waren sommige een stuk flamboyanter en valser. Ze gaan in haar woonkamer zitten, op een doorgezeten bruine bank met antimakassars op de armleuningen. Ze vraagt hoe hij bij haar is terechtgekomen, ook al is het hele verhaal haar van tevoren verteld.

Ehm, zegt Jake. Mijn vrouw is tweeënzestig dagen geleden doodgegaan.

Sylvia is gechoqueerd. Nooit dat woord gebruiken! Het klinkt heel storend voor hen die zijn overgegaan.

Welk woord? Hij heeft geen idee wat ze bedoelt.

Ik kan het niet eens uitspreken. Er bestaat niet zoiets als dat woord!

Eindelijk snapt hij het. Ze bedoelt dood. Er bestaat niet zoiets als dat woord. En hij put troost uit haar verontwaardiging.

Mijn vrouw... is overgegaan? En ik vind het moeilijk om haar los te laten. Ik zit nog steeds met vragen...

Heb je op dit moment iets van haar bij je? Iets wat ze misschien weleens droeg of wat haar dierbaar was?

Dat heeft hij, want ze had hem al aan de telefoon gezegd iets dergelijks mee te nemen. Een aantal van Astrids persoonlijke bezittingen zijn haar natuurlijk onder dwang afgenomen en elders ondergebracht, ze behoren nu andere mensen toe. Het leven van voorwerpen, als je toch eens wist wat voor afstanden ze afleggen... Maar aan haar kant van het bed had hij een leesbril gevonden en daar loopt hij nu altijd mee op zak, waar hij ook gaat of staat.

Hij legt hem in Sylvia's kleine handpalm. Ze sluit haar vingers eromheen en doet haar ogen dicht, ze neuriet en mompelt wat bij zichzelf. Wiegt naar voren en naar achteren. Doet haar ogen open.

Moestafa geeft door, zegt ze, dat je vrouw ongedeerd is. Ze wil je laten weten dat het goed met haar gaat.

Hij knikt, bijna niet in staat om adem te halen.

Ik zie haar staan bij een waterval midden in een bos. De zon is warm. Ze voelt zich veilig en gelukkig.

Dat is fijn, zegt hij.

Als je ooit een verre reis moet maken, zegt je vrouw, moet je een paar stevige schoenen meenemen. En in de buurt van de rivier blijven.

Goed, zegt hij. Ik zal eraan denken.

Er is iemand bij haar, een man. Hij neemt haar heel erg in bescherming.

Wie is het? vraagt hij naar voren leunend.

Oemmm. Sylvia heeft haar ogen weer dichtgedaan, ze houdt de leesbril stevig vast. Ze wekt de indruk dat ze haar best doet om een verre stem te verstaan, door wolken van statisch geruis heen, en zijzelf ervaart het inderdaad alsof ze zit te luisteren naar een krakerige uitzending op een slechte radio waaruit af en toe een woord opduikt. Lang. Bebaard. Bril? Klinkt dat bekend?

Een naam, zegt Jake. Kan je gids een naam opvangen?

Oemmm. Mmmmm. Mmmmm. Het kost Moestafa moeite om aan informatie te komen.

Is er dan niks?

Roger, zou dat kunnen? Zegt je dat iets?

Ik ken niemand die Roger heet.

Richard? Ze rukt zich los uit haar trance, doet haar ogen open. Richard, denk ik, maar het was onduidelijk. Kan ook Robert zijn. Iets dergelijks. Ik weet het niet. Het spijt me, de weg wordt vandaag geblokkeerd door een obstakel. Binnenkort nog maar eens proberen?

Anton is niet thuis als ze bij de boerderij terugkomen, maar later die avond belt Jake naar zijn zwager. Zegt de naam Roger je iets?

Wat? De verbinding is slecht, valt af en toe weg, en Anton denkt dat hij het verkeerd heeft verstaan.

Kende Astrid iemand die Roger heet? Of misschien Robert of Richard? Een goede vriend met zo'n soort naam?

Je schiet op de verkeerde bok, zegt Anton tegen hem, maar de verbinding is weggevallen. Roger/Robert/Richard. Die arme kerel is aan het doordraaien. Moet iets voor hem doen, wat vaker met hem optrekken. En met de kinderen al helemaal, mijn neefje en nichtje, onschuldige zieltjes onderweg naar morgen, enz., enz., al weet ik nog amper hoe ze heten. Ik zou me betrokken moeten voelen, maar alleen de vorm is aanwezig, de inhoud bestaat uit lucht en abstracties. Meestal is de vorm genoeg.

Op dat moment is Anton alleen thuis, alle bedienden zijn vertrokken, zijn vrouw is naar een yogales. Was van plan de komende uren aan zijn roman te werken, maar de motor wil vanavond niet aanslaan en forceren heeft geen zin. De zenuwen zoet houden kost minder moeite. Vandaar dat hij in de ene hand een glas whisky heeft en in de andere een halve joint. Inmiddels behoorlijk stoned, behoorlijk dronken, met aardig wat uurtjes in het verschiet om die toestand te versterken.

Zijn telefoon gaat. Jake die weer belt. Kan zijn idioterie nu niet aan, heb mijn eigen idioterie om over in te zitten. Hij zet de telefoon op stil en laat hem in zijn zak glijden. Probeert zich te herinneren wat hij aan het doen was. O ja. Was ergens naar op zoek. Zet zijn slingerende tocht voort, van kamer naar kamer, knipt lampen aan, zoekt in alle hoeken en gaten, maar mag verdomd zijn als hij nog weet waarnaar. Als het hem in het oog springt, weet hij het weer. Wat het ook is, hij heeft het nodig, of hij had het nodig toen hij met zoeken begon, wat betekent dat hij het in de toekomst nodig gaat hebben. Maar maakt niet uit, want nog even en hij heeft het gevonden. Nog even.

ANTON

Anton, die door zijn huis rondscharrelt. De elektriciteit is eraf, vierde keer deze week, en de benzine voor de generator is op, vandaar dat alles uitvalt. Hij zou iets nuttigs kunnen doen met zijn handen, zoals de trapleuning repareren of de kapotte terrastegels vervangen, maar hij is niet in de stemming. Is dat vrijwel nooit tegenwoordig, nergens voor.

Het is een nationale feestdag, Verzoeningsdag of hoe dat sinds kort mag heten, dus er is geen personeel. Ze zijn achter hun rechten gekomen en eisen extra loon voor feestdagen, maar wat ze eigenlijk willen is thuisblijven en zo dronken worden dat ze niet meer overeind kunnen blijven. Zelfde als ik.

En Anton wijdt zich al flink wat uren aan die taak, zwervend van kamer naar kamer, met een fles in zijn hand, om maar niet te hoeven nadenken. Heeft momenteel heel wat om over na te denken. Nee, je maakt gewoon een moeilijke periode mee, dat is alles, zo heftig dat het lijkt alsof het altijd zo geweest is. In werkelijkheid is het alleen maar zo sinds, o, donderdag? In elk geval sinds je dat kleine fortuin hebt vergokt in Sun City. Stom, stom, stom. Vorige week? Of de week daarvoor, misschien. Het moeilijke bestaat ten dele uit verlies van tijdsduur en tijdsbeleving, alhoewel, wees eerlijk,

Anton, dat is al een tijdje aan de gang. Alles is al een tijdje aan de gang. Dat is het probleem met de wereld, ze is niet oorspronkelijk, heeft geen verrassingen in petto, ze herhaalt zichzelf als een demente ouwe tante. Zelfde verhalen, aan één stuk door, tot vervelens toe. Heb ik je ooit verteld over, ja, dat heb je inderdaad, dus hou nou je bek.

Anton, alleen met zijn gedachten, in zijn te grote, maar net overeind blijvende huis. Moet eigenlijk iets doen, maar doe dat niet echt, want Hoezo. Die gewaarwording van groezeligheid, van kaal gesleten randjes, is dat mijn gezichtsvermogen of zijn het mijn hersens? Mooie zin, schrijf hem op voordat-ie verdwijnt.

Misschien effe de deur uit voor een drankje? Hij is nu aan het drinken, maar in gezelschap is dat altijd beter, laat je eens een keertje doorwaaien. Alleen alcoholici drinken alleen, zou niet willen dat iemand me voor een alcoholicus aanziet. Ghie hie hie, zoals de hond in die strip altijd zei.

Anton achter het stuur van zijn pick-up, probeert van de boerderij weg te komen. Wat een omslachtig gedoe om de hekken open en weer dicht te krijgen, eerst bij het huis en daarna als je bij de weg komt. Combinaties en sleutels al lastig genoeg als je nuchter bent, maar vandaag is van nuchterheid geen sprake, en na afloop, wanneer hij met grote snelheid naar de stad rijdt, weet hij niet meer of hij het tweede slot weer heeft bevestigd. Laat maar zitten, ga er niet voor omkeren. Hij zit op de nieuwe weg, het is een tolweg, maar snel, geen last van stoplichten, met als extra voordeel dat je niet langs Alwyn Simmers' afgrijselijke joekel van een kerk komt, al zoeft de torenspits wel voorbij, in de verte. Brengt er een toost op uit met de open fles Jack op de stoel naast hem. Op je gezondheid, parasitair oud secreet. Je hebt je schepper overleefd en floreert nog steeds, zo te zien.

Pas drie uur in de middag. Correctie, vijf. Hij is in een gelegenheid waar hij sinds kort wel vaker komt, aan de acceptabele buitenschil van Arcadia. Ook hier geen elektriciteit, maar ze hebben een generator en de lichten branden zwakjes aan het plafond. Een maffe, niet helemaal sporende zaak, maar daarom vindt hij het er fijn. Wat hij fijn vindt is de fletse verlichting, het gele behang en de pretenties van beschaafdheid, ook al is de clientèle tegenwoordig tamelijk onbehouwen. Er zitten geen stralende persoonlijkheden tussen, al lijden ze allemaal aan dezelfde kwaal, en gedeelde smart is halve smart. Ja, zover is het gekomen.

Pas zeven uur 's avonds. Correctie, acht uur twintig. Desirée zal wel terug zijn van yoga, waarschijnlijk met Mowgli op sleeptouw, haast maken met naar huis gaan hoeft niet. Nog maar eens hetzelfde, barman. Beetje meer ijs.

Anton in een wc-hokje, om te pissen. Weet niet voor honderd procent hoe hij er is terechtgekomen, al is urineren een inherent eerlijke bezigheid. Schijten ook. Geen keurige maniertjes om je achter te verschuilen. Alle diplomatie zou eigenlijk op de kakdoos moeten plaatsvinden. Ritst zijn gulp dicht, gaat in een windverwaaide hoek op de spiegel af. Godsamme, wie heeft er met mijn gezicht gerotzooid? Waar is de *golden boy* die ik vroeg was, wie heeft hem achter dit ingedeukte metalen masker verstopt?

Gauw wegwezen, terug naar de bar. Er zit een nieuwe bezoeker aan de toog, een hologige oude vent die maar blijft staren tot Anton eindelijk terugkijkt.

Hé, alles goed?

Ik ken je, zegt de oude vent.

Waarvan?

Je bent geen spat veranderd.

Nou, sorry, makker, maar jij wel.

Weet je niet meer wie ik ben? Kijk eens goed. Hij buigt zich naar het licht.

Anton kijkt aandachtig. Nee, ik geloof niet dat... Maar er is iets, een spoor, vlak buiten bereik. In de stem misschien. Wie ben jij?

Zal je een hint geven. De laatste keer dat ik je zag was door een afrastering. Dertig... nee, eenendertig jaar geleden.

Hij moet even rekenen. Dan dringt het opeens tot hem door. Payne! Ik vroeg me al af wat er met je was gebeurd!

Ze geven elkaar een hand, uitbundiger dan de gelegenheid vereist, maar weten niet zeker hoe het nu verder moet.

Iets van me drinken? Wat zal het wezen?

Maten uit het leger, vertelt Payne aan de barman.

Kennissen uit leger, eerder, maar dat zegt Anton niet wanneer ze naar een tafeltje in de hoek lopen. Hij vindt het leuk om Payne te zien, en hij heeft inderdaad af en toe aan hem gedacht en zich afgevraagd wat er met hem gebeurd is. Vreemd dat bepaalde mensen, vaak willekeurige individuen, op een veelbetekenende manier kunnen voortleven in je gedachten, je dromen. Wat is er allemaal met je gebeurd?

Payne heeft sinds zijn legertijd gewerkt als kostendeskundige. Heeft gestudeerd aan Wits en daar zijn vrouw ontmoet, Diane. Is al achtentwintig jaar gelukkig getrouwd en heeft twee kinderen, volwassen inmiddels. Een ervan woont overzee, in Australië, en eigenlijk denken Payne en zijn vrouw erover over een paar maanden naar Perth te emigreren, om dichter bij het kleinkind te kunnen zijn. En ook, al klinkt het vervelend, omdat ze alle vertrouwen in dit verdomde land hebben verloren.

En met jou? vraagt hij Anton. Wat is er met jou gebeurd sinds de laatste keer dat we elkaar zagen?

O, het is allemaal prima gegaan.

Wat heb je gestudeerd?

Nou, daar ben ik eigenlijk nooit aan toegekomen. Heb een paar jaar rondgezworven, en daarna ben ik gesetteld. Ben met mijn oude jeugdliefde getrouwd en beheer sindsdien de familieboerderij.

Zit zichzelf verbaasd aan te horen. Allemaal waar, allemaal onwaar.

Jij was er zo een van wie ik zeker wist dat-ie naar de universiteit zou gaan, zegt Payne tegen hem. Knappe kop! Dacht eigenlijk dat je een toekomst in de politiek had.

Ik heb een roman zitten schrijven, herinnert Anton zich opeens.

Een roman? Heb je al een titel? Is hij al gepubliceerd?

Nog niet. Is eigenlijk nog niet af. Bijna!

Waar gaat hij over?

O, zegt Anton, de kwellingen van het menselijke tekort. Niks abnormaals.

Ho, ho, ho! Payne slaat op de tafel. Altijd de grapjurk, Swart! Ik verheug me erop je boek te lezen.

Ooit een keer. Maar hoe kom jij zo in deze gore kroeg terecht? Want het is Anton de afgelopen minuut duidelijk geworden dat het inderdaad een gore kroeg is en dat hij er nooit meer terug moet komen, al weet hij ook dat hij dat juist wel zal doen.

Ik woon vlak om de hoek, zegt Payne, ik kom hier vaak. Hé, ga even mee naar huis, dan kun je Diane leren kennen.

Diane?

Mijn vrouw, dat heb ik je net verteld.

O, dat is waar ook. Sorry. Nu, bedoel je? Nou ja, waarom niet? Oké. Maar in zijn hoofd is dit gesprek al voorbij, al een halve herinnering waaraan hij twijfelt, hoewel hij kan zien dat Payne heel enthousiast over hun ontmoeting is.

Ja? Geweldig! Ik ga alleen even snel naar het toilet. Als ik terug ben, kunnen we gaan.

Is goed, zegt Anton. Maar eerlijk gezegd hangt deze man hem al de keel uit, met zijn alledaagse leven en zijn alledaagse vrouw, net zoals alles hem tegenwoordig de keel uit hangt, elke vorm van belang is inmiddels weggesijpeld, en het voelt dan ook niet verkeerd om te wachten tot Payne weg is en dan op te staan en de deur uit te lopen, de nacht tegemoet, alsof je in je eentje hebt zitten drinken. Wat waarschijnlijk het geval is.

Anton opnieuw achter het stuur, een wazige rit door de stedelijke straten. Bij een stoplicht staat een woedende man tegen onzichtbaar gezelschap te schreeuwen, denk je soms dat ik gek ben? Zie ik er soms uit alsof ik gek ben? Groeiend leger gekken en berooiden, met heel wat blankies ertussen. Blijf bij me weg, landloper, wat jij hebt is besmettelijk. Een opluchting als het licht op groen springt en hij kan doorrijden. Weet niet helemaal precies waar hij zich bevindt of heen rijdt, zit daar ook niet over in. Al moet je toch ooit koers zetten naar huis, met zijn oneindige geneugten.

Maar eerst, zo te zien, wacht je een ontmoeting met de flitsende blauwe lichten, recht voor je, de opgestoken hand die je gelast te stoppen. Anton bij een wegversperring. De schrik werkt bijna ontnuchterend, de adrenaline veegt hem schoon. Alsjeblieft, nee. Als de geest over krachten beschikt, laat dit dan verdwijnen, maak het ongedaan. Maar de geest beschikt niet over krachten.

Ik ben de weg kwijt, zegt hij opgewekt tegen de agent die bij zijn zijraampje staat, alsof hij zich daarmee kan vrijpleiten. Ik weet niet waar ik ben.

Hierin blazen, alstublieft.

Watte?

Zet uw lippen aan dit mondstuk, blaas erin.

De agent is een zwarte vrouw, misschien half zo oud als hij, die de macht heeft om hem op te sluiten. Vergeet dat niet, Anton, wel bij de tijd blijven. Ze schijnt met een zaklantaarn in zijn gezicht en weet ongetwijfeld wat hij de laatste paar uur heeft uitgespookt. Geen geheimen onderling. Hij puft halfslachtig in het apparaatje en haar toon verhardt zich.

Doe het op de juiste manier, alstublieft. Lang en gelijkmatig uitademen.

Hij stopt al zijn moedeloze treurigheid in zijn zucht. Ze bekijkt de meting en hun blikken kruisen elkaar.

We kunnen dit vast wel samen oplossen, zegt hij.

Anton bij de geldautomaat, trekt geld uit de muur. Zijn rekening heeft een limiet, ingesteld als bescherming tegen precies zo'n scenario, d.w.z. beroving. Hij kan niet meer dan tweeduizend rand opnemen, maar gelukkig is agent Maswana redelijk. Ze geven elkaar zelfs een hand wanneer hij haar na afloop afzet bij de wegversperring, alsof ze zojuist een zakelijke transactie hebben afgewikkeld. Wat van haar uit gezien ook zeker het geval is.

Het hele stuk naar huis ziedt en borrelt hij als een giftig moeras. Tweeduizend rand! Op klaarlichte dag afgepakt aan de kant van de weg. 't Is maar een metafoor, in overweging genomen dat het tien uur 's avonds is. Correctie, elf uur. Het punt is, zo'n diefstal is hondsbrutaal, op elk moment van de dag. Kners, kners, kners, kleine termieten die het houtwerk aanvreten. Terwijl de president, de dikke termietenkoningin, ligt te niksen in het centrum van het nest.

Weliswaar heb ik zelf onderweg ook het een en ander meegeknabbeld. Maar tweeduizend rand! Dat bedrag doet pijn, vooral nu de reserves zo gering zijn en hij net een flinke bom duiten is kwijtgeraakt bij een stupide dronken gokpartij in Sun City en hij een enorme rente verschuldigd is op een banklening en het inkomen uit pa's investeringen sterk is geslonken en zijn vrouw zich het recht toe-eigent om elk jaar peperdure cosmetische chirurgie te laten doen en het reptielenpark gaat sluiten omdat Bruce Geldenhuys er met het geld vandoor is naar Maleisië. Gewoon een moeilijke periode, Anton, je komt er wel doorheen, maar is het er wel een, en kom je erdoorheen?

Ook op andere fronten heerst de staat van beleg. Er is sprake van een officiële eis tot landteruggave, een gemeenschap die in het verleden van de boerderij onder dwang is verwijderd. Om maar te zwijgen van de invasies die momenteel voortdurend plaatsvinden, afrasteringen die worden doorgeknipt en nieuwe hutten die worden opgetrokken, ergens aan de oostgrens. Ook de waarde van onroerend goed daalt aan één stuk door, grond is al bijna te geef, dus wat heeft het voor zin? Zou eigenlijk verstandig moeten zijn, zou het platteland voor gezien moeten houden om naar de stad te verhuizen, samen met Amor te besluiten het land te verkopen, zolang ze dat nog kunnen. En op de koop toe misschien zijn huwelijk te redden en, wie weet, zichzelf.

Dus waarom doet hij het niet, verstandig zijn? Weet niet, is gewoon altijd zo geweest. Ziet wat de beste aanpak is en negeert die. Pakt het daarentegen anders aan, verkeerd, om jou, en zichzelf, op de kast te jagen. Is bovendien nooit zo'n fan van de stad geweest.

Anton, die weer staat te schutteren met combinaties en sleuteltjes, in de gloed van de koplampen. Anton, die eindelijk thuiskomt. Waar op de oprijlaan een Volkswagen Kever naast de auto van zijn vrouw geparkeerd staat en boven en beneden lichten branden. In elk geval doet de elektriciteit het weer. Uit de zitkamer klinkt muziek, als dat het woord is, een soort boeddhistisch, met een technobeat gemengd gezang, hard aangezet.

Hij gaat een tijdje op het stoepje aan de voorkant zitten om zijn ogen aan het donker te laten wennen. Bijna midzomer en de sterren staan als een bloesemend bosschage in hun diepe zwarte bed. Mooi beeld, dat. Schrijf het op in het dagboek. Hij hoort ze in stadia naar beneden komen, met een hoop gegiechel en gedempte stemmen. Een hele procedure om het huis te verlaten, ook al staat de voordeur open. Vervolgens grote verbazing over zijn aanwezigheid, al dan niet geveinsd. Hoelang ben je er al, liefste? Ik liet Moti net mijn aquarellen zien.

Moti? Ik dacht dat zijn naam Mowgli was. Maar kijk, hij is in burgerkloffie vandaag, waar is je grasgeweven luier, natuurkind? Verrast door de kracht van zijn gevoel, de giftige zuiverheid ervan, legt Anton zijn hoofd in de nek en jankt als een wolf. Akela, wij doen ons best en schijten in ons nest!

Ik zal dat eens in mijn workshops laten uitproberen, zegt Mowgli toegeeflijk. De meeste mensen zijn emotioneel niet half zo vrij als jij, ze houden zich in.

Wat is er mis met je een beetje inhouden, mompelt Desirée.

Maar Anton heeft geen zin zich vanavond in te houden. Hoe waren ze, de aquarellen van mijn vrouw?

Ehm, heel fraai. Ik vond ze erg mooi.

Heeft ze je ook haar kwasten laten zien, en haar uitgelezen palet? Heb je haar doek gespannen?

Hij is erg dronken, zegt Desirée.

Ja, dat zie ik ook. Er zal wel iets mis zijn.

Aan jou is van alles mis, zegt Anton tegen hem. Altijd al zo geweest.

Agressie verwondt uiteindelijk de agressor.

Ik weet het niet, ik heb gemerkt dat juist het doelwit van

de agressie meer te verduren krijgt. Om dat te bewijzen haalt hij uit naar opzij wanneer de idioot probeert hem voorbij te komen op de trap, en in zijn paniek om weg te komen lukt het Mowgli Anton een toevalsschop tegen zijn hoofd te geven. Een felle flits, en daarna kantelt de traptrede omhoog om hem op te vangen. Woeps. Maar geen pijn. Zou het geen pijn moeten doen? Lachend draait hij zich op zijn rug.

Heel knap, zegt hij, terwijl hij de zijkant van zijn onderkaak bevoelt. Er flakkert vaag iets van pijn op. Wat een held.

Het was een ongeluk, zegt Mowgli. Maar ook niet. Je eigen woede heeft zich tegen je gekeerd, als een boemerang.

Met andere woorden, je verdiende loon, zegt Desirée.

Je verdient zelf ook het een en ander, geloof je niet? Of is slecht karma alleen aan anderen voorbehouden?

Ga nou maar, lieverd, fluistert ze. Voordat hij iets anders uithaalt.

Mowgli laat uitvoerig zien hoe bezorgd hij is. Red je het dan wel...? Weet je zeker dat er verder...? Omdat ik –

Omdat jij wat? Hè, lieverd? Haar in bescherming zal nemen? Geestig! Hij probeert zich overeind te worstelen, maar wankelt en valt meteen weer neer.

Ga nou maar. Met mij komt het wel goed. Excuses namens mijn man.

Mowgli vertrekt inderdaad, maar niet voordat hij een laatste preek afsteekt. Materie is geest die in een toestand van ongenade verkeert, volgens hem. Maar materie is op haar materieelst wanneer ze geweld gebruikt. In geweld is geen geest aanwezig. Het is daarom treurig om waar te nemen hoe Anton zijn geest verlaagt en onteert. Dat is het enige wat hij te zeggen heeft, maar hij zegt het op een vriendschappelijke manier en hoopt dat het op dezelfde manier wordt ontvangen.

Gossie, bedankt. En maak nou godverdomme dat je wegkomt en laat je hier nooit meer zien.

Moti laat zich hier zien wanneer hij dat wil, maar het is waarschijnlijk beter als je nu gaat, lieverd.

Ik heb een nieuw inzicht, Desirée, in wat je allemaal hebt doorstaan.

Dan is Mowgli een tweetal rode achterlichtjes dat langzaam in het donker verdwijnt.

Nee, Moti is een persoon van grote integriteit, met een heel oude ziel. Dat wordt Anton meegedeeld door zijn vrouw, op een kil, razend toontje. Ze heeft zoveel van Moti geleerd! Hij heeft haar geholpen zichzelf te vinden. En ze zal niet toestaan dat er op die onbeschofte, vulgaire toon tegen hem wordt gesproken, ze zal niet toestaan dat iemand hem te lijf gaat wanneer ze hem bij haar thuis uitnodigt.

Ik woon hier ook, hoor. En ik kan niet geloven dat me de hoorns worden opgezet door zo'n lichtgewicht. Hij is niet eens knap meer, zie je dat niet? De omvang van zijn lendendoek is onlangs een paar maatjes gestegen.

Hij is geen lichtgewicht! Hij leeft vrijwel definitief op een hoger niveau. En hij zou zich nooit, nooit gedragen zoals jij denkt. Hij is een vriend en een leidsman en een voorbeeld, maar geen minnaar. En wat dan nog, vervolgt ze even later, als hij dat wel was, wat dan nog? Mensen zijn elkaars bezit niet! Ik zou het toejuichen als jij andere mensen zou vinden om mee op verkenning te gaan.

Dat zou ik ook, geloof me maar. Maar is dat niet een beetje communistisch en hippieachtig, al dat delen en afstand doen van bezit? Dat zou je pappie niet goedkeuren.

Mijn vader heeft kennisgemaakt met Mowgli, ach, Moti, en vindt hem heel aardig.

Je vader is kinds geworden, hij vindt iedereen aardig! Hij

zou tegenwoordig Stalin nog aardig vinden als hij hem tegen het lijf liep. Hilariteit slaat om in gehuil en weer in gelach. O, de tragedie kan ik wel hebben, het is de klucht waarmee ik niet kan omgaan.

Wat moet dat nou weer betekenen?

Ik heb mijn leven verknoeid.

Nou, je wordt hartelijk bedankt. Ik heb het zelf ook niet ontzettend leuk, als je dat nog niet in de gaten mocht hebben. En ik zou mijn mond maar houden over verknoeien, als ik zo weinig zaadcellen produceerde als jij.

Het is haar bedoeling om hem te kwetsen, omdat de recente onthulling hard is aangekomen, bij beide partijen, maar vooral bij haar, dat hij ontegenzeggelijk de reden is dat ze niet vruchtbaar kunnen zijn, zichzelf vermenigvuldigen en de aarde vervullen, maar vanavond dringt dat nauwelijks tot hem door. Hij is nog steeds verbijsterd over het eenvoudige besef dat net heeft toegeslagen. Het is waar, ik heb mijn leven verknoeid. Vijftig, een halve eeuw, en hij zal nooit iets gaan doen van wat hij vroeger allemaal had verwacht te gaan doen. Geen klassieken studeren aan een beroemde universiteit of een vreemde taal leren of de hele wereld afreizen of trouwen met een vrouw van wie hij houdt. Geen echte macht bezitten. Niet het lot naar zijn wil buigen. Gaat niet eens zijn roman voltooien, want laten we wel wezen, na bijna twintig jaar is hij er in feite nog niet aan begonnen. Zal nooit iets presteren.

Anton, die in de kleine uurtjes het huis onveilig maakt, nu en dan voor de slaapkamerdeur blijft staan, voor hem afgesloten door zijn vrouw, die aan de andere kant ligt te slapen. Zou erop kunnen bonken en nog wat verder schreeuwen, maar dat scenario biedt geen verrassingen. Dan maar liever weer heen en weer lopen, met de fles in de hand, uitkijkend over het kale, reeds bereisde landschap, over het ergere dat nog ligt te wachten.

Later in een hotelkamer, Anton die probeert geld uit een kluisje te halen, maar het stomme ding wil niet opengaan. Hij trekt eraan, zijn zwetende handen zijn glibberig, krijgen geen houvast, en nu wordt er op de deur geklopt. Beng, beng! Hij verstart van angst, want het geld in de kluis is niet van hem, hij hoort hier niet te zijn, en degene die aanklopt is hem niet goedgezind. Waar moet ik me verstoppen?

Beng, beng! Het geluid, een geluid, rukt hem uit de hotelkamer, laat hem in zijn lichaam terugvallen, half gekapseisd thuis op de bank. Lampen aan, tv aan, voordeur die openstaat. Anton die wakker wordt.

Maar wat was dat geklop? Het is heel laat/vroeg, vlak voor zonsopgang, en er klonk een gebonk in zijn slaap. Hij is er vrijwel zeker van. Ergens buiten.

Bang en op de been, zenuwen die protesteren. Is dit het gevreesde moment, gaat er iets gebeuren? Slingerend gaat hij de trap op naar de werkkamer, nu buiten zichzelf, en graaft naar de Mossberg onder de stapels kleren. Een eeuwigheid voordat zijn vingers het metaal hebben gelokaliseerd. Munitie in de la. Grabbel grabbel grabbel. Hij merkt dat zelfs de kleinste dingen hem moeite kosten, zijn kop voelt als een verstopte afvoer, met bijpassende smaak in zijn mond. Waggelt ten slotte de trap af, geweer in zijn hand, en propt intussen de patronen in zijn zak. Stuift door de voordeur het kolossale en beangstigende donker tegemoet, met het gevoel dat hij wordt uitvergroot in een soort hemelse lens wanneer hij over de oprijlaan loopt. Smalle omringende gracht van gras, daarna de geëlektrificeerde omheining, dan de rest van de boerderij en dan pas de wereld. Cirkels binnen cirkels, waarbinnen ik mezelf bevind.

Het geklop kan afkomstig zijn uit het kluitje schuren en andere buitengebouwen achter de omheining. Of misschien was er helemaal geen geklop, behalve in zijn droom. Een stuk waarschijnlijker, als je erover nadenkt. Wat voor indringer kondigt nou zijn aanwezigheid aan? Nou, misschien die van het ergste soort. Ontsluit het hek, loop erdoorheen. Waarom is alles zo stil? Geen tjirpende insecten en waar zijn de vogels, nu de lucht in het oosten al wit wordt?

Als hij dichter bij de schuren komt, schuift hij met de hendel een patroon in het geweer, pompt het naar voren in de kamer en hoort hoe het vast komt te liggen. Ka-leng! Het is een hard en stevig geluid, een soort waarschuwing. Over aankloppen gesproken! Als er mensen in de buurt zijn, zal het ze nu duidelijk zijn dat het hem ernst is. Ontgrendelt de veiligheidspal en wacht heel even, maar er klinkt geen reactie, hij hoort geen rennende voeten.

Maakt een ronde om de gebouwen, maar het ziet er allemaal ongeschonden uit, afgesloten deuren en ramen. Hij blijft doorlopen, onzeker van waar hij naar zoekt, maar toch. Met zijn hoofd gaat het een stuk erger, en ook is hij nu misselijk. Blijft een minuutje staan en probeert te kotsen, maar zelfs dat lukt niet. Vandaar dat hij maar blijft doorlopen. Zijn onpasselijkheid staat niet los van het land waarover hij zich beweegt, struikjes en graspollen zonder scherpte of kleur.

Anton, die in het eerste ochtendlicht over zijn boerderij strompelt, halfdronken en half met een kater, in losgeknoopte kleren die open aan zijn lijf hangen, alsof zijn lichaamsnaden zijn gescheurd en de vulling naar buiten puilt. En wat zou dat zijn, Anton, je vulling? O, de gebruikelijke kerstwaren, wat snoepgoed en een fortunecookie, een staafje dynamiet.

Here comes the sun, little darling... Elektriciteitsmasten in silhouet, afgetekend tegen het rood. Hij is een heel eind gelopen, het huis ligt achter hem, uit het zicht. De vogels kwinkeleren nu voluit. Malle ouwe aarde, en maar terugkeren en zichzelf herhalen, telkens opnieuw. Slaat geen voorstelling over. Hoe hou je het uit, jij steenouwe troel, telkens maar weer dezelfde uitvoering geven, avond en matinee, terwijl de schouwburg om je heen in verval raakt, de zinnen in de tekst ongewijzigd blijven, om maar te zwijgen over de schmink, de kostuums, de overdreven gebaren... Morgen en overmorgen en de dag daarna...

Nee. Gaat me niet lukken. Verdraag het niet meer om als figurant op de bühne te staan, verdraag het niet meer, het idee om terug naar het huis te gaan en zich weer in zijn leven te hijsen alsof het een versleten hemd is dat hij op de grond heeft laten slingeren. Met wat daarna? Er gewoon in blijven rondlopen, alsof er niets aan de hand is, meurend, absoluut stinkend, naar zichzelf? Hij kent hem maar al te goed, die stank. Schrap dat hemd maar. Schrap het huis maar. Schrap die elektriciteitsmasten maar. Laat het allemaal ophouden.

Ik wilde...

Beng!

Daar heb je dat geluid weer. Alsof er iemand hard op een deur klopt. Ze dacht al dat ze iets had gehoord, een tijdje geleden, in haar slaap. Na die vreselijke scène vannacht heeft Desirée zichzelf met pillen moeten verdoven om nog wat rust te krijgen, vandaar dat ze vanochtend wat groggy is, en met haar lange witte nachtjapon en haar loshangende haar heeft haar hele verschijning een druiperige slaapdronkenheid. Natuurlijk is er tegenwoordig meer aan haar lijf dat richting aarde druipt.

Loopt naar het raam en tilt de jaloezie op om naar buiten te kijken, maar behalve bruin gras valt er niets te zien.

Dat is mijn leven, denkt ze, kilometers en kilometers bruin gras. Zelfs de opwindende beetjes hebben hun kleur verloren. Wat moet mevrouw beginnen, verbannen naar de rimboe met een dronken man als gezelschap? Mevrouw krijgt de kriebels, natuurlijk krijgt ze die, en gaat buitenshuis op zoek naar troost, en wie kan haar dat kwalijk nemen?

Desirée neemt zichzelf heel weinig kwalijk, ze heeft nooit anders gedaan. De natuurlijke gang van zaken is wat haar betreft dat de wereld er is om haar een plezier te doen en dat zij er is om zich tekortgedaan te voelen. In haar peignoir en pluizige pantoffels gaat ze de trap af, waar de hulp haar koffie al klaar heeft staan op het fornuis. Morgen, Salomé. Heb je meneer gezien?

Nee, mevrouw.

Er zit hier te veel suiker in. Dat heb ik al eerder gezegd.

Sorry, mevrouw.

Maak mijn bed nog maar niet op, oké? Ik ga straks misschien nog even liggen. Ik heb een vreselijke nacht achter de rug.

Sorry, mevrouw.

Deze werkt hier al sinds jaar en dag, vanaf Antons geboorte. Wat ze niet allemaal gezien en gehoord moet hebben! Dat is omdat die mensen altijd aanwezig zijn, als geesten, je hebt ze amper in de gaten. Maar je zou je vergissen als je denkt dat het omgekeerde ook geldt, ze staan altijd te kijken en te luisteren, om zichzelf en elkaar te helpen. Ze kennen al je geheimen, weten alles over je, zelfs de dingen die andere witte mensen niet weten. De vlekken in je ondergoed, de gaten in je sokken. Je moet van ze af zien te komen voordat ze gaan samenzweren. En dit oudje had allang ontslagen mogen worden.

Terwijl ze deze gedachten denkt, loopt ze op haar gemak

met haar koffie naar de open veranda aan de voorkant van het huis. Vindt het fijn om hier 's morgens vroeg te staan en net te doen alsof ze de boerin is, terwijl ze langzaam aan de wereld went. Soms stelt ze zich eindeloos golvende graanvelden voor, geel en groen, wuivend in de wind.

Vanuit het graan, dat wil zeggen het gras, een rennende figuur. Achter hem is de opkomende zon een en al schittering, en zijn schaduw strekt zich ver voor hem uit, als een pesterige pastiche.

Wat is er? Wat is er aan de hand?

Wanneer hij door het open hek komt, ziet ze dat het Andile maar is, nog zo een die hier al sinds jaar en dag werkt. Komt hier elke ochtend lopend vanuit het township, sinds zijn familie van de boerderij is gezet. Nu staat hij schreeuwend tegen haar te praten, haar te vertellen wat hij heeft gezien. Een heel eind terug, bij de elektriciteitsdraden. O god, sta me bij.

Het is moeilijk te verstaan, ze heeft het vast verkeerd begrepen.

Wat? vraagt ze. Wat zeg je daar?

Maar zelfs wanneer de woorden herhaald worden, lijken ze geen verband met de wereld te houden. Nee. Dat kan niet waar zijn. Dat slaat nergens op. Vannacht nog was hij. Dat klopt niet. Nee.

Nee, zegt ze.

Maar ontkenning werkt alleen op andere mensen, op het noodlot heeft het geen uitwerking. Dat heb je zelf vast weleens gemerkt, protesteren tegen het lot is verspilde moeite, wat er gebeurt gaat gebeuren, ongeacht je Nee. Uiteindelijk wordt het een feit, even neutraal als het weer, dat je man vanochtend is opgestaan, met zijn geweer naar buiten is gegaan en zichzelf in een onmogelijke houding heeft gewrongen om zijn kop eraf te knallen, zomaar.

De ergste ervaring uit Desirées leven bestaat tot dusver uit wat iemand anders is aangedaan, namelijk haar vader, en ook in dit geval is Antons dood natuurlijk van hem, maar op een of andere manier is zijn zelfmoord van haar, dat voelt ze wel aan. Zo zullen andere mensen het zien, zo zullen zij haar zien. Ze zal altijd de vrouw zijn die getrouwd was met de man die zich van het leven heeft beroofd en, wie weet, hem daar misschien toe heeft gedreven.

Wie weet, misschien heb ik dat ook wel. Ze denkt het, ze zal het denken, telkens weer, tot ze aankomt op het punt dat ze het moet ontkennen, ook al heeft niemand haar ergens van beschuldigd. Nee, nee, ik heb Anton niet tekortgedaan, ik heb nooit iemand tekortgedaan, hij heeft mij juist tekortgedaan!

Ssst, rustig nou, schatzi. Probeer tot bedaren te komen. Niemand verwijt je iets.

Wat bedoel je, dat doen ze allemaal, zelfs jij...

Desirée is een vuurpersoon, ze is te emotioneel en te labiel om met een tragedie om te gaan, vandaar dat ze als tegenwicht een aardepersoon nodig heeft, een degelijk en standvastig iemand, met misschien een zweem van permafrost onder de toendra. Natuurlijk heeft ze haar moeder gebeld. Maman heeft al eens dicht bij huis een schandaal meegemaakt en spoedt zich onmiddellijk naar de boerderij in haar Porsche, gewapend met een telefoon vol contacten van haar man en een reisapotheek aan kalmerende middelen. Er zijn manieren om een probleem zodanig aan te pakken dat er geen overmatige ophef ontstaat, maar het is belangrijk om koelbloedig en onverstoorbaar te blijven terwijl je daarbij precies weet met wie je moet praten. Een paar woordjes in het juiste oor en er kan een snel proces op gang gebracht worden, zodat er een politiearts naar de boerderij komt om de overlijdensverklaring te regelen, er niet meer dan een paar ingehouden vragen gesteld worden en het lichaam weggehaald wordt voordat het te veel sensatie veroorzaakt.

Daarna moeten er eenvoudig wat praktische stappen gezet worden. Eerst is het een kwestie van iedereen op de hoogte brengen, en ook dat neemt Maman op zich, maar zelfs die taak blijkt niet al te lastig. Anton was een eenling, hij had wel kennissen maar niet erg veel vrienden, en de namen op zijn telefoon zijn voornamelijk van contacten die hij gebruikte bij het bevoorraden van de boerderij, plus een paar willekeurige drinkmaten. Kost minder dan een halfuur om degenen te bellen die belangrijk lijken, en hoewel de meesten geschokt klinken, vallen er geen tranen.

Het schiet Desirée pas te binnen nadat alle anderen zijn gebeld. O, lieve help, en Amor dan?

Wie?

Antons jongere zus. Je hebt haar een paar keer ontmoet, weet je dat niet meer...?

Heeft hij nóg een zus? Echt waar? Ik dacht dat het er maar één was...

Het kost Maman al moeite om Amors naam uit het verre verleden op te diepen, laat staan haar gezicht. Eerlijk gezegd vindt ze de familie Swart zo onhebbelijk dat ze probeert de leden ervan uit haar bewustzijn te wissen. Bovendien gedroeg Anton zich altijd alsof hij geen verwanten had.

Het kan geen heel boeiend iemand geweest zijn, concludeert ze. Anders was ik haar nooit vergeten.

Er staat geen nummer van haar in Antons telefoon. Ze hebben elkaar al heel lang niet gesproken.

Waarom niet? Bij de geur van bloed fleurt de oude dame op. Hadden ze ruzie?

Geen ruzie, nee. Eerder onenigheid. Ik herinner me eigenlijk niet meer waarover. Een stuk land?

Wanneer blanken ruzie met elkaar hebben, verklaart haar moeder zonder greintje rationeel bewijs, is het altijd over onroerend goed!

Maar hoe moeten we haar dan op de hoogte brengen? Dan schiet het Desirée te binnen dat dit probleem al eerder heeft gespeeld en dat het was opgelost door uit te zoeken waar Amor werkte. Het ziekenhuis in Durban! De hiv-afdeling!

Een paar keer navragen levert een nummer op, en er klinkt een opgewekte stem. O ja, Amor, heeft hier vroeger gewerkt, maar ze is een paar jaar geleden vertrokken, om persoonlijke redenen. Ik kan u een ander nummer geven, om het daar te proberen...? En daar wordt opgenomen door iemand die Susan heet, die kort zegt dat ze Amor al een hele tijd niet heeft gezien. Ze klinkt boos en ongelukkig, gretig om weer op te hangen. Nee, ze weet niet hoe ze bereikt kan worden. Denkt dat ze naar Kaapstad is gegaan. Nee, ze kan geen boodschap doorgeven.

Ondanks het feit dat ze geen herinneringen aan Amor heeft, voelt Maman zich door haar gekrenkt. Wat een onmogelijk iemand! Het lijkt er echt op dat ze zich tot het uiterste heeft ingespannen om te verdwijnen. Nou, laat haar dan ook maar, als ze het zo wil. Je kunt alleen maar je best doen. Bovendien wordt het regelen van de begrafenis een stuk makkelijker als er minder mensen te raadplegen zijn.

Maman neigt tot een calvinistische dienst, daar val je van nature op terug, bovendien heeft een streng ritueel altijd iets van een definitieve afronding. Maar haar dochter is het daar niet mee eens, ze meent dat de ziel van haar man meer baat heeft bij een oosterse benadering. Sinds ze betrokken is geraakt bij die yoga-yoghurttoestand in Rustenburg staat Desirée open voor onorthodoxe ideeën, wat tot wrijving met haar vader leidde voordat de dementie te erg werd. Ook Maman heeft zo haar twijfels, maar in dit geval geeft ze haar zegen. Anton zou een alternatieve dienst verfoeien, wat een goede aanleiding is om hem er een te geven. De afgelopen jaren is hij meer dan onaangenaam tegen haar geweest, en ze betreurt zijn verscheiden niet al te erg. Toe dan maar, schatzi, begrafenissen zijn voor de levenden, niet de doden, en hoe dan ook, protesteren kan hij niet meer, hè?

Niet persoonlijk misschien. Maar het lag in Antons aard om zelfs een postume vernedering te voorzien en te verijdelen. De volgende ochtend belt de familienotaris. Cherise Coutts-Smith heeft een volgende naam aan haar verzameling van echtelijke scalpen toegevoegd en de zware ernst daarvan heeft haar stem naar de laagste regionen van haar ruime boezem getrokken. Ronkend deelt ze Maman mee dat Anton een schriftelijke verklaring heeft afgelegd, officieel bekrachtigd door de notaris, over zijn eigen wensen in dit huidige scenario, die op het volgende neerkomen.

1. Geen religieuze dienst. Absoluut geen gebeden.
2. Crematie. Geen begrafenis.
3. Kapel in het crematorium volstaat prima.
4. Verstrooi as ergens op een geschikte plek op de boerderij. Geeft niet waar.
5. Geen nodeloos gedoe of sentiment, als dat nog niet duidelijk is.

Kijk eens aan, heel bot en simpel, zonder veel bewegingsruimte. Jij je zin, Anton, het zal gebeuren zoals je wenst. Komt ons allemaal prima uit, toevallig. Maar voordat u gaat, zegt de oude dame tegen Cherise Coutts-Smith, hebt u soms het nummer van Amor?

Van wie?

Antons zuster.

O, die zuster! Nee, we proberen haar al jaren te bereiken. En momenteel is het inderdaad essentieel dat we met haar praten. Vraag haar alstublieft om me te bellen.

U luistert niet goed, zegt Maman, geërgerd door deze assertieve, van haar eigen belangrijkheid overtuigde vrouw, die haar herinnert aan iemand die ze niet helemaal kan plaatsen. Als u dat wel zou doen, zou u begrijpen dat we niet weten waar we haar moeten zoeken.

Amor is spoorloos verdwenen. Amor is nergens te vinden. Maar dat hebben we al eerder gehoord en ze komt altijd tevoorschijn als je weet waar je moet kijken, stevig en stoffelijk, heel erg aanwezig.

Wat doet ze vandaag, op dit moment? Ze wast een slap lichaam op een bed. Amor in een ziekenhuiszaal, bezig iemand te verzorgen. Dat is een oud beeld, het is niet veranderd, hoezo is ze spoorloos verdwenen? Ze werkt in een ander ziekenhuis, dat is alles, maar zieken en stervenden lijken overal op elkaar, hun nood is universeel, en voor ze zorgen is dezelfde bezigheid. Kijk eens hoe ze met zachte hand, met aandacht haar taak uitvoert, het waslapje over de beschadigde, gevoelige huid laat gaan. Hoe ze het plekje droogdept en de wond verbindt, en daarna de patiënt, in dit geval een oudere vrouw, helpt haar kleren aan te trekken. Zit het goed, wijfie? Ligt u lekker? Helpt dat een beetje? Er liggen uren van verplegende handelingen achter haar, maar nog veel meer in het verschiet.

Ga haar die avond achterna wanneer ze de paar straten naar huis loopt, en alleen door haar uniform springt ze eruit tussen de mensen die van hun werk komen, er is niets aan haar wat opvalt. Evenmin aan haar eenkamerappartement, op de derde verdieping van een onbeduidende flat. Na de voordeur sta je meteen in de bescheiden woonkamer, waarop een kleine keuken en een badkamer uitkomen. Haar bed is een futon, opgerold in de hoek, en verder staat er weinig ander meubilair, afgezien van de karige attributen, een enkele stoel, een tafel en een ingebouwde kast. Meer niet. Te oordelen aan de lichtere rechthoeken op de muur heeft ze zelfs een paar schilderijen weggehaald en uit het zicht opgeborgen.

Ze voelt haar uniform aan haar bezwete huid plakken en kleedt zich uit, waarbij ze zich dwingt om haar kleren in willekeurige volgorde uit te trekken, tegen haar eigen neigingen in. Het geeft niet, Amor, er wordt geen vloek over je uitgesproken... Ze zou graag een bad nemen, maar dat mag niet. De spaarbekkens zijn bijna leeg en het water is op rantsoen, vandaar dat ze een douche neemt, twee minuten maar, en het wegstromende water in de kuip opvangt om het later te kunnen gebruiken. Zou nu normaal gesproken het avondeten maken, maar de stroom is er weer af. Ja, ook hier gebeurt dat, over het hele land gebeurt het, lange donkere plekken in de elektriciteitsvoorziening. Het hoogspanningsnet is het aan het begeven, geen onderhoud en geen geld, de vrienden van de president zijn er met de poen vandoor. Geen licht, geen water, schrale tijden in het land van overvloed.

Amor is niet van haar stuk gebracht, ze eet later wel, als het licht weer aangaat. Intussen zit ze voor het woonkamerraam, met alleen een badhanddoek om zich heen geslagen, en kijkt naar de berg in het laatste restje daglicht. Op haar schoot ligt een kat. Nee, ze heeft geen kat. Maar gun haar minimaal een paar plantjes op de vensterbank, conservenblikjes met groene groeisels. Ze heeft ze een beetje van het water gegeven dat ze in bad heeft opgespaard.

Bijna midzomer en de dagen zijn lang en wit en glazig. Het kan nog best gaan regenen, zelfs in december, maar in de winter heeft het alleen maar gemiezerd, dus dat gaat nu niet gauw gebeuren. Het weer verandert overal, dat zal niemand zijn ontgaan, maar dit is iets enorms, een hele stad die zonder water komt te zitten! Onder alles ligt een schrille klank van alarm, meer een trilling dan een geluid, de uitdrogende aarde die zich onder je samentrekt. Geknap en gekraak, de klinknagels die losspringen. De mensen maken zich zorgen en de bezorgdheid stolt langzaam tot angst nu het uur U nabij kruipt, wanneer de kranen ten slotte droogvallen. Kun je je dat voorstellen? Binnenkort hoeft dat misschien niet.

Maar intussen is het moeilijk om niet van de hitte te genieten, nu de zon haar goud uitstort. Hoe kun je je niet openstellen voor al die straling en dat licht? Overal in Kaapstad trekt de geest zich terug, lijkt het wel, vervangen door het lichaam, dat zich op stranden ontbloot, de zee doorklieft, de berg betreedt. Een stad voor jongeren, die met hun macht pronken. Maar hoe zit het met de rest, die niet jong en die niet krachtig is? Op de trottoirs, onder bruggen, bij verkeerslichten, een groeiende menigte uitgeteerden, berooiden en verminkten, die met hun wonden schermen. Je doet wat je kunt, een kledingstuk of een bord met eten, maar ze zijn talloos en hun behoeften zijn oneindig en Amor is tegenwoordig erg moe.

Haar werk put haar uit, zo lijkt het soms, al levert ze de brandstof bereidwillig. Reserves aanhouden is niet nodig. Dit zijn nu de enige lichamen die ze aanraakt, de verdoolden langs de kant van de weg, degenen die ze in het ziekenhuis verzorgt. Proberend hun pijn te verzachten. Het laatste restje tederheid, bewaard voor mensen die ik niet ken, die mij niet kennen. Geen liefde meer over, alleen barmhartigheid, wat misschien wel sterker is. Beklijvender, in elk geval. Al heb ik er een paar bemind, in mijn tijd, toen ik ertoe in staat was. Wie dan, Amor? Paar mannen, paar vrouwen, onderweg. Wat doet het ertoe, lichamen, namen, ik ben nu alleen. Is al lastig genoeg om van jezelf te blijven houden.

De laatste tijd heeft ze meer dan eens een wenk gehad van hoe het zou zijn om op een dag over te steken en de gelederen van de zwakken en zieken te versterken. Halverwege de middag, wanneer het niet waait, wordt het haar weleens te erg, de voortdurende hoge temperatuur, nergens enige verkoeling. Al je energie die door je hoofd jaagt. Zo'n moment heeft ze nu ook, het lijkt haast wel alsof ze vanbinnen in brand staat. Houdt even op met eten geven aan een patiënt om zichzelf koelte toe te wuiven. Voelt zich daarna opeens flauw worden en ploft neer op de rand van het bed. Wat is er aan de hand? Heb jij dat ook gevoeld?

Duurt even voordat ze beseft, er is niemand anders die smelt. Alleen ik. De hitte komt vanbinnen, de motor die zijn afstelling aanpast, brandstoftanks die leeg raken en dampen uitwasemen. Zo voelt het tenminste. Al meer dan een jaar heeft ze opvliegers, zou er inmiddels aan gewend moeten zijn, maar ze staat er toch telkens van te kijken. Wie heeft me in brand gezet?

Blauw-gele vlammen, gevoed door gas. Boven uit de schoorsteen zweeft de rook omhoog in vettige zwarte lijnen. Een voor een, iedereen komt aan de beurt. Jakkes. Probeer er maar niet aan te denken hoe dat moet zijn, sissende huid en druipend vet. Natuurlijk is het alleen de ziel die telt.

Slechts een lage opkomst van Antons uitvaart, een bont allegaartje van halve vrienden, verwanten en wat losse parasieten. Is waarschijnlijk maar beter ook, geen grote ontboezemingen en drama's, iedereen kan nu wat vlotter afstand nemen van wat in wezen een vernederend incident is. Maman heeft alle regelingen getroffen, maar kan ze niettemin alleen maar bekijken door de donkerste zonnebril die ze heeft. Haar man, de aanbiddelijke oude oorlogscrimineel, is er ook, maar de dementie is het afgelopen halfjaar snel verergerd en hij kijkt met welwillend knipperende ogen om zich heen, niet zeker van waar hij is, hoewel hij het best naar zijn zin heeft op dit groene grasperk voor het lage bakstenen gebouw. Kunnen nog niet naar binnen, de voorgaande dienst wordt nog afgerond, vandaar dat iedereen staat te wachten, misschien twaalf mensen in totaal, van wie Desirée de meesten nooit eerder heeft gezien. Ze kon vanochtend wel krijsen, ondanks het pilletje dat ze van haar moeder had gekregen en de pranayama-oefeningen, waar ze normaliter rustig van wordt.

Gelukkig is Moti er ook. Met dichte ogen en over elkaar geslagen armen staat hij zijn innerlijke kern te overdenken. Wat een kalmerende, focussende aanwezigheid! Desirée heeft hem gevraagd een paar woordjes te zeggen bij de dienst vandaag en dat doet hij met alle genoegen, uiteraard, voor haar, al had hij niet veel met Anton op en kende hij hem niet goed. Bovendien is het intussen voor iedereen duidelijk dat niemand ontzettend veel met Anton ophad of hem goed kende, en zelfs de mensen die hem het meest nabij waren stonden ver van hem af.

Maar waar is Amor?

De vraag floept, eindelijk, uit Salomés mond, al ligt hij al een tijdje in haar klaar, wachtend om naar buiten te mogen. Want zij is er ook, uiteraard, van haar kom je niet af, rechtstandig als een uitroepteken in haar stijve kerkkleding.

Niemand weet hoe ze te bereiken is, zegt Desirée tegen de hulp, om haar het zwijgen op te leggen.

Waarom bellen jullie haar dan niet?

Omdat we geen nummer hebben.

Ik wel.

Wat?

Ik heb wel een nummer van Amor.

En het ellendige mens haalt onhandig haar telefoon uit haar handtas en staat ernaar te turen en erop te drukken. Dagen te laat!

Waarom heb je me niks gezegd! De vraag komt eruit als een gesis onder hoge druk, want Desirée beseft opeens dat ook dit haar als onvergeeflijke laksheid zal worden aangewreven. Dreef haar man tot zelfmoord en hield daarna de familie bij de begrafenis weg! Dat is wat de mensen gaan zeggen, en het had allemaal vermeden kunnen worden als die stomme meid haar mond had opengetrokken.

Je hebt me niks gevraagd, zegt Salomé.

Nou ja, niet nu, we handelen het later wel af! Desirée is woedend en voelt zich opgelaten, en ze schuift subtiel naar haar moeder om iets met haar te befluisteren. Niet te geloven, ze heeft al die tijd haar nummer gehad...

Wie? Het nummer van wie? Maman heeft de helft van de tijd geen idee waar haar dochter het over heeft. Wijt dat aan de oosterse opvattingen die Desirée tegenwoordig koestert, al is dat hopelijk een fase.

De meid. Had Amors nummer. Waarom heeft zij het wel, maar wij niet?

Amor? De naam ontwaakt langzaam uit een toestand van slaap. O, op die manier. Te laat, schatzi, daar kun je nu niets meer aan doen.

De kwestie van de jongere zus is voor Maman van louter formeel belang, en hoe het ook zij, de deuren van de kapel gaan open en het voorgaande gezelschap komt naar buiten. Een hoop nabestaanden, de overledene was duidelijk geliefd, en er ontstaat een houding van geforceerde nonchalance bij ons, die wachten om naar binnen te kunnen. Laat het nooit hardop gezegd worden, maar in elke groep zit een competitief element, zelfs hier, plus een zweem van ongemak omdat Anton Swart niet bekender of geliefder is, zodat we met iets te veel haast naar binnen gaan, weg uit het harde licht.

Er blijft er eentje achter. Tot nu toe heeft Salomé aangenomen dat Amor wel zal opdagen, al is het op het allerlaatste moment, net als de vorige keer. Is nooit bij haar opgekomen dat niemand Amor heeft ingelicht. Iemand moet het doen! Vandaar dat ze nog even alleen op het grasperk blijft staan, met de telefoon tegen haar oor. Het signaal dat ze uitzendt, springt op onzichtbare golven van toren naar toren voordat het hoorbare vorm aanneemt in de hoek van een kamer, ergens ver weg. Een antwoordapparaat, met een stem erop van lang geleden. O, Amor. Ik ben het. Salomé. Het spijt me heel erg, maar ik heb een naar bericht voor je.

In de kapel is Moti begonnen de bijeenkomst toe te spreken. Er is me gevraagd een paar woordjes te zeggen over onze vriend Anton. Maar er is me ook gevraagd geen religieuze dingen te zeggen. Dat is op verzoek van Anton zelf, en daarom is dat ook het eerste wat ik over hem ga zeggen. Dat hij geen religieus type is.

En dat is geen punt. Eigenlijk vind ik het best wel prima. Ik ben zelf ook geen religieus type. Maar ik houd me erg bezig met de geest, vandaar dat ik daar een paar dingetjes over ga zeggen.

Moti straalt zijn gehoor gelukzalig toe. Hij heeft een lieve, rustgevende glimlach, slechts ten dele verborgen door gezichtsbeharing, maar aangevuld door zijn stem, volgens sommige vrouwen een stem om iemand mee in te pakken, en vaak genoeg heeft hij er ook iemand mee uitgepakt, al is dat uiteraard lang geleden, voordat hij zich erg met de geest ging bezighouden.

Hé, laten we eens wat uitproberen. Welke woorden komen er bij ons op wanneer we aan Anton denken? Ik zal er een paar voorstellen. Maar laten we het wel positief houden, alsjeblieft. Dat wil niet zeggen dat jullie niet eerlijk mogen zijn, want zoiets zou hij juist op prijs stellen.

En dat is dus in feite mijn eerste woord voor hem! Eerlijk! Hij wond er vaak geen doekjes om, zelfs al had hij zich vergist. Hij vertelde zijn eigen waarheid. En elk van ons kreeg die waarheidlievendheid weleens te incasseren. Tjonge, ik wou dat hij af en toe wat minder waarheidlievend was! Ik wed dat jullie dat ook zouden willen.

Een bevredigend gegiechel stimuleert hem om door te gaan.

Kwaad. Dat is mijn tweede woord. Hij was op z'n eerlijkst als hij op z'n kwaadst was. En daar leed hij onder, dus tel dat er ook maar bij. Hij had pijn.

Intelligent. Heel erg. Koppig. Heel erg. Geestig, ook. En hij kon royale gebaren maken, heb ik gehoord. Ook dat had hij in zich. Maar hij was soms onaardig, heb daar zelf ook wel iets van meegemaakt.

Misschien zijn er dan nu mensen die er graag een paar woordjes aan willen toevoegen...?

Van ergens achteraan zegt een voormalig vriendinnetje van Anton: Hij was niet áltijd eerlijk.

Er klinkt wat gelach op. Niet vergeten, zegt Moti, we houden het positief. We zijn hier niet om te oordelen.

Krachtig, roept iemand.

Sensitief.

Ruimdenkend?

Wild!

Desirée raakt licht in paniek over de manier waarop dit verloopt en zegt: Hij was liefdevol.

Naast haar gniffelt haar verwarde vader en schreeuwt: Sexy!

Het wordt even stil en Moti klapt een keer zacht in zijn handen. Genoeg! Dit zijn de eigenschappen die Antons geest beschrijven. Er zijn nog andere, natuurlijk.

Ik had het voorrecht om met onze vriend te spreken op de avond voordat hij overleed. En ik zei tegen hem wat ik nu aan jullie ga vertellen, materie is geest die in een toestand van ongenade verkeert. Zoals we weten, trok Anton alles in twijfel, maar ik denk wel dat hij me gehoord heeft. Ik denk wel dat hij mijn boodschap gehoord heeft.

Hij had nooit veel rust in de wereld van de materie, dus hopelijk vindt hij rust in het rijk van de geest. Maar niet al te lang! Want vrienden, er zijn andere levens behalve dit, en er wachten andere lichamen om onze geest te ontvangen. We zullen Anton Swart weer ontmoeten, ieder van ons die met hem verbonden was. Hij zal een andere naam hebben, en dat geldt voor jullie ook, maar jullie geest zal de zijne kennen, weet hebben van alles wat er tussen jullie onafgehandeld is gebleven.

Opnieuw die gelukzalige glimlach. Er zijn tekenen van rusteloosheid onder de aanwezigen, brave christelijke lieden, het merendeel. Wat is dat voor onzin over andere levens? Het klinkt heidens, uitheems en modern, deel van het algehele morele verval dat je overal om je heen ziet. Maman vraagt zich hardop af, sotto voce, hoe dit moet doorgaan voor niet-religieus en Desirée fluistert terug dat het gewoon een filosofisch gezichtspunt is, er is geen god ter sprake gebracht. Elders wordt ook wat geprutteld, maar gelukkig is Milo Pretorius, alias Moti, aan het eind van zijn bespiegelingen gekomen.

Nu is het tijd dat de materiële wereld zich weer manifesteert, in de vorm van een van Antons oude drinkmaatjes, Derek geheten, die een zelf gecomponeerd *ietsie* zingt. Slecht gestemde gitaar en een gezicht dat op het punt staat vloeibaar te worden. Hé, Ant, dit is er een voor jou!

We waren gabbers, we waren bevriend
Waar is de tijd toch heen sindsdien?
Je was hier, je was daar,
Je stond overal voor ons klaar
Waarom ben je zo vroeg afgetaaid?
Enz., enz.

En daarna is het alleen nog maar Leon, Desirées broer en Antons schoolvriend, die een gedicht van N.P. van Wyk Louw voorleest omdat hij abusievelijk in de veronderstelling verkeert dat Anton het zo mooi vond. Hij is die overtuiging toegedaan op grond van een gesprek waarvan hij zeker weet dat hij het lang geleden met Anton heeft gevoerd, hoewel het in werkelijkheid een gesprek met een wederzijdse kennis was die zelf vorig jaar tragisch om het leven is gekomen bij een bootongeluk. Wat maakt het uit, deze kleine vergissing, ze zijn allemaal niet meer onder de levenden, Anton en de kennis en ook N.P. van Wyk Louw, ze zijn teruggekeerd naar het rijk van de geest, de eindbestemming van ons allemaal, als Moti's bewering klopt, wanneer dit ondermaanse toneelstukje is afgelopen.

Kunnen we dan nu gaan? Ja, we kunnen gaan, dat was het, goddank, een hele bezoeking, en het gezelschap stroomt de deur uit op een vuilwitte golf van orgelmuziek, slechts gestuit door een man met hazentanden en anderhalve centimeter zichtbare kaasdoek onder zijn pruik, die Desirée op weg naar buiten aanspreekt met de mededeling dat de as over een paar weken opgehaald kan worden, maar dat het kantoor haar tijdig zal informeren.

Daarna volgt er niets vastomlijnds. Beslist geen gezellig samenzijn, dat zou te pijnlijk zijn, en trouwens, Anton zei dat hij geen gedoe wilde, vandaar dat er haastig afscheid wordt genomen voor de kapel, waarna de diverse partijen zich verspreiden, als de rookdeeltjes die voortdurend uit de schoorsteen van het crematorium omhoogdwarrelen.

Een van de deeltjes, Desirée, wordt met de auto teruggebracht naar de boerderij, terwijl haar vader versuft op de achterbank zit, naast de hulp. Er wordt weinig gesproken. Elk van hen is verzonken in zijn of haar eigen beschouwing van de gebeurtenis die net heeft plaatsgevonden, behalve de oude man, die in de blijde veronderstelling verkeert dat hij met een stel temeiers in een helikopter zit, iets wat hij een keer heeft meegemaakt, destijds in zijn gloriejaren.

Maman neemt de taak op zich om de jongere zus te bellen wanneer ze weer op de boerderij zijn. Het wordt vast een lastig gesprek, al zal er geen onzin geduld worden. Het is een tragedie dat niemand haar heeft kunnen bereiken, maar wiens schuld is dat? Deze Amor heeft voor een hoop last gezorgd en moet maar eens flink de waarheid gezegd worden door een stevig en beleefd iemand.

Maar de stem die reageert klinkt rustig en kalm, bijna slaperig. Ja, zegt ze. Ik weet het van mijn broer.

Je weet het? Maar hoe? We hebben al geprobeerd je te pakken te krijgen...

Salomé heeft me vanochtend vanuit de kapel gebeld. Dank u dat u alles geregeld hebt. Een korte stilte, en dan gaat ze verder: Het ligt aan mij dat u me niet kon vinden. Ik heb me verborgen gehouden.

Totaal geen gevecht, anders dan je je had voorgesteld. Uiteindelijk valt er vrijwel niets te zeggen, behalve dat Amor contact zal opnemen. Zo te horen is ze dat niet echt van plan.

Maar helemaal onder in het land, aan de andere kant van de verbroken verbinding, is Amor alleen in haar minuscule appartement en schiet er maar één gedachte door haar hoofd, telkens weer. Ik moet terug. Dat denkt ze. Ik moet terug. Ze is de enige die over is en ze moet terug. Voor de laatste keer. Dat besef dringt zich langzaam op, zodat ze eenzaam en verlaten in haar geestelijke landschap staat, als een rotsuitsteeksel op een vlakte. Is eraan gewend om eenzaam te zijn, de laatste tijd kent ze geen andere toestand, maar ze zal nooit erger alleen zijn dan de laatste keer op de boerderij.

Is er nog niet klaar voor. Kan er niet heen zolang ze zwak is, en momenteel is ze zwak, uitgehold door wat haar broer heeft gedaan. Alleen al wanneer ze eraan denkt, stort ze bijna in. Alle kracht en kwaadheid die hij bezat, naar binnen gericht en gloeiend heet door die metalen buis gegoten, op de kern van zijn bestaan gemikt. Hier/niet hier/nergens. Anton, die ze nooit echt heeft gekend. Te hoog, te ver, te anders. En nu spoorloos verdwenen.

Alhoewel, niet helemaal. Want het kost zo'n twee tot drie uur om een lichaam te verbranden, en het aantal ovens is gering, maar het aantal doden is groot. Intussen wacht ieder op zijn beurt, uiterst geduldig, in een gekoeld voorvertrek. Anton onder hen, in zijn ontvlambare kist. Maakt verder niets uit, maar hij draagt kleding die zijn vrouw voor hem heeft uitgekozen, sandalen en een blauwe sergen broek en een flodderig groen overhemd waarvan ze vrijwel zeker weet dat hij het aanhad toen hij haar ten huwelijk vroeg, al is ze misschien in de war met een andere gelegenheid. Hij kan zelf niets meer doen, niets meer dan wat er met hem moet worden gedaan.

Afgezien van het moment, dat inderdaad komt, hoewel misschien niet die dag of zelfs de volgende, wanneer de deuren voor Anton openzwaaien en hij het vuur in gaat. De verbrandingskamer gloeit middenin wit op. Alles valt uiteen, maar traag, de banden zijn gedurende een halve eeuw verstevigd en laten zich niet makkelijk ontbinden.

Toezicht op deze handeling wordt uitgeoefend door Clarence, hij met de hazentanden en slechtzittende pruik, die in juli al vierendertig jaar zijn ovens bedient met demonisch vakmanschap. Het is Clarence die aan de knoppen draait en besluit wanneer een lichaam in zijn geheel is gecremeerd. Je zou staan te kijken van de uitdaging die bepaalde lichamen bieden, de zeer zwaarlijvigen, bijvoorbeeld, wier vet vloeibaar en brandbaar wordt, er stond zelfs een keer een hele oven in lichterlaaie, of degenen die verborgen mechanische onderdelen blijken te hebben, zoals een ontploffende pacemaker. Maar toevallig laat Anton zich vlot verwerken. Hij is mager, op het uitgemergelde af, en zet zichzelf gezwind om in as. Al is het correcter om te stellen dat hij een bergje grind wordt, vermengd met scherfjes en brokjes gebeente. Een verrassende hoeveelheid, in feite.

Opnieuw is het Clarence die de afgekoelde Anton bij elkaar veegt en uitzeeft op stukjes metaal, zilveren vullingen of medische bouten en dergelijke, voordat hij hem door de asmolen haalt, die vrijwel alles tot poeder vermaalt. Nu kan hij in een vooraf bestelde urn gegoten worden, bijna als een vloeistof, duidelijk genummerd en beschreven om verwisseling te voorkomen, alhoewel, zou het nog wel iets uitmaken, en bovendien, Antons restanten zijn allesbehalve zuiver, ze zijn vermengd met de laatste schraapsels van degenen die eerder in de verbrandingskamer zijn beland, vooral van zijn onmiddellijke voorganger, een buitengewoon hoogleraar Slavische talen die gestikt is in een banaan.

Diezelfde dag belt Clarence vanuit het kantoor om mevrouw Swart te laten weten dat haar man gereedstaat, en de volgende keer dat ze in de stad is om haar haar te laten doen, rijdt ze langs om Anton op te halen. De urn zag er in de catalogus beter uit dan in het echt, ze is groot en onhandig, en er is heel wat van hem overgebleven. Ze had zich iets voorgesteld ter grootte van een kleine, gevulde sok, maar hij is nog steeds omvangrijk, zij het vormeloos, en heeft een waarneembaar volume en gewicht, gevormd door de binnenkant van de asbus.

Ze weet niet wat ze ermee aan moet. Idioot, maar ze heeft het gevoel dat Anton erin zit. Dat is ook zo, maar ja. Een miniatuurversie van hem, ineengedoken als een mol in een tunnel. Ze doet telkens het deksel omhoog om haar vinger in de inhoud te steken. Praat er soms tegen, op een moederlijk maniertje. O, hou je mond, zo is het wel genoeg. Dat soort dingen. In de brief stond dat hij ergens verstrooid moest worden, maar daar kan ze zich niet toe zetten. Er is geen duidelijk geschikt plekje te verzinnen en uiteindelijk laat ze de urn op de schoorsteenmantel in de zitkamer staan, tot ze bedacht heeft wat ze er daarna mee gaat doen.

Er komen uiteraard grote veranderingen op haar af. Ze weet niet wat ze inhouden, maar ze komen eraan. Cherise Coutts-Smith heeft ingesproken met de vraag of ze wil terugbellen, en Desirée heeft een voorgevoel. Geen goed voorgevoel. Anton stond altijd van de daken te schreeuwen dat ze alles zou erven, maar sinds wanneer heeft hij ooit de waarheid gesproken? Ook al geloofde hij er zelf in.

Ja, zegt Cherise Coutts-Smith, wat hij aan je heeft verteld is correct, alles is aan jou nagelaten, ware het niet dat.

Ware het niet wat?

Ware het niet dat het een zootje is. Anton had twee levensverzekeringen, maar geen ervan wordt uitgekeerd omdat hij door eigen hand is overleden. Ook is hij een heleboel mensen een heleboel geld verschuldigd. Het gaat flink wat tijd kosten om dat uit te zoeken, maar het zou best kunnen dat uw erfenis bestaat uit, eh, een groot zwart gat van schulden. Na de problemen met zijn compagnon heeft de bank beslag laten leggen op het familiebedrijf, u weet wel, het slangenpark, dus ook daar valt weinig te halen. En dan is er de kwestie van de boerderij. Wat zou u daarmee willen doen?

Desirée heeft het nooit fijn gevonden om hier te wonen, zo ver uit de gooi, en nu kan ze er weggaan, maar sinds kort twijfelt ze. Volgens Moti heeft de hele omgeving een krachtige energie, naar het schijnt komen er boven op het koppie een aantal leylijnen bij elkaar, en hij gelooft dat het huis schitterend als retraiteoord voor meditatie kan dienen, heeft het zelfs een paar weken geleden met een groepje uitgeprobeerd, en de harmonie was perfect. Vandaar dat ze zich afvraagt of haar problemen met de boerderij eigenlijk niet gewoon problemen zijn die ze met haar huwelijk had, en misschien is dit dan het moment voor een wedergeboorte? Iemand heeft haar onlangs verteld dat haar totemdier de feniks is!

Persoonlijk, zegt de notaris, zou ik de boerderij verkopen en het verlies accepteren. Alles bij elkaar genomen zou u er misschien niet al te bekaaid afkomen. Maar dat kunt u niet doen, u kunt niets doen, zonder de andere zuster. Jullie zijn nu gelijke partners.

Gelijke partners met Amor! Maar zij is niet hier, ze wil hier niet zijn, en niemand krijgt haar ooit te pakken. Ze zei dat ze contact zou opnemen maar sindsdien geen kik, en elke keer als je haar nummer probeert, wat trouwens een vast nummer is, in deze tijd nota bene, wordt er nooit opgenomen. Wat kun je anders doen dan hopen en vertrouwen dat ze een keer komt opdagen?

Amor komt een maand later opdagen. Dat wil zeggen, ze

neemt contact op, zoals ze al had gezegd. Heel beleefd, je zou bijna kunnen zeggen professioneel, alsof schoonzus-zijn een beroep is. Ze zou graag op de boerderij langskomen. Ze heeft een voorstel dat ze wil bespreken en dat kan ze het beste persoonlijk doen. Ze denkt aan morgen.

Morgen! Wacht even, laat ik even in mijn agenda kijken. Desirée heeft geen agenda en bijna geen afspraken waaraan ze zich moet houden, maar vraagt desalniettemin: Kunnen we er overmorgen van maken?

Je zult het zien, zegt ze later tegen Moti, ze verwacht vast dat ik haar op haar wenken bedien. Mooi niet!

Je gaat al in de verdediging, mompelt hij bedaard, voordat ze er goed en wel is. Probeer je open te stellen voor wat de kosmos te bieden heeft.

Hij zegt dat niet vanwege Amor, beseft ze, maar omdat hij onlangs heel lichamelijk en pragmatisch is geworden in de manier waarop hij haar benadert, en hij voelt dat ze hem blokkeert, ze heeft vertrouwensproblemen, waar ze aan werkt, en eigenlijk wil hij dat ze haar afweermechanisme uitschakelt. Ze is al een tijdje wat ontvankelijker voor hem, en in feite is hij na de meditatieles min of meer bij haar ingetrokken, zonder dat het ooit is besproken. Ze had voorgesteld dat hij zou blijven en op een of andere manier is dat met een dag verlengd, en daarna met een week, en nu is het gewoon de vaste stand van zaken. Doorgaans voelt het voor Desirée best heel goed, haar hogere ik heeft zijn zegen aan deze regeling gegeven, hoewel ze beseft dat Amor er misschien anders tegenaan zal kijken. Misschien moet hij tijdelijk vertrekken, gewoon zolang ze er is?

Angst, observeert Moti. Woede en schone schijn zijn geworteld in angst.

Hij heeft uiteraard gelijk, of weet zeker dat hij gelijk heeft, wat in Moti's geval op hetzelfde neerkomt. Maar ze twijfelt niet aan hem, zelden heeft ze zo opengestaan voor een ander, al voelt ze dat ze nog verder kan openstaan. Dat zegt ze ook tegen hem, en vraagt zich later af, wanneer hij zijn wenkbrauwen optrekt, of ze niet te ver is gegaan.

Uiteindelijk, al valt het moeilijk te geloven, worden ze bij elkaar gebracht door Jacob Zuma. Wanneer ze diezelfde avond nog laat op de grond rode wijn liggen te drinken en over Amor praten, biedt de televisie, die tot dan toe zachtjes aanstond, opeens het spektakel van de president die zijn ontslag indient. Moti zet hem harder, maar het is al bijna voorbij. Een snelle verklaring en dan loopt hij weg. Aju, *hasta la vista*, en weg is-ie! Na ons jarenlang in gijzeling te hebben gehouden, doet hij afstand en neemt de kuierlatten. Live, rechtstreeks! Vanuit het niets! Nee maar, het is toch niet te geloven!

Misschien ligt het aan de rode wijn, of aan het feit dat het Valentijnsdag is, maar dat is het moment waarop Desirée haar doorbraak beleeft. Ze is niet in politiek geïnteresseerd, vooral niet na wat er met haar vader is gebeurd, maar uiteraard weet ze van Zuma af, of in elk geval genoeg om een goeie booswicht te herkennen en te kunnen verachten, en deze bekendmaking van hogerop maakt dat ze zich bevrijd voelt. Dat zegt ze dan ook telkens wanneer ze zich ontdoet van kledingstukken die haar tot dusver hebben bekneld, ik voel me zo bevrijd! Schoenen weg. Ik weet het niet, Moti, ik voel me zo bevrijd! Rok uit. Bevrijd, bevrijd! Het land is anders! Het ondergoed slingert ook al op de grond. Iedereen zal het wel aanvoelen, de verandering in atmosfeer, nu de boosdoener ontslag heeft genomen... Over het hele land zal het goede zegevieren, de Gupta's zullen gearresteerd worden, alle schurken zullen worden opgesloten! De droogte in Kaapstad zal eindigen! De elektriciteit zal nooit meer uitvallen! We zijn allemaal bevrijd, bevrijd, bevrijd en wanneer ze echt de laatste boeien heeft afgeworpen, staat ze meer open voor Moti dan ze ooit heeft gedaan. Wat er tussen hen gebeurt is beeldschoon, een unieke ervaring, en het is dan ook maar goed dat ze niet weet dat de ontuchtcijfers op de avond van Zuma's aftreden over het hele land drastisch omhooggaan.

Natuurlijk is het vervelend wanneer Desirée al de volgende dag aan Amor moet uitleggen wie Moti is en wat hij hier doet. Het hele eind naar het vliegveld in het spitsuur, want ook al arriveert Amor aan het eind van de middag, het ergst mogelijke tijdstip van de dag, Desirée kon moeilijk weigeren om haar op te halen en het is niet te geloven, dat stomme mens heeft nog geen rijbewijs, tijdens de hele rit probeert ze zich voor te bereiden, haar verdedigingsmechanisme te ontmantelen, zich te reinigen van angst en schone schijn. Laat het los, Desirée. Word je eigen engel. Maar ook, geef niet te veel toe!

Vervolgens herkennen ze elkaar niet bij Arrivals. En Amor heeft nog steeds geen smartphone, ze is de allerlaatste persoon op deze planeet, maar geen woede, Desirée, laat het los. De moeilijkheid is dat je van destijds maar een vage herinnering van haar hebt en natuurlijk ziet ze er tegenwoordig anders uit. De kleine vrouw van middelbare leeftijd met grijzend stekeltjeshaar die na verloop van tijd onzeker kijkend voor je komt staan is iemand die je nooit eerder gezien hebt.

Valt wel mee dus. Beslist niet bedreigend. Wat alledaags en afgetakeld, vandaar dat je je in vergelijking bijna een glamourgirl voelt. Ze zou make-up moeten gebruiken!

Jij bent het, zegt ze. Al zou ze evengoed hebben kunnen zeggen, ik ben het, dat zou ook hebben volstaan. Ze zijn het allebei, gelijke partners, ze hebben elkaar alleen maar gevonden omdat de groep mensen bij Arrivals flink is uitgedund.

Tijdens de rit naar de boerderij vertelt Desirée haar over Moti. Ze heeft besloten open kaart te spelen, van meet af aan, maar doe het dan achteloos, alsof het niks bijzonders is. Mijn spirituele docent, een natuurgenezer, leer al jaren mediteren van hem.

Uitleggen hoeft niet, zegt Amor. Het gaat me eigenlijk niet aan.

Ik vermeld het omdat je broer hem niet erg mocht, vooral niet als hij had gedronken. Er kwam zelfs geweld aan te pas op de avond voordat hij... Onzeker houdt ze op. Vind je het erg als ik zo praat?

Amor schudt haar hoofd. Helemaal niet. Anton was een moeilijk mens. Dat weet iedereen.

Nou! Daarna gaat Desirée bijna op de babbeltoer. 't Is heel makkelijk om Amor in vertrouwen te nemen, ze is zo stil en aandachtig, en wanneer ze wel iets zegt, gebruikt ze de juiste woorden. Ja, dat is het, ze weet wat ze moet vragen en ze weet hoe ze moet luisteren. Vandaar dat Desirée haar vertelt over... nou ja, over veel te veel eigenlijk, persoonlijke dingen die ze zich normaliter alleen tegenover haar moeder laat ontvallen, diverse gebeurtenissen en toestanden uit haar huwelijk, waarvan er heel wat met de slaapkamer hebben uit te staan. 't Is onmogelijk om te zwijgen over de kwestie kinderen, hoe graag ze er een had willen hebben, een bijna lichamelijke hunkering die tot grote frustratie leidde, want Anton was natuurlijk niet vruchtbaar... zelfs nog voordat hij impotent werd. Ja, ook daar vertelt ze Amor over!

Om haar schoonzus daarna een zenuwachtige blik toe te werpen. En jij? Heb jij nooit een kind gewild?

Amor blijft recht voor zich uit kijken. Toen ik jong was, zegt ze met stille stem. Nu niet meer.

Waarom niet? Een kleine jij, om de stamlijn voort te zetten...? Ooo, ik kan me niks beters indenken...

Amor kan zich misschien wel degelijk iets beters indenken, maar zegt dat niet, en bovendien komen ze op dat moment bij de boerderij aan. Het is inmiddels donker geworden en er is een ongemakkelijke sfeer ontstaan. Desirée heeft het gevoel dat ze te veel heeft gezegd en iets moet doen om het goed te maken. In een halfhysterische opwelling stuift ze naar de schoorsteenmantel om een zoenoffer te halen.

Hier, zegt ze. Volgens mij moet jij die taak maar uitvoeren.

Het duurt even voordat Amor begrijpt wat ze vasthoudt. O. Hallo, Anton.

(Hoi, zus.)

Nu je hier toch bent, zegt Desirée, moet jij hem maar ergens uitstrooien. Op een plekje dat iets speciaals voor hem had. Beslis jij maar.

Da's goed, zegt Amor. Het is ongetwijfeld bedoeld als een betekenisvol gebaar, maar ze vindt de urn erg zwaar. Dat doe ik. Voordat ik ga.

Zo, laten we je nu dan installeren. Ik heb je in deze logeerkamer gezet, want hij is onlangs weer geschilderd. Veel lichter nu!

Als je het niet erg vindt, zegt Amor, zou ik graag in mijn oude kamer slapen.

Boven, bedoel je? Heeft hij die niet als werkkamer gebruikt? Ooo, het is er een vreselijke bende, daar kun je niet logeren! Ik ben bang dat ik het nog even niet aankon, maar als je tot morgen wacht, wanneer de hulp komt, kan ze hem voor je uitruimen.

Nee, ik doe het zelf wel. Ik wil in die kamer slapen.

En aan de manier waarop ze het zegt kun je horen dat ze erover nagedacht heeft en dat ze het meent, en Desirée spreekt niet meer tegen.

De kamer heeft iets weg van een halverwege gestaakte explosie. Papieren, boeken, artikelen, dossiers, kleren, stof, schrijfbehoeften, bonnetjes, aantekeningen, foto's, muntstukken en ansichtkaarten, rondslingerend en op stapels zonder zichtbare methode. Nog altijd hetzelfde, maar dan veel erger. Onder dat alles ziet ze het silhouet van wat ooit haar bed, haar bureau, haar stoel is geweest en ze slaagt erin die op te delven.

Wil je soms een kopje thee? biedt Desirée tot haar eigen verbazing aan. Of iets te eten?

Ik heb wat etenswaar meegenomen, zegt ze en tilt haar tas op. Ik ben veganist geworden en ik wil niemand extra moeite bezorgen. Ik kook straks zelf wel iets.

Onverwacht, in alle opzichten. Niet waartegen je je schrap hebt gezet. Stel je voor, een halve koffer groenten meenemen om jezelf te eten te geven!

Ze heeft iets, ik weet het niet, iets aardigs, zegt Desirée tegen Moti. Dat is beneden in de zitkamer, even later, en allebei fluisteren ze. Mijn man zei altijd dat ze gek was, vanwege wat er met haar gebeurd is. Maar ze is het tegenovergestelde van gek.

Hij lacht met wijze, gefilterde joligheid, terwijl hij zich in een symbolische benadering van een schildpad buigt. Wat is het tegenovergestelde van gek? Normaal zijn is toch ook een vorm van gekte? O, dualiteit en polariteit! Vertel nog eens wat er met haar gebeurd is?

Door de bliksem getroffen! Boven op het koppie. Natuurlijk is dat lang geleden.

Op het koppie! zegt hij en komt uit zijn asana zodat hij haar kan aankijken. Heb ik niet tegen je gezegd dat die plek energie heeft?

Een bonkend geluid van boven. Amor is begonnen Antons spullen uit één kant van de kamer weg te halen en stuk voor stuk naar een hoek te verplaatsen. Aanvankelijk doet ze haar best om alles ordelijk neer te zetten, en daarna geeft ze het op en maakt ze er één slordige hoop van. Zelfs zijn computer trekt ze uit het stopcontact om hem op een leeg plekje neer te zetten. In minstens de helft van de kamer verschijnen bruikbare oppervlakken. Ja, ze kan hier leven, aan deze kant, en Anton mag de andere hebben. Het is mogelijk om iets te delen, broer, kijk maar.

Ze was echt van plan om naar beneden te gaan en iets te eten te maken, maar wanneer ze eenmaal klaar is met opruimen, is de nacht al een eindje gevorderd en heeft ze geen trek meer. Heb te veel kindertijd gegeten, dank je wel, ik zit vol. De kamer waarin je bent opgegroeid is een kamer die je nooit zult verlaten en Amor woont hier al vierenveertig jaar. Ze neemt een douche en gaat in haar pyjama op bed liggen. Haar gedachtemotor ronkt en ze vermoedt dat ze niet zal kunnen slapen.

Weet je nog, de rituelen die je als kind elke nacht in gedachten moest uitvoeren, de voorwerpen die je mentaal moest aanraken voordat je je ogen dicht mocht doen? Heel angstig was je, gaat een stuk beter, tegenwoordig. Ze probeert het nu en reikt naar een speciale baksteen in de tuinmuur, een bijzonder plekje op de vensterbank, een bepaalde tegel op het terras... maar de noodzaak bestaat niet meer en onverwacht valt ze toch in slaap.

Wordt plotseling wakker met een huizenhoge lichaamstemperatuur, zwetend alsof ze koorts heeft. Het is een warme nacht, maar zij is nog warmer, de inwendige kachel is op een hoge stand gezet. Ze gooit het beddengoed van zich af en loopt naar het raam om wat lucht te krijgen. Aan de horizon waaieren bliksemflitsen uiteen en de vreemde plooien van het land springen omhoog uit de zeebodem om daarna weer weg te zakken. Binnen een paar minuten koelt ze af, maar nu is ze klaarwakker.

Knipt het licht aan en gaat achter het bureau zitten. Ze heeft het volkomen leeggemaakt, afgezien van een enkele stapel papier, die ze nu langzaam naar zich toe trekt. Antons roman, uiteraard. Een vaak ter sprake gebracht onderwerp, op een manier die een abstracte toestand suggereert in plaats van een activiteit. Maar hier ligt hij, jaren dik. Is niet vanzelf ontstaan.

De bovenste bladzijde is leeg. De titel zal als laatste arriveren. Hoort bijna hoe haar broer die woorden uitspreekt, op zijn droge, koddige manier. Ze slaat de bladzijde om. Deel één, staat er. Lente. Aaron was een jonge man, die opgroeide op een boerderij vlak buiten Pretoria...

Wanneer ze begint te lezen, trekt het boek van over een lange afstand bij haar naar binnen, van zijn geest naar de mijne, over een kloof in de tijd, en nu zit ze niet meer in de kamer, ze zit in de zinnen, de een na de ander, aan elkaar verbonden als een reeks tunnels die elk in een bepaalde hoek lopen. Waar brengen ze haar heen, die tunnels? Aaron is een jonge man, groot geworden op een boerderij vlak buiten Pretoria, een die veel weg heeft van onze boerderij. Hij is een sterke en gelukkige knul, veelbelovend en ambitieus. Er staan hem ongetwijfeld grootse dingen te wachten. Hij wordt door velen begeerd maar bemint er slechts één, een mooi meisje dat in de nabijgelegen stad woont.

Het eerste deel is niet meer dan tachtig bladzijden lang. Het is een degelijke, goed geschreven aanzet, zij het een tikje sentimenteel. Hier en daar wordt vaag gezinspeeld op donkere ondertonen, die langzaam tot bloei komen. Anton/Aaron gelooft dat hij een vijand in het gezin heeft, iemand die tegen hem intrigeert, maar de bedreiging wordt niet nader omschreven... Een inhalige tante? Of een achterbakse zuster? Misschien een huishulp, een ouwe getrouwe wier loyaliteit in het geding is? Maakt niet uit, want er gebeurt niet echt heel veel, behalve dat het land in knop en bloesem komt te staan, of Aarons lichaam, dat hetzelfde doet, overal is sprake van een uitbundig ontluikende lente.

Pas in Deel twee, Winter getiteld, loopt alles helemaal verkeerd. Bij een tragisch schietongeluk berooft Aaron iemand van het leven, een vrouw, en vlucht dan weg, niet om aan het gerecht te ontkomen, maar aan zichzelf. Hij verschuilt zich in een naamloze jungle, zou ergens centraal in Afrika kunnen zijn, een vochtige, welig begroeide en corroderende omgeving, waar moraal en metaal worden aangevreten. Dit alles wordt vlot en fel verteld, in een vijftal bladzijden. Maar vanaf dat moment, waarop het leven van onze mysterieuze held aan gewicht en kracht zou moeten winnen, hapert het boek, krijgt het iets aarzelends en onzekers. Hij doet verschrikkelijke dingen en er worden hem verschrikkelijke dingen aangedaan. Hij is een jonge man op de drempel van zijn volwassen bestaan, maar alle belofte die hij in zich heeft gaat op aan zijn overlevingsstrijd. De moeilijkheid is, wanneer Aarons leven mislukt, doet het verhaal dat ook, per alinea veranderen er namen en feiten, koortsachtige doorhalingen en herschrijvingen in Antons onmiskenbare oude-jonge handschrift, zou van een kind of een bejaarde kunnen zijn.

Ook staan er opmerkingen van de auteur in de kantlijn. Is dit een familiesage of een *plaasroman*? luidt er een. En een andere: Het weer staat onverschillig tegenover de geschiedenis! En ook: Is dit een komedie of een tragedie? Deze kanttekeningen krijgen de overhand, totdat er heel snel geen verhaal meer over is, alleen een ruwe opzet van wat de schrijver nog van plan was. Deel drie zou Herfst heten en daarin zou Aaron naar de boerderij terugkeren. Hij moet daar het hoofd bieden aan meerdere uitdagingen, kwaadwillende machten willen hem in het verderf storten, maar uiteindelijk zal hij triomferen in Deel vier, waarin de Zomer regeert. Aan de hand van de levensfasen van de man, gescheiden door tussenpozen van grofweg tien jaar, zal zijn ontwikkeling tot volle wasdom worden geschetst, van belofte via nederlaag naar terugkeer tot rijping, in gelijke tred met de jaargetijden.

Dat is tenminste de bedoeling, maar het boek is in de verste verten niet af. Na een paar volledige bladzijden in het tweede deel vallen de zinnen uiteen in fragmenten, krabbels en cryptische frasen. Persoonlijke aantekeningen. Op goed geluk kiest ze er een paar uit. Zuid-Afrikanen hebben geen gevoel voor ironie... In dit land is het onmogelijk om te spreken namens een ander dan jezelf en zelfs dan nog... In elk Zuid-Afrikaans verhaal draait het om de Vluchteling... Maak de tovenaars dood/Roei alle woestelingen uit...

Ze gaat naar de laatste bladzijde. Onder de aantekeningen, los ervan, een soort afmonstering. O, wat heeft het voor zin? Dat staat er, in vreemde, fletse letters, nog steeds herkenbaar Antons handschrift. Zou best eens het moment kunnen zijn dat het boek ten slotte instortte. Of dat iets anders instortte. Hoe dan ook, het is de laatste keer dat hij ooit tegen haar zal spreken. In het leven sprak hij meestal langs haar heen, afgezien van één of twee gesprekken, en zelfs toen konden ze het niet eens zijn. Waarom ze hier is. Vergeet dat niet, Amor.

Ze legt de bladzijden terug, maakt er een keurig stapeltje van. Dat was dan het grootse project. Een sterk begin dat ontspoort. Maar zelfs in het laatste gemompel spreekt de stem nog tot Amor, vertelt hij haar dingen over Anton die hij haar zelf niet verteld zou hebben. In stukken ervan kan ze een gedroomde versie van het leven van haar broer zien. Wat je geest, in slaap verzonken, met de grondstof van het leven zou kunnen aanvangen.

Vertelt haar schoonzus er 's morgens over. Werd vannacht wakker en deed geen oog meer dicht. Ben dus Antons roman maar gaan lezen.

Een lang, traag besef van wat er net is gezegd. Dat het ding zowaar bestaat, en dat iemand het zou aandurven... Als hij het wist, zou hij razend worden! Maar uiteraard wil Desirée het eigenlijk graag, heel graag weten. Ja? En? Hoe is het?

Haar stem is een paar tonen gestegen, want ze koestert de geheime hoop dat het levenswerk van haar man misschien wel een meesterstuk is. Wie weet nog beter dan Wilbur Smith. Stel je voor!

Maar Amor schudt haar hoofd. Het is nog maar voor een kwart af. De rest bestaat uit een hoop aantekeningen, heeft eerder iets weg van een dagboek. Nog lang niet af. Jammer.

Ik wist het! De zoveelste sof om te verwerken. Desirée voelt zich bijna voldaan. Hij heeft meer dan twintig jaar op dat stomme ding zitten zwoegen, heeft iedereen laten geloven dat hij een genie was... Er staan haar schulden en rampspoed te wachten, ze voelt het aan haar water. Geef Anton je toekomst in handen en je kunt het wel schudden. Het enige wat hij presteerde was er een puinhoop van maken. Die ik kon opruimen! Ze begint te huilen.

Dit is op de veranda aan de voorkant, een vriendelijk ochtendzonnetje, mokken met koffie, de hele handel. Het buitenleven. Amor legt haar voeten heel precies, heel netjes op de balustrade en wacht geduldig tot de andere vrouw ophoudt met huilen, terwijl zij voor zich uit kijkt naar de gele verte.

Zoals ik aan de telefoon al vertelde, zegt Amor, heb ik een voorstel voor je. Zou je dat willen horen?

Desirée droogt snel haar tranen aan de mouw van haar nachtpon. Ze is nog niet zo ver gevorderd in spirituele aangelegenheden dat haar het keelgeschraap van een unieke kans ontgaat. Ze let goed op terwijl Amor rustig praat en luistert vol verbazing toe, al hoef je niet bijzonder snugger te zijn om te begrijpen waar het aanbod uit bestaat. Alles heel eenvoudig, en weigeren zou dom zijn.

Slechts één ding snapt ze niet. Hoe je het wendt of keert, alle logica ontbreekt. Wat heb jij er zelf aan?

Niets.

Maar waarom...

Ik wil het, zegt ze. Kunnen we het daarbij houden?

Cherise Coutts-Smith knijpt haar toch al kleine ogen tot spleetjes, nog niet helemaal bereid dit onderwerp te laten varen. Ik wil het alleen graag zeker weten, zegt ze omzichtig. U staat niet op een of andere manier onder dwang?

Nee, zegt Amor. Ik sta niet onder dwang.

De notaris zucht geduldig. Begrijpt u mijn verwarring? Want de logica ontbreekt. U slaat uw erfenis af.

Amor knikt. Dat doe ik, ja.

Cherise Coutts-Smith is door de jaren heen stevig uitgedijd, in gelijk tempo met haar praktijk. Heeft onderweg twee echtgenoten genuttigd en ligt ze nog lui te verteren, als een slaperige python. Is bijna te fors voor haar kleine kantoor, waar het in deze februarihitte toch al benauwd is, tot barstens toe gevuld met boeken en vlees. Ze is rijk en heeft het druk en deze mensen, de Swarts, zijn klein bier, cliënten van haar vader die ooit enige invloed hebben gehad, vroeger, in voorbije dagen. Ze hoeft zich niet met hen bezig te houden, en vooral niet met deze laatste, de jongste, die een hoop problemen heeft veroorzaakt en niet goed bij haar hoofd lijkt te zijn.

We proberen u al jaren te bereiken, zegt ze bars. U hebt ons van het kastje naar de muur gestuurd.

Ik weet het. Ik heb niet op uw berichten gereageerd. Het spijt me.

Wat kun je met zo iemand aanvangen? Onmogelijk om te weten wat er achter dat uitdrukkingsloze gezicht gaande is. Misschien voert ze iets in haar schild, zou er niet van opkijken, heb het type al eerder meegemaakt, maar dat zal haar niet lukken.

Nou, zolang u maar weet waaraan u begint, zegt de notaris. Ik zou nooit iemand adviseren tegen zijn eigen belangen in te gaan.

Dat begrijp ik. Dank u.

Er is nog één andere aangelegenheid, iets wat uw broer bezig was aan te vechten in de tijd dat hij overleed. Er zijn landeisen ingediend tegen de boerderij, een gemeenschap die zegt dat ze onder dwang van het land zijn verwijderd. Uw geschenk kan dus een gifdrank worden.

Dat begrijp ik.

Goed. Dan zal ik de documenten laten opstellen zodat we verder kunnen. Nu worden de juridische oogleden nog zwaarder. Maar intussen moeten we ons maar over die andere kwestie buigen, die we al eerder hebben willen oplossen...

U bedoelt het geld.

Ja. Ik denk dat het probleem u bekend is. Omdat we u nooit konden bereiken, hebben we uw aandeel in het maandelijkse inkomen uit uw vaders nalatenschap op een tegoedrekening gestort. Ik vrees dat we geen andere manier zagen om –

Hoeveel staat erop?

Eh, dat is inmiddels een omvangrijk bedrag. Had zelfs meer kunnen zijn als het op een verstandige manier was belegd, maar daar is het te laat voor. Momentje. Rommelt wat aan met glitterbril en paperassen, leest daarna het getal voor. Een heel omvangrijk bedrag. Ja. Met een paar nullen erachter. Wat wilt u dat we daarmee doen?

Ik geef u wel een rekeningnummer waar u het op kunt storten.

Mevrouw Swart. Ze geniet van haar huidige omvang en ze voelt zich nog forser worden wanneer ze deze toon aanslaat. Sorry dat ik zo cynisch doe. Maar u hebt ons twintig jaar geleden hetzelfde verteld en sindsdien hebben we niets meer van u vernomen.

Ik geef u morgen een rekeningnummer, dat beloof ik.

Ik ben jurist. Beloften zijn loos.

Ik neem die van mij serieus, zegt Amor. Morgen is de dag.

Morgen is de dag dat ze het paadje rond het koppie op gaat, naar waar Salomé woont. Heeft het niet eerder willen bewandelen, niet eerder dan ze het papier in haar hand heeft. En al is het te vroeg om het nu al te hebben, zullen we toch maar zeggen dat ze het wel heeft, laten we zeggen dat de notaris het document vanochtend heeft opgesteld en aan haar heeft meegegeven, dus daar heb je het, duidelijk zichtbaar, ze heeft het papier in haar hand.

Een hete, rusteloze middag, een lucht waarin de dreigende wolken steeds donkerder worden. Een zomeronweer dat naakt. De dorre grasspietjes en struikjes ogen kaal en grimmig. Het huis van de Lombards komt langzaam in zicht. Klein, scheef huis, amper waard om het zo vurig te willen hebben. Dikwijls naar gekeken van boven op het koppie, maar ze is er nooit binnen geweest. Pa zei dat ze er niet mochten komen en het verbod is blijven hangen. Niet van ons, niet veilig. Smerig en gevaarlijk.

En vanbuiten, dichtbij, ziet het er inderdaad smerig en gevaarlijk uit, harde grond, door vele voeten kaalgelopen, afgedankte voorwerpen en rondslingerend meubilair. Een paar kippen die in de aarde pikken. Ondanks een paar pogingen om de boel op te vrolijken, een geranium in een blikje, een lap stof die over een stoel is gelegd, verzinkt het huis zelf in lethargie, donkere ogen die leeg voor zich uit staren, voordeur die wijd openstaat. Hallo? Niemand thuis.

Maar is er wel degelijk iemand. Niet Salomé. Een man met een buikje in hemd en trainingsbroek, kaal van boven, baard daaronder. Er hangt een walm van verschaald bier om hem heen. Hij heeft iets half vervallens, dat overeenstemt met het huis. Ze gluren elkaar aan door de dikke lucht en de tijd, tot hun vervaagde gelaatstrekken zich langzaam weer aanscherpen.

Lukas!

Amor. Jij bent het. Ik dacht het al, maar wist het niet zeker...

Een opflitsende glimlach, of in elk geval ontblote tanden, maar verder niets, niet eens een handdruk. Speelt de koele kikker. Ze wil op hem aflopen, maar doet dat niet.

Hoe gaat het ermee?

O, zegt hij, gewoon. Opnieuw die snelle, onvriendelijke glimlach. Ik ben gewoon een gewone zwarte jongen hier uit de buurt. Dus, helemaal niet zo best.

Wat vervelend om dat te horen.

Wil je soms binnenkomen?

Is je moeder er?

Hij knikt, net als Salomé achter hem in de deuropening verschijnt. Verder gekrompen van haar al eerder gekrompen ik. Sloffend en stralend haalt ze Amor naar zich toe. Zo blij je te zien! / Waarom huil je dan? / Omdat ik zo blij ben!

Binnenshuis, beide vrouwen zitten aan tafel. Lukas heeft zich in een hoek op een stoel geposteerd en zit naar iets op zijn telefoon te kijken. Daarachter twee andere kamers, vrijwel verstoken van meubilair. Uit tijdschriften geknipte plaatjes, van fraaie natuurbeelden, cruiseschepen op exotische locaties, zijn met stopverf op een van de muren geplakt.

Wat er in een kamer gebeurt, blijft daar onzichtbaar hangen, alle daden, alle woorden, altijd. Niet gezien, niet gehoord, behalve door sommigen, en zelfs dan nog onvolmaakt. Hier in deze kamer heeft zowel geboorte als overlijden plaatsgevonden. Lang geleden, misschien, maar op bepaalde dagen is het bloed nog zichtbaar, wanneer de tijd sleetse plekken krijgt.

Amor kijkt om zich heen, naar het barstende stucwerk. De gebarsten cementvloeren. De ontbrekende ruitjes. Dit hier. Voor dit hier heeft mijn familie de poot strak gehouden.

Salomé ziet haar kijken en begrijpt het verkeerd. Je weet dat we weg moeten van haar. De vrouw van je broer.

Dat wist ik niet, zegt Amor. Maar dat doet er niet toe, je mag blijven.

Aan het eind van de maand, heeft ze tegen me gezegd.

Nee.

En op dat moment legt Amor het vel papier, dat ze met geen mogelijkheid al in haar bezit kan hebben, op tafel. Strijkt het plat met haar handen. Wijst ernaar, of misschien erdoorheen, naar de vloer eronder.

Salomé kijkt naar het on-papier, of naar waar Amor op wijst, en begint het slechts langzaam te bevatten. Van mij?

Ja. Of dat zal binnenkort zo zijn, als je nog heel even geduld kunt hebben.

Salomé, die al eenendertig jaar geduld heeft, heeft pas onlangs alle hoop laten varen, en zoals je zelf ook wel ontdekt zult hebben, gaat berusting gepaard met opluchting. Ze is nu oud, wordt in augustus eenenzeventig. Dezelfde leeftijd die ma zou hebben, als. Je ziet het aan haar huid, de losheid en droogte van haar hals, haar wangen, de kwabben aan haar armen. Ze is ooit mollig geweest, met een rond, overvloedig figuur. Zoveel jaar op dezelfde plaats, of liever gezegd twee plaatsen, dit hellende huisje aan de voet van een heuvel en het veel grotere huis aan de andere kant. Heen en weer pendelend, nergens thuishorend, dat is haar leven geweest. Zonder er ooit verandering in te verwachten.

Ze heeft de laatste tijd beseft dat het misschien niet zo erg zou zijn om terug te gaan naar het kleine dorpje waar ze vandaan komt, om daar haar laatste jaren te slijten. Vlak buiten Mahikeng, op een afstand van maar 320 kilometer, en als Salomés geboortedorp nog niet eerder is genoemd komt dat omdat je er niet naar hebt gevraagd, het interesseerde je niet. In de tijd dat ze over dat idee heeft zitten dubben zijn de ruwe kantjes ervan afgesleten, en inmiddels verheugt ze zich erop te vertrekken, van dit huis dat haar geen enkel geluk heeft gebracht. Nu moet ze haar gedachten herordenen, wat niet bepaald leuk is.

Hoe kan dat?

Omdat mijn broer dood is en ik nog als enige over ben.

Traag klappende handen. Lukas heeft zijn telefoon weggestopt. Hij staat op en komt bij hen aan tafel zitten, met zijn blik voortdurend op Amor gericht. Moeten we je dankbaar zijn?

Ze schudt haar hoofd. Natuurlijk niet.

Mijn moeder had dit huis al een hele tijd eerder behoren te krijgen. Dertig jaar geleden! In plaats daarvan kreeg ze leugens en beloften. En jij hebt niks gedaan.

Salomé probeert hem te sussen, maar hij gaat door.

Jij hebt op je familie geteerd, jij hebt hun geld aangenomen, je wou geen drukte maken. Maar nou zijn ze allemaal dood en kom je ons een cadeautje brengen. Ik heb je wel zien kijken. Mooi, hè? Drie klotige kamers met een kapot dak. En wij moeten dankbaar zijn?

Vanuit de stormachtige middag valt er door de open deur een baan heiig licht op Lukas neer, en ondanks de harde woorden krijgt hij bijna iets zachts voor Amor.

Het is niet veel, zegt ze. Dat weet ik. Drie kamers en een kapot dak. Op een schraal stukje land. Ja. Maar voor het eerst zal het van je moeder zijn. Met haar naam op de eigendomsakte. Niet die van mijn familie. Dat is niet niks.

Ja, beaamt Salomé, die in het Setswana spreekt. Het is niet niks.

Het is niks, zegt Lukas. Hij glimlacht weer, op die kille, razende manier. Het is wat je niet meer nodig hebt, wat je niet erg vindt om weg te gooien. Onbruikbare spullen. Dat is wat je aan mijn moeder geeft, dertig jaar te laat. Vrijwel niks.

Zo zit het niet, zegt Amor.

Zo zit het wel. En nog steeds begrijp je het niet, weggeven kan niet. Het is al van ons. Dit huis, maar ook het huis waarin jij woont, en het land waarop het staat. Van ons! Je hebt niet het recht om het zomaar weg te geven als je er klaar mee bent. Alles wat jij hebt, blanke dame, is al van mij. Ik hoef er niet om te vragen.

Blanke dame? Ze kijkt hem onverstoorbaar aan, terwijl hij trilt. Ik heb een naam, Lukas.

Onweersgerommel in de verte, als een menigte die in een vreemde taal schreeuwt. Hij maakt een gebaar met zijn hand, om haar naam weg te werpen.

Wat is er met je gebeurd?

Ik ben wakker geworden.

Nee, zegt ze. Ik heb een naam. Vroeger kende je die. Ik heb je over het huis verteld op de dag dat ik je tegenkwam op het koppie. Weet je dat nog?

Hij haalt zijn schouders op.

Ik denk nog vaak aan die dag. Mijn moeder was die ochtend gestorven. Ik zag je en ik vertelde je over het huis. We waren gewoon kinderen die daar rondliepen. Destijds wist je wel hoe ik heette.

Ze heeft geen idee waarom ze deze dingen zegt, de herinnering en de woorden komen gewoon bij haar op. Maar ze ziet dat hij het ook nog weet. Heel even heeft hij geen antwoord, al zegt hij misschien, bijna, haar naam.

Wat is er met je gebeurd? vraagt ze weer.

Het leven. Het leven is gebeurd.

Ja, dat zie ik. Hij heeft littekens op zijn lichaam, een snee, een houw, oude wonden van gevechten en ongelukken. Gedeeltelijke registratie van gebeurtenissen. Van pijn en geworstel en mislukte plannen. Allemaal niet gemakkelijk.

Zijn gezicht heeft weer iets afwerends. Hij kijkt van haar weg en het incident is afgesloten. Er wordt niet meer geschreeuwd, voorlopig tenminste.

Amor kijkt Salomé aan. Ik wil je niet voorliegen. Vandaar dat je moet weten dat er claims op dit stuk land zijn ingediend door mensen die zeggen dat ze hier vroeger hebben gewoond en onder dwang zijn verwijderd. Het is mogelijk dat je het land krijgt en daarna weer kwijtraakt. Dat kan gebeuren.

Salomé hoort dit nieuws nadenkend aan, met in haar ogen een lichte kleurverandering. Terwijl haar zoon zit te gnuiven. Zie je wel, ik zei het toch. Vrijwel niks!

Nog één laatste ding, zegt Amor. Die nu heel zacht spreekt, zonder op te kijken. Lukas zei dat ik op mijn familie heb geteerd en hun geld heb aangenomen. Dat is niet waar. Ik heb niets van ze geaccepteerd, niet één keer sinds ik uit huis ben. Dus op dat punt heeft hij het mis.

Maar ik heb het geld ook niet geweigerd. Ik had nee kunnen zeggen, maar dat heb ik niet gedaan. Het is dus elke maand overgemaakt naar een rekening die op mijn naam stond. Ik heb er niets van uitgegeven. Ik zei tegen mezelf dat het op een dag voor iets belangrijks gebruikt kon worden, al wist ik nooit waarvoor. Nu denk ik dat ik het wel weet.

Pffft. Lukas laat zijn snierende lachje weer zien, een tikje angstig. Je denkt zeker dat je ons kunt afkopen met een onnozel bedragje...

De stortingen zijn de laatste tijd kleiner geworden en binnenkort houden ze op. Maar in het begin waren ze fors. Het is geen onnozel bedragje.

Pffft...

Ze zegt het getal bijna hardop, maar houdt zich in. Laat ze er te zijner tijd maar achter komen. Wil je alsjeblieft je rekeningnummer voor me opschrijven?

Salomé loopt mee naar buiten om afscheid te nemen. Ze lijkt verdoofd door wat er net heeft plaatsgevonden, is bijna niet in staat om te spreken. Sorry van Lukas.

Hij is heel boos. Maar hij heeft er vast zijn redenen voor.

Nadat hij die eerste keer in de gevangenis heeft gezeten, is hij nooit meer de oude geworden...

Er waait nu een hete, stevige wind en vanuit het oosten komen zwarte wolken aandrijven. Onweersgerommel gorgelt diep in de keel van de lucht. Tijd om op te stappen, en gebruik te maken van haast om te verbergen wat anders een barst in je hart zou veroorzaken. Beide vrouwen weten dat ze elkaar niet meer zullen zien. Maar waarom is dat erg? Ze zijn gehecht aan elkaar, maar niet aan elkaar gehecht. Verbonden maar niet verbonden. Een van de vreemde, eenvoudige versmeltingen die dit land bijeenhouden. Soms ook maar net.

Ze omhelzen elkaar een laatste keer. Broos korfje met botten, dat zijn eigen vuur bevat. Hartslag vaag voelbaar onder je hand.

Dag Salomé. Bedankt.

Dag Amor. Jij ook bedankt.

Dan is het gedaan en je loopt weg, laat alles in elk opzicht achter je.

Huilen, natuurlijk. Zilte tranen die prikken. Waar het koppie wiebelig doorheen opdoemt. Ze krijgt opeens de idiote ingeving om bovenlangs te gaan, in plaats van onderlangs, maar is er tijd? Het noodweer komt eraan en de lucht knettert. De bliksem slaat niet twee keer op dezelfde plaats in, behalve wanneer hij dat wel doet. Wat een manier om aan je einde te komen.

Halverwege de heuvel, voordat ze het zelf in de gaten heeft. Haar lichaam denkt dat het nog jong is, maar algauw loopt ze te hijgen en te transpireren. Is er ook niet op gekleed, in deze schoenen. Is eraan gewend hem van de andere kant te bestijgen, er loopt hier nergens een paadje. Zelfs mijn voeten hebben gewoonten. Maar uiteindelijk kom je op dezelfde plek aan. Die niet meer hetzelfde is.

Wat is er veranderd, Amor? Niet de zwarte takken of de rotsen, evenmin als het uitzicht, niet erg. Nee, jij bent veranderd, de ogen waar je doorheen kijkt. Niets ervan lijkt zoals het vroeger was, de schaal of de vrees. Dit grootse vergezicht is eigenlijk heel klein. Zomaar een plekje. Een plekje waar iets met je gebeurd is.

En eentje waar je snel vandaan moet als je niet wilt dat het nog eens gebeurt. Alle lijnen in de wereld lopen één kant op, weg van wat eraan komt. Die wolken daar zijn kwaadaardig en spuwen vonken.

Maar ga even zitten, heel even maar, onder de dode boom. Denk terug aan die dag van destijds, toen alles veranderde.

Die niet zoveel verschilt van vandaag. God wees met Zijn vinger en je viel. En daarna, toen pa je naar beneden droeg, het huis in, kwam iedereen aanrennen, ma en Anton en Astrid, was er ophef en werd er van je gehouden, ze sloten zich als een bloem over je heen. Nu zijn ze allemaal dood en ben jij als enige over.

Amor Swart, vierenhalf decennium op deze aarde en in al die tijd was die bliksemstraal het enige moment dat ze zelf dicht bij de dood was, op haar zesde. Een gebeurtenis van lang geleden, die steeds verder wegzakt, maar op een of andere manier in haar verzegeld ligt, even nabij en bereikbaar als het litteken op haar voet, of haar ontbrekende kleine teen, die nu begint te kloppen. Wat altijd gebeurt als ze nadenkt over doodgaan. Je lichaam weet, ook al houden je hersens zich dom.

Door de jaren heen heeft ze er vaak bij stilgestaan, die witte hitteflits en het donker erna. Dat hij het eind had kunnen zijn. Van mij, wat dat ook inhoudt. Dat de rest van mijn leven ongeleefd zou zijn, maar desondanks werd opgenomen in het weefsel van het bestaan. De doden zijn weg, de doden zijn altijd bij ons.

Ga nou maar op huis aan, Amor, die bliksem komt je alsnog halen. Onafgedane zaken, laat ze maar met rust. Wanneer ze strompelend en schuivend naar de voet van de heuvel afdaalt, weet ze het onweer net voor te blijven, maar als ze vlak terrein bereikt, ploffen de eerste druppels op de stoffige grond. Plip-plop, tikke-takke-tok. Ongestemde piano, dronken pianist.

Daarna scheurt de hemel open en stort alles naar beneden. Binnen een paar seconden is ze doorweekt, dus waarom zou je nog rennen? Hou toch gewoon je armen wijd open.

Ja, daar heb je 'm, de regen, als een goedkoop verlossingssymbool in een verhaal, neervallend uit een woelige hemel op rijk en arm, gelukkig en ongelukkig. Hij valt even onpartijdig neer op schamele hutjes als op puissante weelde. De regen is niet vooringenomen. Zonder vooroordelen valt hij neer op zowel de levenden als de doden en blijft dat de hele nacht doen, urenlang. Hij stort neer op de dakloze man in het portiek van de kerk en dwingt hem op te staan om elders te gaan schuilen. Hij roffelt zachtjes op het dak boven Moti en bekruipt zijn slaap in de vorm van een zoemend gezang, als van een koor dat zich inzingt.

Hij pletst neer boven Desirées gesedeerde hoofd en wekt beelden op van marcherende voeten, vele voeten, rijen achtereen.

Hij klettert neer op de graven van Rachel en Manie, in hun afzonderlijke capsules gewijde grond, en ook op onze andere graven, die van Astrid en Marina en Ockie, en op het raam naast de urn met Antons asresten. Geen vermeldenswaardige dromen hier.

Hij baant zich een weg door een paar gaten in het dak van het huis van de Lombards, sorry, het huis van Salomé, druppeltjes die aanwassen tot een gestage stroom, totdat ze opstaat, de oude dame, en op zoek gaat naar emmers en pannen.

En ook is ze niet de enige die wakker is. Luisterend zit Amor overeind in het bed van haar jeugd. Op de golven van het geluid komen dagen van vroeger aandrijven, dagen van voorheen, terwijl er over de hele boerderij water naar beneden ruist, kolkt en kabbelt door de goten, tegen de klok in naar de aarde wervelt. Hoor hoe het gorgelt, hoor hoe het sist! Als een kookplaat op een fornuis, maar de regen is koel, je voelt de temperatuur dalen.

En wanneer het onweer eindelijk voorbij is, in de kleine uurtjes, laat het een druipende rust achter. Slakken ontrollen zich in de bodem en stuwen zichzelf voort, kleine galeien op een donkere groene zee, met een smal zilveren kielzog. Vanuit de aarde vlechten zich muskusachtige geurstoffen omhoog, als de ranken van een plant.

’s Ochtends is de wereld diffuus geworden door een fijne damp, zodat niets evident lijkt. Amor is al kort na zonsopgang op en in de kleren. Ze moet een vroege vlucht halen en heeft eerst nog iets te doen. Had het gisteren moeten doen, maar andere dingen waren belangrijker. Bovendien wist ze niet zeker, weet dat nog steeds niet, of het wel door de beugel kan. Het is een raar idee, dat beseft ze best, maar is het niet het juiste rare idee? Er is niets anders wat gepast lijkt.

Wat kan het ook schelen. Doe het nu of neem die stomme as mee. Anton in je handbagage. Anton die urnvormig in de hoek van je kamer staat? Nee hoor, geen denken aan. Het is nu welletjes met hem geweest. Strooi hem maar uit in de wind.

Maar eerst moet ze boven zien te komen en dat blijkt knap lastig te zijn. Heeft het hem al heel vaak zien doen, ging er gewoon van uit dat het een makkie is, maar wanneer ze op de kleine richel onder het raam staat, lijkt het vrijwel onmogelijk om je omhoog te hijsen, vooral met één hand.

Uiteindelijk heeft ze het door, wanneer ze beseft hoe ze de urn boven zich in de dakgoot moet neerzetten. Ziet dan wat ze moet beetpakken om zich op te trekken naar het onderste platte dak. Vandaar is het maar een korte klauterpartij, daarna stap stap stap omhoog over de steile dakpannen naar de top, waar de hemel vandaag een kolossale leegte is, met in zijn kern een sterke zuigkracht, die aan me trekt. Hola, houd je vast. Je zou voorgoed omhoog kunnen vallen, die blauwe afgrond in. Maar ze ziet tegelijkertijd waarom haar broer zo graag hierboven kwam, heerser over huis en haard, *baas van die plaas*. Verdomme toch, Anton, stuk ellende, ik zal je missen.

Gebeurt niet precies zoals ze het zich had voorgesteld. Natuurlijk niet. Ze houdt de urn scheef in een windvlaag, maar meteen gaat het briesje liggen, en de meeste as belandt als een lange bruine streep op het dak, om weg te spoelen bij de volgende regenbui, wanneer dat ook mag zijn, de dakgoot in.

Na afloop blijft ze zitten, genietend van het zachte ochtendzonnetje, maar haar lichaam heeft dat moment uitgekozen om een volgende opvlieger te produceren. Ze voelt hoe het begint als een getintel in haar vingers, daarna haar hart dat sneller pompt, de kachel opstookt, de luchttoevoer openzet, bloedvaten die opzwellen om de huid af te koelen, een rode bloesem die opstijgt in haar hals en gezicht... Ach neeee... Ze begint terug te klimmen, de schaduw in, maar bedenkt zich. Is er nog niet aan toe om te vertrekken. Maakt de knoopjes los en trekt haar blouse uit.

Amor in haar beha op het dak. De Amor van middelbare leeftijd in haar beha op het dak. Daar zit ze, midden in haar eigen verhaal, niet dezelfde mensen die ze vroeger was, en ook niet de mensen die ze nog kan worden. Nog niet oud, maar ook niet jong meer. Ergens halverwege. Haar lichaam heeft zijn beste tijd gehad, begint te kraken en te verzwakken.

Weet je nog dat het op z'n volst was, al had je het toen niet in de gaten. De dag van je eerste bloeding, de dag van ma's begrafenis. En nu is het bloeden misschien voorbij. Laatste ongesteldheid was drie maanden geleden, zou best nooit meer kunnen gebeuren. Je droogt langzaam op in je leidingen, de toevoer van sappen stokt. Je bent een tak die zijn bladeren verliest en op een dag zul je afbreken. En wat dan?

Dan niets. Andere takken zullen de ruimte overnemen. Andere verhalen zullen zich over jou heen schrijven, elk woord wegkrassen. Zelfs deze.

Wat doe je daar?

Desirées stem klinkt op van het gazon. Ze heeft haar schoonzus overal gezocht, maar dit is wel de laatste plaats waar ze haar verwachtte. Nog topless ook!

Zit gewoon de wereld te bekijken, roept Amor terug. Ben je klaar om te vertrekken?

Over vijf minuten.

Kom eraan. Ze hijst zich in haar blouse en maakt de knoopjes dicht. Voelt zich weer normaal en misschien wel beter dan daarvoor. Laat de urn achter, meenemen heeft geen zin, en klautert weer het dak af, voetje voor voetje, naar wat hierna te gebeuren staat.

Met dank aan rabbijn Greg Alexander, Marthinus Basson, Alex Boraine, Fourie Botha, Clara Farmer, Mark Gevisser, Alison Lowry, Tony Peake, pastoor Rohan Smuts, Andre Vorster en Caroline Wood.

Verklarende woordenlijst

baas van die plaas: heer en meester van de boerderij
'n Boer maak 'n plan: een Boer weet altijd raad
braai: barbecue
Gupta's: rijke, uit India afkomstige familie met zakelijke belangen in Zuid-Afrika, beschuldigd van ongewenste invloed op president Zuma
hasta la vista: tot ziens
hayi: blijk van afkeuring
hoesit: hoe is het
huishulp: bediende, hulp in de huishouding
ietsie: kleinigheid
koppie: alleen liggende heuvel met vlakke top
lappie: waslap
mandrax: methaqualon, sederend middel, thans uit de handel genomen
melktert: taart met luchtige vlavulling
oraait: oké
pikkewyn: pinguïn
plaasroman: literaire roman die zich afspeelt op het platteland
salonnière: veelal aristocratische vrouw die een salon onderhoudt
shebeen: (illegale) kroeg
sies: getver

siestog: ocharme
skelm: crimineel
township: zwarte woonwijk met armlastige inwoners
troepie: soldaat
Uniegebouw: officiële zetel van de Zuid-Afrikaanse regering
vámonos: laten we gaan
Wilbur Smith: schrijver van avonturenromans
Wits: Universiteit van de Witwatersrand